雅众
elegance

智性阅读
诗意创造

未实现

伯格曼文集

[瑞典] 英格玛·伯格曼 著

王凯梅 译

商务印书馆
The Commercial Press

本版本删除原文《与瑞贝卡的六十四分钟》部分字词及《关于耶稣之死与复活以及参与事件的几个人物》一文，以上删改经过英格玛·伯格曼继承人之同意。

Copyright © 2018 by Ingmar Bergman och Norstedts, Stockholm
Published by arrangement with Hedlund Literary Agency,
through The Grayhawk Agency Ltd.
Simplified Chinese edition copyright
© 2024 SHANGHAI ELEGANT PEOPLE BOOKS CO. LTD
All rights reserved

商务印书馆（成都）有限责任公司出品

目　录

前　言 / 1

卡斯帕之死 / 001

关于黑帮老大为何写诗 / 029

马修·曼德斯的第四个故事 / 049

城 / 099

鱼：一部闹剧电影 / 139

表演练习 / 193

木版画 / 215

假　戏 / 239

与瑞贝卡的六十四分钟 / 297

代后记　伯格曼的几个关键词：家庭、性别、艺术、死亡 / 343

译后记　打开走进伯格曼的另一扇曼妙之门 / 359

前 言

阿卜杜拉·塔亚 [1]

我的摩洛哥成长历程让我一直错误地认为英格玛·伯格曼的电影不是给所有人看的，尤其不是给像我这样出身贫寒的人看的。这种固执的认知大多源于人们认为伯格曼只理解"知识分子"，他只是文化人的导演，他的影片太深奥、太黑暗、太晦涩、太长、太……我不知道还有什么了。

这种不知源自何处的障碍或规矩构成一道藩篱，阻挠我们去发现伯格曼电影中画面的美感和诗意。他被当作是一个来自白人世界，只谈白人故事的人；他来自北欧，北方之北，是超越你的学识认知的人。你不敢引用他，他太宏大，太重要了，你只能让自己显得更可笑，更渺小。明白了吗，孩子？

我老实顺从地接受这些显然偏执的建议，年复一年，我和许多人一样，远离这条路，远离这种"寒冷"，远离我自然无法达到的高度。

---

[1] 阿卜杜拉·塔亚（Abdellah Taia），摩洛哥籍作家、电影人，目前生活在巴黎。他的电影处女作《救世军》是第一部以同性恋为主角的阿拉伯影片，这部电影使其成为摩洛哥乃至整个阿拉伯世界的标志性人物，因此其在将同性恋定义为非法的国家中，被视作希望的灯塔。——译者注（若无特殊标注，本书注释均为译者注）

英格玛·伯格曼是一个痛苦的人，和天下所有痛苦的人同病相怜。当漫长的黑暗终于被阳光渗透，人们饥不择食地想要表达这种缺失，说出其中的复杂性，改造它们，无论它们如何晦涩、怎样难以忍受，也要将之昭示给世界。

就是哑巴也要让人听到，听到自己的声音。更确切地说，是我们内心颤抖的声音，萦绕在我们心头，挥之不去的声音；把我们折磨得坐立不安，让我们疯狂和焦虑的声音，将我们自己和他人蜕变成陌生人的声音。

即使这一切是如此悲伤和绝望，你也不能转身离去。那幽深的色彩和悲情的小曲是不容改变的，这些是让我们对改变未来抱有希望的理由。一个更好的世界？

在我转身背对英格玛·伯格曼的时候，他转向了我，帮助我，拯救我，抚摸我，给我一朵小花。

没有，你没有做梦，他给了我一朵小花，一朵长在墙上的小花。

事情发生在2003年，那时我已在巴黎住了五年，每天都逆游于各种日常的恐慌中。我的身体被迫遵循着那些我永远无法习惯的西方世界的规范：法国，教堂，寂静，自由？我再也睡不着觉，时间都用来等待危机的到来和徒劳地寻找解决方案——不是药物的或心理分析的解决方案，这些对我不适用。我需要的是某种具体的、人性的东西，一只手，甚至一个奇迹。

半夜三更，我打开电视，机械声帮我打造一种幼稚的幻想，想象至少我不是孤独的，用不着害怕。电视屏幕上在演一部电影，黑白的画面，没有对话。我立刻被图像的结构吸引了：一个年轻女子躺在一个男人身边，她睁开眼，听到了什么声音。她起身，追随着声音，走出卧室，上楼，进房间，沿着墙走。墙上有一处裂缝，声音从那里传来。真的吗？年轻女子贴近墙，她的身体和灵魂都在向墙贴近，向裂缝贴近。这一切很美，很怪，很性感，很色情；同时又是如此真实，真实，真实。女人的疯癫毋庸置疑，同时我无法抵制与她立刻为伍的愿望，与她融为一体，一同坠落，同她一样。

这是伯格曼1961年的影片《犹在镜中》，那年轻女子的扮演者是绝美的哈里特·安德森。

我立即感到了与她的共鸣，为什么呢？

我仿佛进入了一种精神迷离中，五体投地地看完了电影：年轻女人和她的弟弟之间的暧昧关系，搁浅在岸上的船，失语的父亲，缺席的母亲，一个被沉默困扰的世界，痛苦的姿态，却丝毫……丝毫不显沉重或费解。图像直入世界的胸膛，扯出心脏摆在我们面前，鲜血淋淋，但我却目不转睛。真实，这就是真实的模样，了不起的哈里特·安德森和拉尔斯·帕斯高都在与他们的魔鬼抗争，顺着声音，一起走，手拉着手，但能够走多远呢？

我不仅完全看懂了影片，理解和认同电影中的全部，而且，我感到了恐惧。在这样一个夏夜，我被英格玛·伯格曼的电影拯救了。突然间，我对伯格曼从一无所知当即反转为彻底信服，这种宗教般的情感早在我看到伯格曼的电影之前，就在我心中存在了。

第二天,我去买了《犹在镜中》的DVD。

在2003年至2006年,每晚睡觉前我都会看一遍《犹在镜中》。这部电影真实地帮助我跨越西方的边界,让我获得新的力量,我的摩洛哥力量中渗入了伯格曼的力量。

这位电影创造者的宇宙中的一切突然开始对我说话了,以往的所有屏障都消失了。伯格曼是世界的伯格曼,因为在他的宇宙中没有排除任何人,他精准描述的那个地方有我们大家都熟知的感受:上帝的沉默,宇宙的沉默,大师的沉默,以及我们极度焦虑的心声。

今年春天,我和我的出版经纪人伊丽莎白·格莉塔(Elisabeth Grate)一起访问了斯德哥尔摩的英格玛·伯格曼基金会。档案管理员海莲娜·达尔(Hélène Dahl)让我选三个剧本,我选了《犹在镜中》(1961年),《沉默》(1963年)和《假面》(1966年)。她把伯格曼做过笔记的剧本复印本,放在我面前。我看到了伯格曼的剧本,它们在我眼前,我可以抚摸它们。这是我人生中最美丽的时刻之一。

在《假面》的剧本中,我看到了一朵小花,是伯格曼在拍摄期间贴在剧本上的。这朵小花一直在等着我们,自1965年以来,它在书页之间等着我们。

我深知自己是多么自私和天真,我愿相信这朵小花是伯格曼专门留给我的,只是给我的。我诚心诚意地吻了它三次。

自此往后,英格玛·伯格曼的祝福将永远与我同在。

卡斯帕之死

1942年

伯格曼在自传《魔灯》中写道，他的首部剧本《卡斯帕之死》是对斯特林堡的《卡斯帕的忏悔日》和《安瓦的老游戏》"肆无忌惮，不以为耻的剽窃"。在之后的一次电话访谈中，伯格曼更是声称自己的行为就如同在光天化日下手淫，令他感到无地自容。"我没有自己的语言，自然就想到模仿亚尔马·伯格曼和斯特林堡。我从十四岁就中了他的魔，我都读不懂他在写什么，但那语调，那狂野，我懂的。认识斯特林堡对我学习写台词太重要了。'卡斯帕'对我来说是个转折点，我学会了要对自己负责任——直到现在。"

序曲／在大幕前

卡斯帕琳娜：卡斯帕，该死的卡斯帕，你在哪儿？你这个屠戮妇女儿童的杀人犯，戏子卡斯帕。

卡斯帕：在这儿，在这儿，就在这儿，你看不见我的酒窝吗？

卡斯帕琳娜：你在笑话那些税务官，那些假票据？

卡斯帕：我骗他呢，哈哈哈！

卡斯帕琳娜：你怎么可以这样啊！

卡斯帕：我就是这样，哈哈哈！

卡斯帕琳娜：你死去的孩子尸骨未寒,你却在笑！混蛋,卡斯帕！

卡斯帕：卡斯帕在哪儿？喊他啊，卡斯帕！哈哈，在这儿啊。你好，你好。——混蛋！——不是我。——就是你，我有心扇你一耳光，对，耳光，瞧你丢人现眼的。

卡斯帕琳娜：给你，扇吧，扇吧，扇死你，砰砰！

卡斯帕：来，有来有往，砰！打到你了吗？

卡斯帕琳娜：当心点，我可不是好惹的。

卡斯帕：左脸来一下，右脸来一下。谁来打你，砰！打着了吗？

卡斯帕琳娜：我手里有棍子，今天可是轮到我打了。

卡斯帕：你不想跟我睡吗？

卡斯帕琳娜：看棍，卡斯帕！

卡斯帕：我也有棍子。

卡斯帕琳娜：我的棍子是用来打你的。

卡斯帕：我的棍子能立起来。

卡斯帕琳娜：我的棍子能弯曲。

卡斯帕：我的棍子能伸展。

卡斯帕琳娜：我的能抽打。

卡斯帕：我的能打仗。

卡斯帕琳娜：我打到你啦，砰！

卡斯帕：我立起来啦！

卡斯帕琳娜：一、二、三……砰！

卡斯帕：我立起来啦！

卡斯帕琳娜：一、二、三……砰！

卡斯帕：我的后背……想念地板了。

卡斯帕琳娜：醒来，卡斯帕，他死了。

卡斯帕：我死了，可是三天以后我复活了。该我掐死你了，娘儿们！

卡斯帕琳娜：为什么？

卡斯帕：作为感谢。

卡斯帕琳娜：卡斯帕，救命啊！

卡斯帕：他不在家，出去了。

卡斯帕琳娜：救命！

卡斯帕：救命！

卡斯帕琳娜：我死了。

卡斯帕：正合我意。

卡斯帕琳娜：我不会成全你的。

卡斯帕：撒旦。

卡斯帕琳娜：魔鬼。

卡斯帕：我的舌头好长。

卡斯帕琳娜：我的舌头好长。

（歇息）

卡斯帕：这儿！

卡斯帕琳娜：恶心！

（歇息）

卡斯帕：可耻，我蔑视你。

卡斯帕琳娜：讨厌，我憎恨你。

（歇息）

卡斯帕琳娜：我想看到你死。

卡斯帕：我想剥下你的皮，放点盐和胡椒。

（歇息）

卡斯帕：老婆，我们和好吧。

卡斯帕琳娜：好呀，好呀，卡斯帕！

卡斯帕：这样下去不行。

卡斯帕琳娜：观众想要我们这样。

卡斯帕：可我们现在又不在上班。

卡斯帕琳娜：我去参加婴儿洗礼会。

卡斯帕：好！

卡斯帕琳娜：你待在家里。

卡斯帕：把我锁起来，安全起见。

卡斯帕琳娜：对，卡斯帕！抽烟酗酒，杀人放火，欺老凌弱，无恶不涉，绝对禁止外出。

卡斯帕：禁止。

卡斯帕琳娜：不许叫女人。

卡斯帕：不许叫女人。

卡斯帕琳娜：不许找各类闲杂人员，什么花花公子、黑帮老大、作风不轨的娘儿们，卡斯帕。

卡斯帕：不许找什么花花公子、黑帮老大、作风不轨的娘儿们……好了好了。

卡斯帕琳娜：我去隔壁剧院了，洗礼接待会在那边。

卡斯帕：睡觉，睡觉，我去睡觉。

卡斯帕琳娜：再见，卡斯帕，想打我吗？

卡斯帕：再见了，老婆，把棍子带上。

卡斯帕琳娜：卡斯帕，再会，我带上棍子。

卡斯帕：再会啦，老婆，你要打我吗？

卡斯帕琳娜：再会，卡斯帕，一人拿一节。

（两人分别向反方向跑。）

卡斯帕琳娜：不许叫女人。

卡斯帕：不许叫女人。

卡斯帕琳娜：不许喝酒。

卡斯帕：不许喝酒。

卡斯帕琳娜：再会，卡斯帕！

卡斯帕：再会，老婆！

（两人头撞到一起，然后各自跑开。）

序幕终

第一幕

卡斯帕：您好！该我在平衡木上跳舞啦。大家好，看我的舞步多精彩。女人们呢，女人们去哪儿了？老婆去隔壁剧场吃洗礼宴去啦。

妓女1：庆祝！

卡斯帕：乖乖，你排第一，哎哟，小心镜子。来，我的肥美人，转一个，来转一个。

妓女2：庆祝。

卡斯帕：（抱了她一下）胖妞，你是第二个。让我们来尽情享受人生吧，喝一个，干杯！油渍麻花的内衣和黑吊带，瞧我的，我在两道阴沟间的羊肠小道上跳舞。我要掉下去了吗？嘻嘻，我才不会掉下呢！

花花公子：庆祝！

卡斯帕：（抱了他一下）你小子可以的。来吧，今晚不醉不归。

有罪者：卡……斯……帕……

卡斯帕：催我死啊！我还真是身子骨不中用了呢。瞧瞧贵公子，脸怎么白了？哈哈，老伙计们，来来来，让我们一醉方休！魔鬼、十字架，全滚一边去。我要奶酪，我要吃奶酪。

妓女1：给你，卡斯帕，最优等的奶酪，还没完全腌好呢。

卡斯帕：（模仿法语发音）吃起来更好，法国人这么说。哈哈，皆大欢喜，张大嘴，大口吃奶酪，大碗喝酒。

黑帮老大：（一脸惆怅）拿酒来。

卡斯帕：蛇，蛇，这里有条蛇。

黑帮老大：（向前一步）你要看看我的蛇吗？

卡斯帕：（模仿西班牙语发音）谢谢您了，西班牙人这么说。不要，不要，不要看。来，我这里有酒。

黑帮老大：烧酒啊。

卡斯帕：瞧瞧各位，全是老朋友。来，来，来，喝起来，闹起来，互相吐痰搞起来，大家不是天天这么说嘛！

花花公子：啊，卡斯帕，你是举世无双的魔鬼！我爱你，让我拥抱你，亲吻你！

卡斯帕：哎呀妈，别恶心我，滚一边去。

黑帮老大：（哭着）我高兴啊，太高兴了，卡斯帕。

卡斯帕：那就不要哭，你是我唯一的至爱的朋友。

妓女1：切块奶酪，谁要？

妓女2：你的屁股奶酪，哈哈哈！

妓女1：你的屁股，你这个婊子。

卡斯帕：（笑着）别吵了，姑娘们。

有罪者：（说俄语）我爱你。

卡斯帕：哎哟妈呀，快去，快去！拉厄厄去剧院旁边，门上画着心的那间屋子。

有罪者：（说俄语）荣幸之至。

卡斯帕：哈喽！美丽的姑娘们，魔鬼豺狼们，了不起！人生苦短，剧院大门外的阴沟够深。奶球、奶罩、奶酪！男人女人，人生如戏，杯酒趁年华。来，来，再来块奶酪。

黑帮老大：卡斯帕，我太幸福了。我家里挺着具棺材，又大又重。

卡斯帕：有病啊，我们在吃东西呢。

花花公子：可是他爱她啊。

卡斯帕：跳舞吧，因为他爱她！精彩啊，因为他把她放进棺材里！跳吧，姑娘，秀秀你的真本事！

花花公子：我鄙夷这个世界。这里的甜蜜经过我的舌尖时变得苦涩，美丽的舞蹈、罪恶的肉身，都一样要我的命。呸，呸，我被牵着走，我讨厌、憎恨、厌恶、恶心这个花花公子的生命。让我死吧，朝我开枪，不过枪上要有消音器。

有罪者：（说俄语）荣幸之至。

卡斯帕：我不管，反正，祝你好运，让黑帮老大搞定。

黑帮老大：（困惑地）我……我的生命曾经是一个欢乐的玫瑰园，那里仙女起舞，香气弥漫，露珠演奏着银铃般的音乐……然而这一切都不复存在了，没了。干杯！我心怀感激，要是有女人在身边。

卡斯帕：说女人，女人到。黑帮老大的女人怎么样？该有的都有，其余的就看行业了。你穿毛衣过来的吗？

花花公子：卡斯帕，卡斯帕，那个女人要调戏我，可你知道我不想活了，我只想死，想死，死，死！这该死的生活，木偶一样的生活，花花公子的生活，我不要过了。如今来个人调戏我，勾引我，真的！

卡斯帕：罪过啊！

有罪者：（说俄语）我爱你。

卡斯帕：小心啊，我可是结了婚的，当心我老婆啊！

有罪者：（说俄语）荣幸之至，哈哈哈！

卡斯帕：听我一句劝，花花公子，那个女人是爱你的，那个花花公子已死。哎哟，救命，真恶心，酒，酒呢？我的肚子，这奶酪！

黑帮老大：火红的太阳在燃烧，夜晚就要降临；乌云变得赤红，在天边翻卷着白边。啊，我是多么热爱夜晚！

卡斯帕：别喊了，卡尔！

妓女1：我来照顾他可以吗，卡斯帕？

妓女2：让我来爱你吧，卡斯帕，至少让我做你的妓女。

卡斯帕：好呀，你这个蝙蝠，你开心我也开心。怎样让你开心呢？

花花公子：你的两个热吻，你驴一样的气息，散发着尸体气味的香水。

有罪者：（说俄语）荣幸之至，哈哈哈！

卡斯帕：美妙的肥妞，那屁股……我老婆马上要到了。

（拍门声响了三次。）

卡斯帕：哎呀呀，救命，我打起"盒"了，我是说打嗝儿。谁？谁能？哎哟，我迷路啦！

黑帮老大：不是那儿，卡斯帕，卡斯帕，都是为了你。我为你作了首诗：我走进美丽的花园，亲手为你编一只花环……哎，不押韵呀，呵呵。

卡斯帕：你可别哼哼呀呀了，小心邻居过来敲门。

妓女2：喝，卡斯帕，喝酒就听不到敲门声了。等你老婆回来给她脑袋上开个洞。

卡斯帕：对呀，喝酒，超级卡斯帕！喝他个天昏地暗，喝他个阴阳错位。

花花公子：我要见耶稣，救命啊！把我钉上十字架，赶在我怀上孩子之前，赶在我沉沦之前。让我见到耶稣吧，我要朝他吐口水，一下，两下，我恨他，我恨他妈的上帝、天堂、神灵。

有罪者：钉十字架，钉十字架……我爱你……钉十字架。

妓女1：对，我们都要被钉在十字架上，我们要看到血从他手心流出，快钉！

妓女2：对，钉十字架，他的血不过是酒。

卡斯帕：酒啊，酒啊，救救我。我要喝酒，我要一醉方休，救救我。我受不了孤独，把那些喊叫的人全都钉上十字架。

妓女2：安静，安静，趴在我胸上，我的可怜的小孩儿，什么都别管。

（三声猛烈的砸门声。）

卡斯帕：救命，救命，我死定了。给我酒，漱口水，什么都行。有人敲门，稳住，我要稳住我自己，不要出去抢死外面敲门的家伙。稳住，不要让我当杀人犯。

黑帮老大：哈哈，棺材都准备好了，质量可高呢，有包边，有牌位，棺材盖上还有一堆装饰。啊，太阳雨飘洒在我脸上，这是我激动的泪水。哎哟！

妓女1：哈哈哈，卡斯帕，给我们唱一个吧。

卡斯帕：卡斯帕，唱一个，是我吗？是你们吗？真没想到，是我啊！举起胳膊，放下胳膊，吸气，吸气，我是被最先杀死的困兽，我是酩酊大醉的利维坦，我是罪恶累累的德慕革（Demiurge[1]）！

所有人：卡斯帕，唱一个！

花花公子：先把我钉上十字架吧，我喜欢在第三排听音乐。

1　Demiurge，德慕革，造物主，希腊神话中物质世界的创造者。

所有人：卡斯帕，唱一个！

花花公子：钉上十字架！

所有人：卡斯帕，唱一个！

花花公子：钉上十字架！

所有人：唱歌！

花花公子：钉上十字架！

所有人：（大笑着）卡斯帕，唱歌！

花花公子：钉上十字架！

所有人：（大笑着）卡斯帕，唱歌！

卡斯帕：自由自在活在当下，

等待死神上门验货；

时辰到时又冷又硬，

鲤鱼打挺死又复生。

各位，来干掉杯中酒。罪孽深重的男人们，老婆去喝洗礼酒了，你们在给尸体守灵。（大笑）我要说什么来着，要唱什么……

强壮的身体开始腐败，

化作粉末漫天飞舞，

空中鸟儿的一顿美餐，

地上猛兽的一通蚕食，

肉身复活时刻的降临。

来，为尸体干一杯！不，我是说为卡斯帕喝一杯！把该死的花花公子送上十字架，这下他满意了吧。把他的脚绑牢,宽容我的罪恶啊,(说俄语)我爱你。

  他们把吃下去的吐出来,

  我把喝下去的吐出去,

  我的粉末四处飞扬,

  所有人,再斟上一杯!

所有人:肉身复活时刻的降临。

卡斯帕:来吧,喝死得了,活着才是地狱,生命发明的地狱指挥着我们团团转,筋疲力尽。喝吧,一醉方休,死神也干瞪眼。喝吧,喝到每一根汗毛都往外渗血。啊,我爱你们!

  你好,再见,死神的伙伴,

  我怜悯你们,可怜的朋友;

  死神是我的铁杆大哥,

  劣迹累累,坏事做尽。

(门外响起三声重重的敲门声。)

所有人:肉身复活时刻的降临。

卡斯帕:门外敲门声急,我才不管他个鬼呢。来,我来指挥大家,所有人安静,让我来拯救我们的荣耀。不屈服于贫乏,不屈从于女人。火枪,上膛,朝我的卡斯帕城堡开火吧。船坚炮利,火光四射。头油,我的头油。

所有人:肉身复活的时刻降临。

卡斯帕:钩住我这儿,婊子们!

妓女2:我会做钩子。

卡斯帕:我成仙了,出神了,上十字架了。

有罪者：哈哈哈哈，呸呸！

黑帮老大：我想做一个棺材盖。

妓女1：上面还有花和摆设。

所有人：肉身复活时刻的降临。（尖叫）

（舞台上突然出现了两个抬棺材的人，所有人狂叫，卡斯帕倒地。舞台上灯光变暗，只集中在卡斯帕和抬棺人身上，其他人退去。）

抬棺人1：你死了，卡斯帕。

卡斯帕：可是我没时间死。

抬棺人2：卡斯帕，卡斯帕，你没准备好。

卡斯帕：可是我有好多事要做。

抬棺人1：有一件事你能做，卡斯帕，躺进棺材里。

卡斯帕：可是我明天还有演出呢。

抬棺人2：明天没有演出了。

卡斯帕：可是我签了合同。

抬棺人1：死亡宣布合同作废。

卡斯帕：可这是我的宴会，我不能就这样离开宴会。

抬棺人2：宴会结束了，主人中止了。

卡斯帕：可是下雨了，我们得等等。

抬棺人1：卡斯帕，你忘了棺材上面有盖。

卡斯帕：可是我可怜的老婆，我得和她告别。

抬棺人2：呃，她会收到通知的。

卡斯帕：可是我的孩子，我可爱的孩子们。

抬棺人1：卡斯帕，别扯了，你哪儿来的孩子？

卡斯帕：我感觉羞耻。

抬棺人1：对，羞耻，卡斯帕，羞耻。

卡斯帕：我感觉羞耻，可以让我走了吗？

抬棺人1：卡斯帕，你是逃脱不了棺材的。

卡斯帕：可是我害怕。

抬棺人2：卡斯帕，你应该害怕。

卡斯帕：我听说身体要被锯开。

抬棺人1：这个我们没听说过。

卡斯帕：你们不能带走花花公子作为替代吗？

抬棺人2：他早就是一个鬼魂了，没有得到救赎的鬼魂。

卡斯帕：可他还活着。

抬棺人1：你懂什么，卡斯帕！

卡斯帕：没有别的办法吗？没有退路吗？

抬棺人2：（摇头）

卡斯帕：没有法律条文，也没有规矩？

抬棺人1：（摇头）

卡斯帕：我不要，不要，（喊叫）我要和朋友们在一起。他们去哪儿了？怎么就剩我一个了？我怕，害怕，好黑啊……你们不要喝一杯吗？抬我的路很长吧？这世界上就剩我孤零零一个了，大家都以为我已经死了。那是我渺小的灵魂在飞吗？我是不是已经躺进棺材里了？我得清醒一下，（数指头）不，不，不，这棺材好深啊，一个深渊，下面躺着一只乌贼。啊啊，我头昏，我掉下来了，救命啊！

（舞台全黑，灯光再起时两个抬棺人正在盖棺材盖子，所有人，包括卡斯帕的老婆站在台上，悲伤地行进。）

卡斯帕琳娜：我亲爱的可怜的小卡斯帕，你这就走了。剧院关门了，因为老板找不到一个新的卡斯帕，一个和我的亲爱的一样勤劳、能干的卡斯帕。卡斯帕，我亲爱的宝贝，死神来临那一刻你得多害怕啊！你得多么孤独啊！我真该在你身边。那冰冷的棺材成了你的归宿，无论刮风下雨，我们应该在一起，在剧院的温暖小窝里。可现在，可怜的卡斯帕，独自躺在冰冷黑暗的地下……（哭泣）

花花公子：尘归尘，土归土，还有第三句说什么荣华富贵的，该死的，我忘了。（抽泣）

黑帮老大：啊，洁白美丽的花朵，绽放着金色的光泽，如此高冷。（抽泣）

妓女1：他死得太快了，前脚我们还搂着跳舞呢，怎么就死了呢？

妓女2：（痛哭流涕）卡斯帕可真是一个该死的好心人啊，一个好人。

有罪者：（讲俄语）我爱你，卡斯帕。

卡斯帕琳娜：可怜的卡斯帕，有好多话你都没来得及说清楚，我也有错，可你就这么走了，你总是那么善良，对那些游手好闲的人，对那些喝得醉醺醺的女人，还有孩子——你都没有说孩子的事。别编谎话了，卡斯帕，千万别再撒谎了。我只想和你在一起，在一起。啊，卡斯帕，我的卡斯帕。（哭泣）

抬棺人 1：时辰到了。

抬棺人 2：我们不能再等了。

花花公子：请问先生，您认为他的机会……他有多大的机会……

抬棺人 1：对不起，要是还想赶在今天下葬，我们必须马上出发了，不然墓地要关门了，不能等了。

黑帮老大：（抽泣着）虽然没有百合花，棺材盖上有泥塑的花，还有摆设，哎！

（黑帮老大、花花公子和两个抬棺人将棺材抬起，脚步沉重。远处传来教堂的钟声。舞台灯光渐渐暗下去。）

第一幕终

第二幕

卡斯帕：我得在这里数指头发呆等多久啊？真是无聊死我了。房顶又这么低矮，要是有点儿光就好了。我来唱首歌怎么样呢？和这个卡斯帕的肉身待在墓地里可真没多大意思。灵魂要唱歌：放我出去！安静，安静，卡斯帕，还没轮到你叫呢。

哗啦啦，哇哈哈！

我是老子我怕谁，

脑袋一拍任自由。

哗啦啦,哇哈哈!

哎哟,回声好大啊,比我在剧院里唱的时候还要好听。再试一次:哗啦啦,哇哈哈,哗啦啦,哇哈哈。(喊叫)

(拍打墙面的声音)

一个声音:请安静一点儿好吗?我们不太习惯唱戏的。

卡斯帕:哎哟哎哟,这下面的人好无聊啊,难道我要在这棺材里待一辈子?永远吗?真的就这样了吗? 永……远……这就是所谓的永恒吗?说老实话,这里可真不怎么舒服。我再说点吧,要是我不停地说下去,那个永恒是不是会过得快一些呢?卡斯帕,回答我,对,亲爱的,永恒在抚摸你吗?亲爱的,我受不了啦。(Liebling, wenn ich nur könnte.[1]),永恒之后是什么呢?什么,住嘴? 你害怕了,卡斯帕?是啊,为什么啊?我想起来了,卡斯帕,我想起我妈很久以前和我说过,人在做,天在看,全都有记录,厚厚的一大本。真的吗?卡斯帕,别吓唬我了,我已经吓得够呛。那我闭嘴了,我来数数有几只羊能跳过栅栏。跳呀,你倒是跳呀,傻站着干吗呢,跳!

(舞台上安静下来,一个声音从上面传来。)

一个声音:(严肃地)祈福那些拒绝诱惑的人,因为你在磨炼中赢得了生命的桂冠,这是神应许给爱他的人的。看啊,我看到海里钻出一头野兽,它长着十角七头,每只角上戴着十顶冠冕,每个头上戴着被亵渎的神的名字。野兽张口说话,满口

---

1 德语,意为:亲爱的,如果我能。

都是蔑视神祇、侮辱天上圣人的言辞。

（灯光渐亮，可以看到上一幕戏的人物围着坟墓，聆听传教士的祈祷。）

传教士：天意所指：道德者穿着不道德者的外衣，死人披着不朽者的衣衫。在最后的日子到来之际，一切终将应验：死亡战胜了你，吞噬一切，死亡是你最终的命运。（所有人抽泣，传教士和每一个人握手，撑起伞离去。）

卡斯帕琳娜：卡斯帕，卡斯帕，我可怜的卡斯帕。

（向坟墓投一枝花，离去。）

花花公子：（激动地）我的荣幸，我的荣幸……荣幸。

（所有人一同抽泣，花花公子安静下来，大家一一散去。）

卡斯帕：5673，5674，5675，5676，5677，5678，5679，5680，5681，5682，5683，5684，5685，5686，5687，5688，5689，5690，5691，5692……

一个声音：卡斯帕，听好了。

卡斯帕：天啊，是在和我说吗，这可能吗？快说。

另一个声音：说的就是你。

卡斯帕：这么说永恒结束了吗？

一个声音：你就不能安静一下吗？

卡斯帕：不能告诉我吗？哪怕就一点点。

另一个声音：闭嘴，卡斯帕！

卡斯帕：主啊，好严肃，吓死我了，说吧。

一个声音：再过一会儿，你就要去见上帝了。

卡斯帕：为什么啊，真的有必要吗？

另一个声音：你要和其他人一样接受认真地检查。

卡斯帕：我这样一个区区小人，何须如此大动干戈。

一个声音：不幸的是，你不是区区小人，这里谁都不是。

卡斯帕：可以问个问题吗？

另一个声音：可以，不过不一定有答案。

卡斯帕：独自坐在那边的人是谁？

另一个声音：那是三个人，在等着轮到他们，那边的板凳可以坐。

卡斯帕：（停顿一下）晚上好。

三人：（低声）你好。

卡斯帕：对不起，我就觉得……这不是黑帮老大吗？

黑帮老大：对，是我。

卡斯帕：那边蹲着的那位，难道是花花公子？

花花公子：不知道，可能吧，真的死了真好。

卡斯帕：第三位是谁，您是谁？

两个声音一起：嘘！

卡斯帕：要保密吗？

黑帮老大：不知道，那家伙好像很凶，不让别人打扰他。

卡斯帕：好吧，不管怎样，见到老朋友还是很开心。（两人都安静了。）你们以前可都是话痨。

花花公子：卡斯帕，你觉得说什么还有意义吗？你说！

卡斯帕：（笑起来）意义？可能没有，但要做什么呢？

黑帮老大：想想你的罪。

卡斯帕：怎么想?

黑帮老大：听不懂吗?

卡斯帕：呃!

（一阵沉默后,卡斯帕试着吹口哨,但马上停下来。其中两个抬棺人过来找第三个神秘人,那人起身,挺直腰,做了个立正的姿势,走进去。）

卡斯帕：那位是个军人吧?

黑帮老大：高级军官。

卡斯帕：将军吗?

花花公子：还要高级。

卡斯帕：啊!

（两人再次进来,带走花花公子。）

花花公子：别了,各位。

卡斯帕：别了。

黑帮老大：别了。

（两人带走了花花公子,歇息。）

卡斯帕：这也太快了吧,你不觉得吗? 这个。（指着离开的两个人）

黑帮老大：是有点儿快。

（歇息）

卡斯帕：你不觉得奇怪吗? 我全身都脏兮兮的,到处都是灰尘。

黑帮老大：不知道，你现在不是个灵魂吗？

卡斯帕：你什么意思？你是说我的灵魂很脏吗？也许吧，我倒是没想过。

（长长的间隙）

黑帮老大：（不安地）我说，卡斯帕。

卡斯帕：嗯？

黑帮老大：他们会说什么呢？

卡斯帕：你的思考有时太卓越了。

黑帮老大：我害怕。

卡斯帕：吓吓，怕什么？我才不怕呢……吓吓吓。（吐舌头）

黑帮老大：我怕那个棺材。

卡斯帕：他们可能还不认识你。

黑帮老大：怎么能不认识。

卡斯帕：或者他们忘了，要抬的人太多了。

黑帮老大：是啊，好多比我坏得多的人。

卡斯帕：没错，我们根本不是最坏的。

黑帮老大：我本质也不那么坏，我还会写诗呢。

卡斯帕：你没问题，我也是。只要坚持住，不要表现出有什么良心上的不安。

黑帮老大：对，一问三不知，就像没事人似的。

卡斯帕：实在不行，还可以死不承认。

黑帮老大：对，死不承认。

卡斯帕：他们的书上有可能写错了呢。

黑帮老大：他们人还不错吧。

卡斯帕：我也是一直有这种感觉，他们人还不错。

黑帮老大：他们肯定会大事化小，小事化了的，不就是说说而已？

卡斯帕：我说，我想了半天，我不明白我们干吗像小学生一样，坐在这里等着他们审判。

黑帮老大：没错，卡斯帕，你说得一点儿没错。

卡斯帕：我是个成年人，遵纪守法，没做过对不起别人的事。现在待在这里就像是犯了天大的罪。太可笑了，这一切太可笑了。

黑帮老大：卡斯帕，你是个好人，你死的时候我还和大家说，卡斯帕是我们当中脑袋最灵光的。

卡斯帕：可不是吗？从我的灵魂就能看出来。

黑帮老大：对了，你知道吗？你死了以后，我把你的女人接管了。

卡斯帕：真的吗？你可真是太好了，一名品德高尚的绅士。

黑帮老大：可不是吗，你可不知道她有多伤心，整日以泪洗面，根本无法安慰。最后，你知道我怎么办的吗？

卡斯帕：不知道，你这个玫瑰花骨朵儿。

黑帮老大：我就把棺材指给她看，我给她掀开那个堆着装饰花的棺材盖，她立马就不哭了，哈哈哈。

卡斯帕：哈哈哈。

黑帮老大：哈哈，太好笑了。

卡斯帕：是啊，哈哈哈，逗死了！滚一边去吧，我可不要再这么等下去了，我走了，哪里有这样让人没完没了等下去的事儿呢？我还有比等在这儿更重要的事呢。

黑帮老大：走，咱们走吧！

（他们起身准备走，这时候两个抬棺人走过来，他们带走了黑帮老大，留下卡斯帕一人。）

卡斯帕：（在台上转圈，一边挥手，一边自言自语）啊……啊……不要啊……（气愤地）想都不要想，绝对不可能……不……他们怎么还不来啊……这群讨厌鬼都去哪儿了……卡斯帕，卡斯帕，要坚持啊，你怎么了？我是说我，我怎么了？吃坏肚子了吗？我想起来了，我什么都没吃啊。是这么回事吧，这一切都太快了吧，怎么还不来，该死的上帝，该死的上帝，对，我就是这么说了。卡斯帕，要坚持，要坚持！！

黑帮老大的声音：不，（嘶喊）不。

（一阵嘈杂声，有人带着黑帮老大出来，他面色惨白，充满恐惧。）

黑帮老大：（声音急促）卡斯帕。

（卡斯帕恐惧万分，但来不及做出反应就见两个人走出来，带着他走进一间大房间。上帝背对他站着，正在和一个天使交谈。上帝转身，看了看卡斯帕，坐下。有人抬过来一部厚书，上帝低头查看，又抬头看看此刻一声不吭的卡斯帕。）

卡斯帕：您好……我叫卡斯帕，剧院的卡斯帕，卡斯帕的剧院。现在我死了，特来报到。

（长时间的沉默，上帝看着卡斯帕。）

事情是这样的，我本来不想骗他，恰恰相反，是他想骗我，我被看透了，结果是我骗了他。我本来想告诉他的，我是将计就计，以其人之道还治其人之身。

（长时间的沉默，上帝看着卡斯帕。）

两个孩子的死，不是我的错啊。我刚回到家，他们就都没了，老婆站在那里哭，我能做什么？不是我的错，家里没粮，我也和老板抱怨过啊，演出太少，养活不了家啊。所以，是他的错，是他这个吸血鬼的错……

（沉默，上帝看着卡斯帕。）

还有一件事，哪个女人不挨揍啊？我也没多使劲儿，和别人揍老婆也没多大区别。是她不懂事啊，总是没完没了地唠叨我，我能忍吗？也不是我的错，谁叫她把脑袋撞到炉子上，都怨她自己，她也不是个好人，不是我的错……怨她自己。

（卡斯帕沉默，上帝看着他。）

那些怪罪我把那女孩儿逼到跳河的人，他们都在撒谎。她肚子里的孩子不一定是我的，她身边可不止我一个男人，这么看其实是她背叛了我，怎么能说是我骗她呢？她跳河走了，有人就是这么绝，怎么能抱怨我呢？

（沉默，上帝看着卡斯帕。）

我是艺术家。我承认我的生活有时候会比较激烈、混乱，甚至有时候很蠢，可和别的剧院的人比，也坏不到哪里去啊。我是演员，有性格，有脾气，可能观众不会总是买我的账，所以我也得借酒浇愁，这都是观众的错。老婆叫，孩子哭，我也受不了，我也要出走。但说我骗了那小子，就像说那女孩儿是为了我跳河一样，全是谎话。肯定是别人栽赃我啊，不轨的事情我也偶尔做过，但比我坏的人多了去了。

（一阵沉默，上帝严肃地看着卡斯帕。这时响起微弱的声音，是卡斯帕的妻子。）

一个声音：可怜的卡斯帕，就这样走了啊。剧院要关门，除非老板能找到一个新的卡斯帕，可谁能像我的卡斯帕一样勤劳、能干呢？可怜的人儿啊，躺在地下冰冷的棺材里。刮风下雨，我们可以在剧院里挡风遮雨。可怜的卡斯帕，一个人，躺在黑暗潮湿的地下，我可怜可怜可怜的人儿啊！亲爱的卡斯帕，许多事情你可能讲不清楚，就说是我的错，有的时候，我不是一个好妻子，冲你发火，气你。亲爱的，说老实话，不要撒谎。一切都会好的，我多想和你在一起啊……

（声音渐渐远去，沉默良久后，上帝看着卡斯帕，卡斯帕欲言又止。这时，台上出现了卡斯帕的孩子们，溺水的女子，拿着伪造文件的男人。）

男人：卡斯帕，你骗了我。

卡斯帕：（说不出话来，低下头。）

溺水的女子：卡斯帕，孩子是你的，我受不了了。你为什么不认我，有必要吗？太惨了，太惨了。

卡斯帕：（沉默）

小孩1：爸爸为什么喝这么多酒？

小孩2：我们饿，为什么不给我们饭吃？

卡斯帕妻子的声音：（带哭腔）卡斯帕，卡斯帕，卡斯帕。

男人：卡斯帕，卡斯帕！

女子：（凄惨地）卡斯帕！

孩子们：爸爸！

（长久的安静，上帝看着卡斯帕，两个抬棺人上来，带走了卡斯帕。卡斯帕深深地低着头，所有人都沉默着，上帝转过身，和天使说话。）

剧终

关于黑帮老大为何写诗

1942年

这部小说的核心是黑帮老大特奥巴尔德和女裁缝叶琳的婚姻故事，但卡斯帕和另外一个人物杰克都在其中出现，并且，杰克还讲了一个恐怖故事。这段故事后来以《杀人狂魔杰克的童年记忆》为题，于1944年单独发表。

众所周知，黑帮老大会写诗，他的大名正是特奥巴尔德（意为勇敢的人）。

看官不解，且问黑帮老大为何写诗？

那就容我去探究个来龙去脉。

话说特奥巴尔德已经结婚数年。他的另一半结婚前是一位裁缝，她和父亲及家里的三个兄弟一起住在一间地下室里。她弟弟认识特奥巴尔德，就把他和姐姐撮合在了一起。女裁缝颇有天赋，不管是婴儿服还是新娘子的礼服都缝得很精美。而且她长得也不难看，头发乌黑，眼睛上方两道粗粗的眉毛在鼻梁之上连在了一起。她的灰眼睛美丽冷漠，肤色苍白但不失美貌。

黑帮老大爱上女裁缝也事出有因。一来老大刚从局子里放出来，正如饥似渴；二来老大一向以敏感细腻著称，而且自认为能读懂女人心。当看到女裁缝那双神秘的灰眼睛时，黑帮老大就充满崇拜地将自己的百公斤肉身投过去。

话说一天晚上，两人一起去了游乐场，玩得很开心，黑帮老大还喝了不少酒。当晚两人兴尽而归，走在笼罩着满月寒光的幽暗街道，女裁缝不经意地朝黑帮老大身上蹭了蹭。

"你是玫瑰，你是花，华美艳丽的玫瑰花，你是我心中的女人。"黑帮老大将手放在女裁缝的胸脯上，神态严肃地说。

突然间，他感觉好像雪花蹿进了鼻孔，禁不住鼻子一酸。

"你真像我妈。我从小没爹，我妈很爱我，可我才一岁她就走了。我还记得她坐在厨房桌边拣菠菜时，我在桌子下面玩她的小脚趾。"黑帮老大低声说。

"瞎扯，你才一岁怎么能记得住这事。"女裁缝不情愿地咽了下口水，差不多一晚上她都在笑，不过她就是这样一个爱笑的人。

"是啊，不是我记得，是我以为我记得。"老大幽默了一下。

说话间两人来到了女裁缝家门口，一起走上黑洞洞的楼梯，纠缠在一起，寸步不离。她把自己往前送，他拉扯着她的衣服，女裁缝笑得快要背过气去了，黑帮老大激动得直喘气。突然，两人像两具布娃娃一样一起倒在又脏又臭的地板上打滚儿，女裁缝被压在下面。

她还是没有止住笑。

就这样，女裁缝成了黑帮老大的媳妇儿，特奥巴尔德太太，尽管她的名字还是叶琳。叶琳把她的裁缝铺搬到了特奥巴尔德住的仓库，虽然也是黑乎乎还泛潮的住所，但叶琳觉得比从前发达了一些。

黑帮老大每晚都去卡斯帕剧院演出，叶琳有时也跟过去看。从她见到卡斯帕那一刻她就不再傻笑了，卡斯帕从看见她的第一眼就对她心生畏惧；还有卡斯帕琳娜，她对叶琳充满敬意，花花公子从来不理卡斯帕琳娜，有罪者在外面疗养呢，卡斯帕常常说起两个妓女，卡斯帕琳娜倒是从来没遇见过，她们也打心底里怕叶琳。有一天晚上，正值演出就要开始的时刻，叶琳在后台入口碰上了杰克。

"您参加演出吗？"她站在入口处，像个保安一样问他。

"不演。"杰克回答她。

"那您在这儿做什么呢？"

"演出。"

"今晚不演？"

"对，今晚不演。"

"不然呢？"

"演出啊。"杰克"呸"了一声，转身走掉了。

在我讲述黑帮老大的婚姻故事前，我需要先澄清一点，黑帮老大其实是个性格腼腆、对女人没多少经验的人。他之所以在卡斯帕剧团里扮演黑帮老大这个角色，只是因为他身材魁梧，音色凶悍。他对卡斯帕的崇拜是粉丝对偶像的崇拜，可以说卡斯帕指哪儿他就打哪儿，这也是为什么他进了两次局子却在所不惜，只要卡斯帕满意，他怎样都行。

叶琳要做的第一件事就是把特奥巴尔德和卡斯帕分开，这不仅是因为关于自己丈夫的道德，更因为叶琳自打第一眼看到卡斯帕，就讨厌他。没多久，叶琳怀上了孩子，脾气性格就更是不可捉摸了，黑帮老大常被她吓得大气不敢出。与此同时，叶琳的身体却变得越来越消瘦，她的鼻子又尖又突，头发稀疏，衣服也穿得乱七八糟。她的肚子在变大，也不断地呕吐，吃不下饭。叶琳把特奥巴尔德的钥匙没收了，不管他去哪儿，叶琳都跟着。特奥巴尔德演出的时候，叶琳就一声不吭地坐在舞台入口处，直到像个影子一样跟着他回家。她从来不哭，可要是有什么不顺心的事，或者别人做了什么让她不开心的事，她就紧咬牙关，紧闭双眼，用手掐自己的脸颊、下巴、脖子、手臂，搞得自己面色紫青，脸上也是鲜血淋淋。黑帮老大想要捆住她的双手，没想到她竟然咬掉了自己的舌头和嘴唇，屏住呼吸昏厥过去。原本女裁缝就不是个聪明人，现在更是蠢到了家，特奥巴尔德真想咒她死，咒她根本就没生出来过。

很快，女裁缝不再工作了，因为布料的气味让她头疼，她也不想动针线。最后，她也不再打扫房间，连自己都懒得打理。特奥巴尔德也变得惨不忍睹，比打光棍儿时还要邋遢，人也瘦了下去。转眼冬天到了，这个冬天出奇地寒冷严酷。

话说特奥巴尔德本是个性情温和、与人为善的本分人，他最大的乐趣就是坐在温暖的酒吧里和卡斯帕喝一杯，他才不喜欢吵架呢。现在大家都很同情特奥巴尔德的处境，众人的同情逐渐唤起了他内心的自怜。一天上午，特奥巴尔德从床上醒来，看到雪花从房顶漏下来，积在屋角，感到房间潮湿寒冷，心里一片苍凉，他转身对着墙哭了。叶琳直挺挺地躺在床上，就像报纸里包的鲱鱼，眼睛盯着房顶。过了几个时辰，黑帮老大抽泣着用床单擦了擦鼻子,起身站起来。他在屋里找到一张纸,在窗户下面的铁盒子里找到一支笔。他拿着纸和笔又回到床上,继续背对着叶琳躺下来,他在纸上写下了下面这首诗:

> 身外天下一团糟,
> 你是我的玫瑰花。
> 屋外人间似地狱,
> 你是我的仙女葩。
> 污垢屄屄挺尸鬼,
> 如今陪伴你和我。
> 恐惧愚蠢加无聊,
> 人生如是怎知晓。

诗写完后,黑帮老大在下面加了一行小字:

> 叶琳,我爱你。尽管你认为我是个傻瓜,可我还是爱你,你一定要相信我。

黑帮老大默默地把写好的纸递给依然硬邦邦地躺在身边的叶琳,她接过来读了三遍,然后转过身,朝着特奥巴尔德伸出她那仅剩下一截的紫色舌头。叶琳的眼睛里充满了仇恨、愚蠢、困惑,简直就是邪恶本身的注视。黑帮老大顿时不知所措,转过身默默地流泪，一直哭到睡着了。一天就这样过去了。

然而，这个寒冷冬季里最黑暗的一天并没有白过，黑帮老大写诗的欲望不但没有被他老婆冷酷无情的反应熄灭，他反而找到了自救的方法。于是，黑帮老大就坐在角落里写起诗来了。他在包装纸上写长篇的抱怨和伤感的字句，在旧报纸或墙纸上写黄段子。叶琳开始没收他的笔，藏起他的纸，但黑帮老大就像一只紧闭的蚌壳，沉默倔强地对抗。他白天写，黑夜写，哭着写，笑着写，温柔、渴望、嘲讽、宽容，他把所有能想到的都用诗写出来，沉默地，坚韧地，不停地写。

黑帮老大把写好的诗都放在一个合适的铁盒子里，把铁盒子随身带着，像爱护眼睛一样，准备随时和来抢盒子的老婆决一死战。如今他们的房间被一条白粉笔线一分为二，两人都整天待在家里，老婆生气地挺着大肚子，满脸仇恨，鼻头通红；黑帮老大坐在靠墙的椅子上，在膝盖的铁盒子上伏着不停地写，每写好一首诗，就默默地念一遍。

有一天早上，黑帮老大醒来，发现他的铁盒子不见了，里面的诗稿全被烧掉了。他把目光投向老婆，此刻她竟然罕见地露出了恐惧的表情。她的眼睛充斥着冷漠和惧怕，但她激动地享受着。

"现在做什么呢？"她的声音嘶哑。

"写新诗。"黑帮老大回答。

"不许写！"

"我知道，一定写。"

他感觉到了这一天的到来，他一直害怕的一天，他被屈辱、愤怒、邪恶浸泡的日子就要结束了，就要改变了。他感觉膝盖发软，连忙坐了下来。他所有的努力，他的秘密生活，所有那些纸和纸上的诗，泪水、欢笑、对叶琳的爱情，全都被付之一炬。不是不报，时候未到，这一天终于到来了。黑帮老大看着老婆，突然开始哈哈大笑，这是两年来他第一次笑，他笑得像个被挠了"痒痒肉"的孩子，根本止不住，他笑得像是在迎接圣诞节，他身上那百公斤重的肉笑得颤动不已。

当晚演出，黑帮老大和杰克在化妆室里聊了很久，这是他唯一可以躲开叶琳的地方。叶琳坐在舞台入口处，手搭在肚子上等着。演出结束后，黑帮老大和杰克搭着肩一起走出来。

"今晚小杰克和我们一起回家。"黑帮老大说。

"家里什么吃的都没有。"

"我有！"杰克出其不意地高声说，手拍着裤子上两个油腻腻的口袋。

"我累了。"叶琳咕哝着。

"玉米饼，这谁没有？"

"改天再来吧。"叶琳还在嘀咕。

"不！"黑帮老大勇气十足，他有杰克给他撑腰。

"你得当心说话啊！"

"用不着，我有权利请人来我家，这是我不容侵犯的权利，对！"

叶琳不说话了，她意识到这时候她还是闭嘴为好。然后，

黑帮老大开始唱歌了:

> 快乐早与我无缘,
> 自投罗网的生活
> 被束缚,被捆绑,
> 遭吊打,苦哀求;
> 直到这一天,
> 大火烧断了牵连,
> 叶琳,幸运的人,
> 感恩杰克带给你的福祉吧!

特奥巴尔德的歌声凄惨,听着令人发怵,连路过的警察都禁不住驻足,盯着这古怪的三个人看。可身为黑帮老大的特奥巴尔德才不理会警察呢。

"女人,争吵时砍她一刀,婚礼上砸她一斧,捆绑、吊打,干掉她的办法太多了。淹死她,给她脸上泼硫酸,给她饭里下毒药,大卸八块,带到田野上烧了她,做手术时切断她的盲肠。你去读教科书吧,我说的这些方法,书里都有。我就是死神,莫瑞,莫瑞斯!"

"瞧,这词语还押韵呢!到你们家了。"杰克说。

"这里还不错啊!"杰克走进黑漆漆的屋子里,四下打量着说。

"陋室而已,将就住吧。来,来,坐下来,让叶琳把你带的吃的热一下，你可真好，带吃的来。"特奥巴尔德说。

叶琳默默地接过包着食物和烈酒的包裹，狠狠地瞪了黑帮老大一眼，走到屋子尽头的厨房里去。她点起灶台上的三脚架上的一盏酒精灯，两个男人拿了两支蜡烛，点起其中一支，把另一支放在手边，好随时接替燃尽的蜡烛。

"你今天没有故事讲吗，亲爱的杰克？"特奥巴尔德先开口了。

"让我好好想想，可能有吧。"杰克的声音响亮。

"那你好好想想，咱们先聊。说来奇怪，咱俩好像还没有找到过共同感兴趣的话题呢。"

"卡斯帕今晚像是不舒服，他说肚子疼，我看他脸都绿了。"

"我在想是不是卡斯帕琳娜给他下毒了，也不是不可能啊。"特奥巴尔德若有所思地表示。

"她怎么敢？卡斯帕有一次说，老婆敢不听他的话，他会把三只活水蛭放在她眼睛下面，然后逼她生吞一条活鳗鱼，最后再把她和六条毒蛇放在同一个笼子里。我好嫉妒那些毒蛇啊！"

"卡斯帕为什么不舒服呢？"

"听说他去见老板了。"

"啊，那是够倒霉的。"

"是啊，不过只是听说。"

"那为什么呢？"

"听说和假造票据有关，老板警告卡斯帕，别以为自己不可替代，外面有比他更好的演员。"

"我讨厌老板，他净吹牛，桌子、椅子、地毯都让他吹上天了。"

杰克和特奥巴尔德一起沉思片刻,杰克接着说:"现在,我可以给你讲个故事了,不过,我得先喝一杯。"

黑帮老大站起身来,走到柜橱边拿了一个瓶子,递给杰克。杰克仰头喝了一大口,脸一直红到脖子根,他咳嗽了几声说:"痛快!"

"快点讲啊。"特奥巴尔德说。

不远处传来厨房门咯吱打开的声音。

"她也在听。"特奥巴尔德压低声音说,他莫名地感觉有点儿得意。

杰克开始讲故事了。

从前,有一只棕色的大钟,它足有一米高,摆放在贴着花壁纸的墙边。这只钟很精致,顶端雕成一座塔,周边还有许多漂亮的装饰,铁质的指针做工精美,钟摆在表身的匣子里缓缓地庄严地摆动。我是这只钟的主人,想当年我还是个有钱人的时候,这只钟就摆放在我的房间里。哪像现在,住在荒废的宫殿的楼梯间里,推窗看出去是工厂的大烟囱。话说回来,我和我的钟,各自过着自己的日子,很少留意到这只钟的存在。说到我那时候过的日子,故事可以讲一火车,不过今天我要讲的,只和这个故事有关。我在那时候有个叫玛丽的女朋友,就住在我放大钟的那个房间。玛丽有着红头发,个子不高,我尤其注意到她的脖子细长白皙,头型长得好看，不幸没装什么东西，照我说，她似乎有点儿蠢。不过这个女人诚实又漂亮，对我又好，身体更是妙曼如仙，说实话我被她深深地迷住了。

话说一天晚上，恰值春光乍泄的早春时节，树木刚刚发芽，朦胧的夜色中弥散着一种惆怅的伤感之情，令我禁不住感到心跳加速。正当我躺在床上要睡觉时，玛丽突然出现在我房间当中。只见她双目圆睁，全身哆嗦，手颤抖地指向身后的房门。亲爱的特奥巴尔德，你是知道的，我是没办法和女人保持亲密关系的，就是在一起，也要分两张床睡。总之，我一骨碌从床上坐起来，睡意全无，天光从窗户漏进屋来，我听到外面滴滴答答下起了雨。

"那里边……有个人……"玛丽颤抖着低声说。

"你胡说些什么啊？"我的语气和用词都不假思索。

"我不敢说。"玛丽脸色发紫，摔倒在地上。我从床上跳起来，从靠近窗户在地上的一个大箱子里拿出一把刀，我知道刀放在里面，懂刀的人都知道，那可是把利刃。我把刀握在手中，悄悄地朝着玛丽跑出来的房间靠近。

开始我什么也没看到，接着，我看见了屋里的钟，我立刻注意到钟此刻停摆了。我所不知的是钟里面住着一个人，一个不到三厘米高的人，而且，我还不知的是，钟里的这个小人儿居然认识我，我们之前在别的场合见过面。现在，我和小人儿礼貌地打招呼，他露出一个让人无法拒绝的灿烂笑容回应我。我这才发现他把钟面的玻璃罩打开了，此刻，他正笑着坐在钟面的边缘,脚在空中荡着,朝外点头。

"你还记得我吗?还记得你小时候,我和儿子来看你。"小人儿这一番话让我想起了一件事,现在我得先和你叙叙旧,给你讲讲我小时候亲身经历的一件奇事,不然我的这个故事就不完整。

那一年我最多三岁,父母双亡,我寄居在外祖母家。外祖母是个寡妇,家底还比较殷实,算得上是富裕的中产阶级。我的床安置在外祖母家的客厅里,每到晚上睡觉时床被抬进来,我躺在床上,透过客厅窗户上的白色窗帘和浅色的遮光帘,看着窗外的路灯把风中翻滚的树影投射在客厅白色的天花板上。树影如同波涛汹涌的大海,浪里还漂泊着战船,而天花板就如不停变换风景的无尽的天宇。

夜晚的客厅从来都不是寂静的。我躺在床上,听到客厅里庞大的家具在挪动,窗外大树在叹息,地板间隙总有窸窸窣窣的动静。有一天晚上,我听到脚边的床底下传出一声凄厉的叫喊,仿佛下面有什么人正在遭遇危险。我坐起身爬到床边,朝下一看,只见地上躺着一个身高最多有半厘米的小拇指姑娘。她的小样子那么可爱,又那么悲伤。我下床蹲在她旁边,小心翼翼地将她捧在手心,把她带回我的床上。小拇指姑娘留着长发,光腿光脚,穿着短裙和衬衫。她看见我很恐惧,我哄着她,用食指轻轻地抚摸这个无助的小家伙。这突然降临的强烈的困惑和温情,令我禁不住泪流满面。我问她是不是受了伤,她回答说没有,她只是迷路了。她说她本是和父亲一道出来走走，却不想自己走丢了，她已经在屋子里走了很久，感觉非常疲劳。我为能照顾这样一个小小的生命感到由衷的欢喜，我轻轻地抚摸她，安慰她，劝她先睡一会儿。她朝我微笑着，闭上眼睛，在枕头上蜷起身，看着像是睡着了。我一动不动地看着这个从天而降的小小的生命，这个让我变得如此富有，给我的生活带来无数可能性的新生命。我要天天陪着她，和她玩，喂她饭，用我的玩具盒给她造房子，我会把她放在黄色车轮的小车子里，推她出去晒太阳。我感觉内心如此柔软，仿佛人将浮出水面，我的那颗异常年轻的心将会在眼泪和欢笑中破碎。我本能地脱掉睡衣，看着小拇指姑娘，赤身躺下去。这举动似乎该让我感到羞愧，但也无须广而告之。总之，我就这样迷迷糊糊地睡着了，等我再次醒来，只见钟表里的小人儿正带着我刚刚认识的宝贝跳到地板上，小拇指姑娘小跑着，像头小牛跟着主人一样跟在他身边。我惊叫起来，他们俩一起回头，之后都加快脚步朝着立在房间另一端的钟表跑去。我连忙跳下床，一个箭步追上去，只见那小人儿刚好来得及跳进钟里，但小拇指姑娘被我抓在了手中。小姑娘狂乱地踢着腿，号叫着，祈求着，用力想要挣脱我。已经钻进钟表里的小人儿探出头喊道："放了他，放了他，求求你，放了他。"

"可她是女孩儿啊。"我吃惊地看着手里的小玩意儿。

"不，他是我唯一的儿子。我们是去参加一个婶婶的四十岁生日会，他故意打扮成女孩儿，逗婶婶开心的。"钟表里小人儿的哭叫声中夹杂着苦笑。

"他是我唯一的儿子啊！"

此刻，我三岁的内心萌生出一个可怕又可耻的念头，特奥巴尔德，我为自己脱掉睡衣的举动和病态的念头深感羞耻。刚才的美好幻想都像被一阵风吹走了，只留下一丝令人恶心的气息。我把小男孩儿握在手中，他的长发挠着我的手指，他的眼睛充满泪水，他满脸惊恐的表情刺激着我越发残酷病态的黑暗内心。我的手紧紧握住小男孩儿的上身，我能感觉到他急促的心跳，我再使一把劲儿，白色的肋骨像鱼刺一样从衣服里穿出来，暗红色的血迹留在衣服上。我吓了一跳，张开手把小男孩儿扔到了地上，这时，我听到钟表里的父亲发出一声惨叫，地上的小男孩儿费力地爬起身，手举过头顶，朝着钟表做出一个奇怪的姿势。我提起小男孩儿的双腿，开始抚摸他，可他竟然试图咬我。我一阵恼怒，从箱子里找出我的水果刀，把小男孩儿的腿割了下来。他不停地喊叫，我直接把他的小脑袋割了下来。地上一片血迹，我害怕了，用纸把切碎的小人儿包起来，放进一个铅笔盒里。这时，钟表里的父亲没有了踪影，我精神恍惚又劳累不堪地回到床上睡去。第二天早上，我都没有把铅笔盒打开，直接把它埋在花园里了。

亲爱的特奥巴尔德，这就是眼前这个摇晃着腿坐在钟表上的小人儿勾起我的一桩往事。我按捺不住内心愤怒，把刀朝小人儿扔去，他灵活地猫腰躲开，刀落在地上。我跳上去抓他，他瞬间消失在钟表里面；与此同时，钟锤重重地落下来，正好砸在我的右手关节上,鲜血汩汩地流出来。突然,一个小齿轮从钟顶落下来,像被一根无形的线牵引着,来回摆动起来。时针指向六点钟,我怒火中烧,呜咽着哭起来。玛丽进来抱起我,费力把我带回床上,我在她的胸前沉沉睡去。

亲爱的特奥巴尔德,最可怕的事这才开始。那以后的一个星期,那个小人儿每天晚上都来找我。尽管我把钟摆停了,我和玛丽搬到不同的酒店去住,可他还是每晚都出现,先是把玛丽吓得半死,然后再来恐吓我。这样一直到我把玛丽干掉才得安宁。

"你怎样把她干掉的呢?"特奥巴尔德聚精会神地听着。

"很简单啊。"杰克不以为然地说,"萨沃酒店的人发现她的时候,她在自己的箱子里都躺了好久了,他们就把她埋了。其实我挺喜欢她的。"

"别扯了,你连个苍蝇都没打死过。"黑帮老大特奥巴尔德说。

"可能吧。"杰克笑着说,"我也不知道怎么做,反正也无所谓,故事够精彩就行。"

这时,一直不吭声的叶琳从厨房走了出来,她端出一盘煎蛋,一碟虾米,一块洋葱还有一些咸鱼和酱汁。几个人默默地吃起来,各自喝了一杯。

"我爷爷是个很了不起的人,他有一项独特的本领。"黑帮老大若有所思地说。

"是吗?"杰克拿起一块咸鱼蘸着酱汁吃下去。

"他活了很久,我和我妈一直和他住在一起。他是个特别善良的老人,举止得体,说话文绉绉的。我想我写诗的本领是从他那里继承来的。"

"是吗?"饥饿的杰克大口吃着煎蛋。

"他认识卡斯帕的父亲,他常讲起卡斯帕的父亲被处决的事。那时候,可怜的卡斯帕还是个孩子,可他亲眼看着自己的父亲被送上绞刑架。"

"真的吗?"杰克又喝了一大口酒。

"我一直都觉得小孩子挺可怜的,你的故事更让我坚信这一点了。我爷爷常说,小孩子生下来的时候小手都握成拳头,需要别人帮助他们把手打开。真可怕,但也不乏象征意义。"

"这有什么可怕的?"杰克咽了口酒。

叶琳一直默不作声地站在一旁,用水杯喝着酒。突然,她清了清嗓子,开口说话了,两年来沉默不语的叶琳开口说话了。

"人家好端端地坐在地下室缝衣服,人家根本不想要这个男人,可谁问过人家愿不愿意?那天晚上,特奥巴尔德闯进来,他强暴了我。不应该,太不应该啊。我跟着这男人来到这里,可他从来没有正眼看过我。我能怎么办呢?杰克,你是不是觉得特奥巴尔德是个有趣的人,真的吗?杰克,你可知道我叶琳曾经也是花容月貌,是他把我害成了今天这副惨样。杰克,你知道吗?这个男人成天到晚什么都不做,就是坐在那里写什么狗屁诗。我早就受不了啦,受不了啦!杰克你知道吗?有一次,一个不相识的男人趁着他老婆外出，把我带回他家。那天晚上，洗过香喷喷的热水澡，头发用头油梳过，躺在干净的绣花床单上，第二天光脚踩在柔软的地毯上，家里的仆人给送上热乎乎的巧克力。"

"你他妈的在说什么呢？"黑帮老大狂啸着。

"你不是听到了吗？就是那么爽。"叶琳不屑地说。

"婊子！"黑帮老大几乎发疯地叫起来。

"对，他的手指白净，胸脯上也没有长毛，而且……"

黑帮老大朝着叶琳紫灰色的脸重重地砸去一拳，这是他们俩的婚姻中黑帮老大第一次动手打老婆。可这一拳太重了，黑帮老大把他那两百斤赘肉和满腔的痛苦仇恨全都汇集在那一拳上，坐在小板凳上的叶琳立刻失去平衡，仰头向后面倒下去。叶琳倒在地上打滚儿，手捂在自己圆滚滚的肚子上，歇斯底里地嘶喊着。她费力地想坐起来，羊水从两腿间流出来，叶琳坐在地板上，大口喘着气。

"老天爷，快叫医生，我跑路了。"黑帮老大一把将已经站在门口的杰克拉回来，自己从大门冲出去，门在他身后重重地关上。

"怎么办啊？"杰克不知所措地喊。

"别管我。"叶琳跪在地上朝床上爬，爬到半路阵痛来袭，叶琳像头挨宰的猪一样嘶嚎着。杰克脸都绿了，试着把叶琳扶上床，被叶琳一挥手打到一边，吓得颤颤巍巍地躲进储藏室里。这时叶琳的一次阵痛好像过去了，杰克看到她爬到了床头，接着他听到衣服被撕裂的声音，屋子里的蜡烛也燃到了尽头。

"把蜡烛点起来！"叶琳喊着。

杰克已经慌作一团，毫无行动力，他不断地把头往墙上撞，发出歇斯底里的叫喊。黑暗中，他听到叶琳的叫声变得越发单一，如同机器在砸击床栏杆，叶琳狠劲地蹬腿，床架子疯狂地扭动着，夹杂着叶琳有节奏的嘶喊声。突然，她的声音转变成一种充满恐惧和懊悔的嘶叫，只见叶琳站起身，把自己吊在床架上，然后冲着地板跳下去，几乎与此同时，屋子被一片寂静覆盖了。

大家不是问我，黑帮老大为何写诗吗？特奥巴尔德是为叶琳写诗，当叶琳死了，他也随即化作一缕尘烟，彻底与世界隔绝。他就像一个梦游者，在迷雾笼罩的夜里坐船逃离，与灰蒙蒙脏兮兮的城市渐行渐远。他最后一次直面现实，看到的是破烂木屋里躺在地上的叶琳，躲在角落里的下半身露在外面的杰克和小孩儿。那天之后特奥巴尔德开始不停地写诗，他把写好的诗放在眼前，越堆越高，最后完全遮住了看到现实的视线。他变得越来越胖，和一个我帮他介绍的老实阿姨住在一起，日子过得安稳舒适。他爱说话也说得很多，但说的都是些风花雪月的岁月静好。他还在剧团里演所有黑帮老大的角色，但他和卡斯帕也不太交往了。偶然当他喝醉的时候，他就会把这个故事从头到尾讲给大家听，每次讲的又多少有些不一样。我就是在他一次喝醉酒后听到这个故事的。不过那时候的特奥巴尔德已经远离那间小木屋的故事对他的伤害，更确切地说，他简直是在享受这个故事了。

马修·曼德斯的第四个故事

关于一个杀人犯

1942年

这个剧本是以短篇小说的形式写成的剧情介绍，属于情感剧悬疑片的类型，其中不忠和嫉妒是贯穿全剧的主要线索。影片的主人公是两位男性：一名失业的音乐家和另一名残暴地滥用权力、用铁腕手段整治剧中其他人物的施虐者。这个人物可以被看作是伯格曼第一部拍成影片的剧本《折磨》（1944年）中虐待狂教师卡利古拉的表亲。

作者前言

在我十八岁那年，我决定离家出走，去外面的世界闯荡冒险。我在食不果腹、居无定所的状态中度过一段时间后，在一次所谓的"火灾演习"中，我结识了马修·曼德斯。他是个见多识广的人，在他的建议下我们俩搬到了一起。

尽管我坚决拒绝了他所有过分亲密的友谊表达，马修并没有生我的气，反而宣称他愿意与我保持所谓的"纯粹柏拉图式"的朋友关系。

在首都南郊的恩施德区，居民在小菜地上建造小木屋，我们在那里住了下来，小木屋的主人当然不知道我们驾到。马修以难以描述的善良和乐于助人的热情，为我俩的口粮到处奔波，他还试着点燃屋里的炉子，差一点儿引发了灾难。那之后有一天，我吃坏了肚子，病得很厉害，只能天天躺在床上，盯着天花板上潮湿的渍迹发呆。

为了取悦我，当然也为了让他自己开心，马修常常给我讲他经历过的一些事情。这些故事内容之精彩，我敢说要是电影公司的知名编剧们认识他，一定会羞愧地打道回府。

马修的故事就像是《一千零一夜》，只可惜我们没有那么多时间。有一天，来了一群警察把马修带走了，我也被送进了医院。

接下来我要讲的，就是马修给我讲的一个故事，但又不全是他讲的，我当然补充了一些必要的内容。一来是弥补我记忆的欠缺，二来马修在讲故事的时候，对情节的衔接和细节很不在意，可以说，马修是一个古典派的讲述者，他的故事应该用六行诗，或冰岛神话的格律和传统童话的简洁构架来建构。

有一件事可能马修自己也没有注意到，那就是尽管这些都是他的原创故事，他总是以道德评判故事内容。这里，犯罪和复仇就像字母表中的 A 和 B，相互追随；获得宽恕与承担责任通过各种小事联系在一起，创造出某种看似可以被称作意义的东西。

几年后，马修被放出来了。就在几周前，我在路上见到了他——这次见面让我想起了他讲给我听的那些故事。当时他喝得醉醺醺的，正和一个金发少年优雅地交谈。我们彼此礼貌地问候，但都没有真心诚意。

我一直认为，作者在正文前写"前言"，是因为文中有言不达意的缺憾，形式和内容的不均衡，以及人物心理描述上的巨大漏洞，这时"前言"可能会有某些用途。我很抱歉，但只能说，在这段写作中，我被《折磨》的创作折腾得惶惶不可终日。

如果这个剧本能够成立，我确实需要专心研究一下杀人犯的心理世界，这才是这部戏能够成立的理由。

英格玛·伯格曼

I

他那死亡舞者一样苍白悲伤的脸安置在一个短小的脖子上,由此向下没有肩膀,只有一堆布料掩盖着一具本该另起个名字的身体。桌子下面晃着一对纤细的腿,腿上穿着裤线锋利的长裤,脚上穿着一双软皮鞋。桌上整齐地摆放着餐具,一双手沿着桌边直角搭在桌上,露出一个厚重的结婚戒指。

现在他笑了:"咖啡煮得真糟糕,我都看到颜色了,咖啡怎么会是这种颜色,亲爱的。"

她没有回应他,眼睛凝视着桌布上的白色花纹,眼球在半垂的眼睑下打转。这张美丽纯洁的脸在休息,金黄得几乎过分的头发从额头向下倾泻,在脖子附近挽了一个漂亮的结。天花板顶灯刺眼的白光照在她面前巨大的餐桌上,映射着她暗红色的闪闪发亮的连衣裙。

她抬起头来:"知道了,我和爱莲娜说一下,要换杯新的吗?"

她笑了笑,露出一排美丽的牙齿。

他将桌上的盐瓶、胡椒瓶、酱油瓶和芥末酱罐子进行排列组合,摆出对桌上的水瓶和一堆纪律严明的面包屑展开攻击的阵势。

"不用了,就这样吧,不过下次记住了,我的要求也不多,是吧?"

她即刻抬起头来,瞳孔的暗色中亮起一道光。

"是啊,你没有其他要求。"

他没有注意到她的细微动作中包含的憎恨,他正忙着叠餐巾:展开、贴压、折叠、抚平;展开、贴压、折叠、抚平。之后,他将整齐的餐巾放入装饰着花鸟图案的老式餐巾盒里。

"科长,有电话找。"

低沉的声音毫无预告地飘进来,门口站着爱莲娜:端庄、整洁、完美的老仆人,脚上穿着细带短靴,脖子上系着天鹅绒缎带,白色的卷发。

科长有点儿不情愿地站了起来,他的妻子也同时起身。他走进隔壁宽敞安静的书房。

"喂。"

科长只答应了一声,口吻马上改变了:"当然,当然,我的小公主,你来,今晚就来好吗?我随时候着你。"

他那死亡舞者一般的面孔被撕开了,挂断电话,他径直走到妻子的房间,敲门。

埃里克:吉德!

吉德:在呢。

埃里克:可以进来吗?

吉德:嗯……那就来吧。

他进门，吉德正在换衣服。

"你要出门吗？"死亡舞者的脸上露出吃惊的神色，"是啊，你要去听音乐会，是吧？"

吉德：你有事要说吗？

埃里克：克斯汀今晚要过来。

吉德：她为什么来呢？克里斯特又需要钱了吗？不会又没有了吧？

埃里克：我不知道。你换件裙子吧，我觉得你该换件裙子再去音乐会。

吉德：埃里克，我没时间了。

埃里克：哦，哦……音乐会可以等。

他走到壁橱打开门。

埃里克：你应该穿这件白色连衣裙，漂亮的花纹，柔软的面料。拿着！

吉德：但是我没时间了。

埃里克：拿着。

吉德：这件不是很好吗？

埃里克：你要穿这件，这件漂亮，适合你去音乐会。

她看了他一下，在一瞬间，那无意识的仇恨的微光又出现了。

吉德：好吧，好吧，我换这件。

埃里克：还有这个白色手袋。

他快速地拿出白色手袋，并且开始将吉德黑色手袋里的东西往外掏，吉德突然愤怒了。

吉德：这边不整齐，你来帮一下我。

他放开手中的东西，过来帮吉德整理衣服，吉德顺势将包里的东西一股脑儿迅速地塞进白色手袋里。

收音机在播放门德尔松的《e小调小提琴协奏曲》，第一乐章。死亡舞者独自坐在一把旋转的办公椅上，黑暗笼罩在他死神一般的脸上。他慢慢地旋转座椅，先是向上，然后向下。办公桌上放着一盏印度式的台灯，灯光正好照在他的脸上。

门铃响了，完美的女佣走进屋，她的低语传进屋里。

"恩斯特夫人到了。"

"好，带她进来。"他站起身说。

一个脸色苍白的小个子女子走进门，大约二十三岁。她将手袋用双手抱在胸前，忽闪的大眼睛看着科长，嘴巴抿着像是随时要哭出来的样子。

埃里克：坐下，我的宝贝，快坐下。

克斯汀：你得帮我们。

埃里克：克里斯特会怎么说呢？

克斯汀：克里斯特，他会说什么？我几乎都见不到他的人，简直没辙了，我连吃饭的钱都没有哦。

她一直挺直的身体现在沉了下去，眼睛追逐着他的目光，咬住嘴唇，但死亡舞者的目光转向了远方。

埃里克：我现在帮不了你，我的小公主，我没有钱，帮不了你了。

女子崩溃了，开始歇斯底里地干号，眼泪没有几滴，更多的是剧烈的抽泣声。收音机还在播放音乐，科长的办公椅上上下下地旋转，印度灯的灯光照亮他的脸。她突然止住哭号。

克斯汀：（平静而严肃地）这样下去不行了，迟早会出事的。他已经误掉了两场音乐会，被警告一次了，可他并不在乎，他好像什么都无所谓了。每天都云里雾里，不可接近，我没办法和他说话。

埃里克：他常喝酒吗？

死亡舞者的脸上突然露出了兴趣。

克斯汀：不，没那么经常。

埃里克：那会是什么事呢？缺钱吗？

克斯汀：你认为克里斯特会在乎钱吗……不，不是钱。

埃里克：哦。

科长突然转过身，从椅子上站起来，他的软皮鞋踏在柔软的地毯上，前前后后走来走去，像在表演一个奇怪的舞蹈。

埃里克：（冷酷平静地）那可能就是女人了。

克斯汀面无表情。

埃里克：也许就是女人！这不是很有可能吗？不然钱都哪里去了，给情妇买礼物了呗，这是有可能的，非常有可能的，我几乎可以想象得出来，像他这样的人。

克斯汀：埃里克，你为什么要折磨我？

死亡舞者，科长和戴着各种头衔的人站在地毯中央，一半脸处在光线下，另一半处在阴影中。他盯着克斯汀。

埃里克：我在折磨你，是吗？

克斯汀：你到底想不想帮我？

埃里克：我已经跟你说过了，我帮不了你。

克斯汀：再见吧，埃里克。

克斯汀站起身，埃里克朝她行礼，她走到门口。

埃里克：你需要多少？

克斯汀：几百克朗。

埃里克：给你。现在还说是我在折磨你吗？说，我对你好不好？好不好？你还能说什么吗？

克斯汀：当然，你真好……

克斯汀站在门口，手里紧握着钞票，又哭了起来。刚才的紧张情绪已经缓解，此刻她困惑地哭着，他看着她。

克斯汀：你真好，真好，真的太好了。

他挺直腰杆，充满柔情的手指在她的脸颊上轻轻地碰了一下。她抬头看着他。

克斯汀：真的，你真好。

等到她走到大街上时，才将钱放进她的包里。

Ⅱ

音乐会结束了，长长的雨丝缓慢地飘洒下来。音乐厅后台出口外停着一辆车，吉德坐在车里，她整理头发，涂粉，拿起一支烟，点燃，又把烟从窗户扔出去。一队腋下夹着不同乐器的男人依次走出来,他们比画着说话,像木偶一样滑稽。终于,克里斯特带着他的小提琴盒子出来了。他上了车,车子发动,吉德凑过来,他们长久没有说话。

"真的,我真的是疯了。"克里斯特突然说。吉德没有笑,拉起他的手吻它。

"我真是疯了,就好像坐在车里,看着周围的现实闪电般地消逝,却无法控制,是谁在开车啊?"克里斯特继续说。

"也许根本没有人。"吉德解释道。

餐厅角落里响着舞曲,人们在喝酒跳舞,抽烟聊天儿,谈笑风生。屋内的装潢是白色、轻盈、高冷的。大餐馆和舞会之夜。

克里斯特:吉德!吉德!吉德!

吉德:我在。

克里斯特:我喝醉了,脑袋里塞的全是棉花,我脚步轻盈,随时可以翩翩起舞。一切都非常可笑,包括我克里斯特·恩斯特,可你是危险的,我都不敢想。你就不能停下来不动吗?

吉德:克里斯特,我们跳舞吧。

克里斯特:我坐着跳,你看,这才是完美生活的一半(或是缺失生活的一半),而你是另一半。

吉德:不要,不要那样!

克里斯特:你今晚的白裙子可真漂亮啊,我以前没见过。这么柔软的布料,和我的醉态一样柔软。来吧,我亲爱的公主,让我们跳舞吧。

吉德仰头大笑着,强烈但缺乏快乐的苦笑。

吉德：没错，亲爱的，我是你的公主，你是那个走遍七个王国才找到我的王子。

克里斯特：我永远都不会放你走。

吉德：不，我们跳舞吧，从白天跳到黑夜，一直跳到地老天荒，直到永恒。

克里斯特：直达地狱，直接入棺。

吉德：你爱我，不是吗？

克里斯特：是的，几乎和爱我自己一样多。

吉德：我希望埃里克在这里听着！

克里斯特：你！！！

吉德：是的。

克里斯特：房间在转，我也在转，哪里是锚点啊？

吉德：对了，埃里克！

克里斯特：哦，你那么喜欢他。

她莫名其妙地大笑起来。

克里斯特：（坚持问）你到底有多喜欢他？

吉德：比你喜欢克斯汀要多。

话语一出，克里斯特脸色大变。他在舞池甩开她，走回桌子边，生气地坐下。吉德跟着过来了。

吉德：你生气了？

克里斯特：不要把克斯汀拉进你我的肮脏勾当。

吉德：（笑起来）哦，不要吗……？

克里斯特：（沮丧地）有时候我真想看到你死。

吉德：有时候我真希望在疯人院里看到你。

克里斯特：干杯，我的公主。

吉德：干杯，我的王子。

克里斯特：房间订好了，床也铺好了，跟我走吗？当然，必须的。

吉德：今晚你可真有诗兴。

克里斯特：（大汗淋漓地咯咯笑起来）是吗？

吉德：再喝点。

克里斯特：对呀！保安！保安！

吉德：以防万一你把我杀了啊。

克里斯特：这并不是不可能。（努力提起精神）并非不可能的。你看，我多危险，和我在一起是不是很刺激？我很危险。

吉德：哼，你这个小坏蛋。

克里斯特：是的，（低声说）我是个坏蛋，一个喝多了的坏蛋。没关系，只要你不离开我。亲爱的。

吉德：亲爱的！来吧，我们走吧。

酒店房间，天光露出亮色，吉德在打电话，克里斯特坐在床边晃着腿，抽着烟。两人都穿着外出的衣服，床还没整理。

吉德：你们设法帮我弄辆车，肯定还有一辆车吧。她气呼呼地挂断了电话。

吉德：你应该早给安排好啊。

克里斯特：宝贝，你什么意思？

吉德：你该把车给安排好啊，我就不用大早上四点在这里忙活。

克里斯特：这我可没想过。

吉德：我就是说，这种情况下，那个乖巧的克斯汀估计什么都不会说。

克里斯特：闭嘴！

吉德：你的表达方式真高雅。

克里斯特：我必须用你能懂的方式表达。

吉德：当心点，宝贝。

克里斯特：当心你吗？

吉德不再说话，克里斯特再度开始了。

克里斯特：不行，必须结束，我再也不想和你有任何关系了。

吉德：最近你说了好多次。

克里斯特：这次是认真的。

吉德：上次你也是这么说的。

克里斯特：都是你的错，我变成了这样。

吉德：当然，当然。

克里斯特：但现在一切都该结束了。

吉德：对，该都结束了。

她嘲讽地冲他笑，他苍白的脸转向她，长久地看着她，双手抱着头倒下去。

吉德在床上吃早餐，化妆桌旁站着她的丈夫：死神舞者，科长。他正透过桌上的镜子观察她，他把桌子上的小物件摆来摆去，手一直不停地翻动。

埃里克：克斯汀来了，哎，从我这里讨了一大笔钱……她说她再也受不了了。怎么可以这样说啊，她还说我折磨他，搞得我很难过，就比我原本打算给她的钱，又多给了一些。音乐会怎么样，你玩得开心吗？

吉德：音乐会很棒。

埃里克：我想是的，克斯汀来之前，我在收音机里听到了。你玩得开心吗，我问的是音乐会之后。

吉德：挺好的，我们几个去了……

埃里克：你不用每次都给我解释你的行踪，不过你睡觉前应该好好卸妆，这样对你皮肤更好，还能增进食欲……

（他走上前，坐在她的床上。）

埃里克：顺便说一下，你要谨慎点，不要在餐厅里乱来，已经有好心人给我打电话了，要记住别人看到的是你，不是我，哈哈。

他的左手变成一只长着四只脚的怪兽在房顶上跑来跑去，吉德继续吃着早餐，没有回应。

埃里克：我知道你在想什么，亲爱的吉德。你脑子里在盘算着坏主意，你想离开我，还想要我的钱。这怎么能行呢？是我认错人了吗？你真是一场灾难，为什么啊？你想要的都有了，我对你也没有高要求，有吗？

吉德：（平静地）请不要再问了，好吗？我累了，你该明白。

埃里克：当然明白，我这就走，你可以继续睡你的回笼觉，我把窗帘给你拉下来，睡个好觉！

他走出房间，将房门安静地关上。

吉德仰面躺在床上，紧闭双眼，不愿睁开。她呼吸急促，用力从床上跳起，睁大眼睛看着前方，轻声说："我为什么不做呢，为什么不做呢？"

Ⅲ

克里斯特破门而入，他一脸怒气，一副没有睡醒的疲惫样子。他要去排练，却找不到他的小提琴松香。

克里斯特："老天爷，我的松香哪儿去了？"

从邻居家里传来各种乐器演奏的混杂音，全音阶、半音阶、小音阶、大音阶、三角音阶……

克里斯特：我的松香在哪里？

克斯汀：我不知道，我根本都没看到。

克斯汀坐在床上，她脸色苍白，脸上有黑眼圈，黑色的头发乱蓬蓬的，鼻子尖红红的，像是得了贫血。

克里斯特：不明白松香能去哪儿。

他把家里翻了个底儿朝天，地板上、床底下、报纸堆里、冰箱里……

克斯汀：快走吧，你要迟到了。

克里斯特：我他妈的早就知道，不用你告诉我。

克里斯特怒火中烧，此刻邻居们的排练也变成了砰砰砰、踏踏踏、跳跳跳等各种打击节拍。

克里斯特：看我不把派森家那小子的脖子拧下来，叫他再给我练。我的松香在哪里啊？

克斯汀：那就买个新的吧。

克里斯特：怎么买？

克斯汀：你又没钱了？

克里斯特：我怎么会有钱，松香又丢了……

克斯汀：我给你吧。

克斯汀站起来去拿包，她还没来得及有所反应，克里斯特就已经看到了。

克里斯特：二百克朗！你他妈从哪里搞到的？

（寂静。激奋的音乐响起：Alle Vögel sind schon wieder da[1]，但在克里斯特和克斯汀之间，一切都是寂静的。）

克里斯特：钱从哪里弄来的？

克斯汀：（抿起嘴）我讨来的，不然我得饿死。

克里斯特：谁给你的？

克斯汀：不关你事。

克里斯特：你必须说出来。

---

1 意为"所有的鸟儿都回来了"，是一首广为流传的德国传统儿童歌曲，表达大地回春、万物新生的美好心情。

(克斯汀还是不吭声。)

克里斯特：是埃里克给你的吗？

(克斯汀没有回答。低头看着地板。)

克里斯特：是吗？说啊！

(这时，克斯汀抬起头，愤怒地看着克里斯特。)

克斯汀：是的，你在他老婆身上的花费，我认为他总得偿还一点吧！

克里斯特举起手，狠狠地打在妻子扬起的脸上。

库库库库，库库库库，邻居的音乐。他转过身，抓起琴盒冲出大门，随手用力把门关上。邻居的音乐继续着，库库库库，库库库库。

大酒店的舞会之夜，舞曲震天动地，屋内高朋满座。透过浓密的烟幕，一束银灰色的亮光穿透进来，舞厅正中站着一身白裙的吉德，克里斯特站在她的对面。

克里斯特：亲爱的，亲爱的，我们俩是一对同卵双胞胎吧，永远不要离开我，永远和我在一起。克斯汀抛弃了我，我只有你了。

吉德：克斯汀走了？你疯了吗？

克里斯特：她向你丈夫要钱。

吉德：(笑)你也知道了。

克里斯特：对，我知道了，我才不在乎呢。

吉德：这有点儿可爱，你和我，他和她。

克里斯特：为这无耻下流的滥交干杯。

吉德：至少我不是为了钱。

克里斯特突然沉默了，他惊慌地抓住桌子边缘，脸色煞白，吉德平静地看着他的脸。

吉德：哦，你还不相信吧，你不了解埃里克，你以为他会让谁不劳而获吗？你相信这世界上会有随便撒钱的大善人吗？埃里克当然知道我们的一切，他一直在监视我，这又不难。如今克斯汀离开你，那你可真要怪你自己了。你这个笨蛋，还要离开她，把她扔给埃里克吗？笨蛋，可怜的笨蛋。

小号声响起，舞池里的舞伴们纷纷鼓掌。

吉德：（声音低沉，面无表情）埃里克不会放掉任何一个猎物，克斯汀对他来说太容易了。有天晚上我撞见过他们，可怜糊涂的克斯汀，站在那里瑟瑟发抖，而他却在一旁嘲笑她。我不想告诉你，怕你冲出去做傻事。可现在……你懂的，天下没有不透风的墙。

舞会的鼓声砰砰响，连续不断。克里斯特紧紧抓住桌子边，生怕被拖入无底的黑暗之中。整个事件的所有画面迅速地在他眼前翻转过一遍，一张张图片，一句句对话，对，所有的细节都能对在一起，没错，一切都无懈可击，一点儿没错。他感觉地转天旋，脑子里嗡嗡作响，眼冒金星，眼前那个人只是不断地讲话。侮辱搅得他五脏六腑都在黏稠地蠕动。恐惧，深渊一般无尽的恐惧在燃烧，发出沉闷的音调。而在最尽头处站着一个哭泣颤抖的小孩儿：克斯汀，克斯汀，克斯汀。

吉德不吭声，她平静地看着克里斯特。今晚的她异常美丽，一头浓密的金发如同被雕塑出来一般，在刺眼的白光中，她仿佛不是一个真实的存在。

吉德：（凑近桌子）无论如何，你没这个勇气。

克里斯特：我怎么就没有呢？

吉德：你会被发现的。

克里斯特：又怎样，无所谓了。

吉德：想想克斯汀。

克里斯特：是啊，我想的就是她。

刚才还是万箭穿心，现在他反倒高兴起来，一种想开心大笑的温顺和平静包围着他。他靠在椅子上，把门卫喊过来，和他认真地商量了很久。

克里斯特：吉德，现在让我们开一个举世无双的大派对来庆祝吧，你知道吗，恐惧是个量变的过程，待到一切都已玩儿完，且命该如此，那还有什么可恐惧的呢？我太开心了，了解真相真是让我太开心了。

舞池在演奏一首轻柔的、旋律优美的乐曲，他们一起干杯，突然，克里斯特笑了，也带动了吉德和他一起笑起来。

吉德：他有时会去一家妓院。

克里斯特：你知道是哪一家吗？

吉德：我能不知道吗？我们就是在那里结的婚。

克里斯特：是吗？

吉德：我威胁他如果不娶我，就给他制造丑闻。

克里斯特：现在他还去那里？

吉德：是的，似乎这是给他带来快感的方法，他需要向别人施展权力，要别人怕他，依赖他。事实上，我一直怕他，我还以为是我在控制他，直到有一天……不，我们还是不说这些了。

她摇着头，注视他的眼神阴沉下去，她微笑着，握住他的手，吻他的手心。

音乐越来越激烈，舞池里汗流浃背的舞伴们相互注视着，大笑着，高谈阔论着。吉德和克里斯特被跳舞的人群围在中间，她吻了他的手，他们结下同盟，围着他们跳舞的人群就像一只戒指，为他们彼此的约定封上封条。

日子一天天过去了，无聊空虚的日子像顽固的牙疼飘然而至。克里斯特不再和吉德见面了，他就像只停摆的钟表静止下来。克斯汀无声地在屋里四处挪动，嘴角开始生出刚硬邪恶的纹路。她大部分时间什么都不说，但如果说什么，她的声音会变得又尖又细。她的鼻头总是红红的，时常在夜里哭泣，但他们之间不再相互攻击，好像气力已经耗尽。一言既出，驷马难追，但何时兑现，可以推迟到明天，后天，或者下个星期。杀人不是一件容易的事，一切都需要仔细规划，认真思考，最后付诸行动。

慢慢地，慢慢地，当初做决定的力量逐渐消退，取而代之的是沉闷的空虚、折磨人的无能和疲惫。克里斯特站在窗边，低头看着院子里一群半大小子在玩游戏，渐渐地，他的注意力被孩子们的游戏吸引了，他们不加修饰的粗鲁语言刺激了他。孩子们手中拿着棍子，在院子里来回跑着追堵一只大老鼠，待到他们把老鼠逼到角落，就开始用棍子使劲地抽打老鼠。打啊，打啊，老鼠狂乱地跑，跳得离地好高。男孩子们嘶喊着，睁大眼睛咆哮着，做着暴力的动作。终于，老鼠死了，死于男孩子们的私刑。一个男孩儿抓起老鼠的尾巴，把它塞进夹克里。

杀戮不难，毁灭、夺走一个生命也并非难事。但对于克里斯特，仍然还有一道过不去的坎。他需要更多时间才能做到，但他会做到的。

IV

经过一场大雪和严寒后，一天，克里斯特被叫到乐团总管那里，他被告知，鉴于他在屡次收到警告后，仍未能改正自己的行为过失，乐团将不再继续雇用他。

他回到家把乐团的这个决定告诉了克斯汀。

克里斯特：完了，他们不再要我了，我们该怎么办？

克斯汀：是啊，该怎么办呢？

邻居家在进行小调音阶和半音练习，而在克里斯特和克斯汀之间却只有沉默。她想抱怨，诅咒，但又有什么用呢？她看着丈夫身体僵硬地坐在窗前，脸上乱糟糟的胡须，嘴边粗糙的皮肤露出一丝漠然，发红的双眼充满疲惫，那双漂亮的手，此刻缺乏护理，连指甲都露出破损的痕迹。

克斯汀：我们都没钱吃饭了。

克里斯特：哦，一定能好起来的。

克斯汀：哦，你来给搞好，是吗？

克里斯特：你可以去找你那个私人慈善所。

克斯汀：克里斯特！

克里斯特：让我活着难道不是他的职责吗？

那天他们没再说一句话，家里的储蓄还能过几天，但很快情况变得急迫了。他们开始寄卖东西，先是些不大有用的小东西，然后是家具，这些消失得很快，再往下就轮到小提琴了。

克里斯特：去找他，我无所谓。

克斯汀：好，那我就去。

克里斯特：这很好，去吧，重要的是活着。

克斯汀试着最后一次和克里斯特交谈。

克斯汀：克里斯特，我们就不能试着像有脑筋的人一样好好相处吗？哪怕就一会儿，为什么你就不能相信我，我告诉你了我和他之间什么都没有，可你不相信我。你不相信我是因为你自己跑偏了，你无法相信你自己，但你可以信任我啊。

克里斯特：我谁都不相信，你知道的。

克斯汀：你真的不在乎我了吗？告诉我，克里斯特。

克里斯特：对，你让我恶心，你，还有天下所有的臭婊子们。

一阵安静过后，克斯汀非常平静地说："总有一天你会后悔的。"

克斯汀走了，克里斯特冲着她背后喊道："那你就有点儿用处。"

但门已经关上，屋里只剩下他一个人了。他在如今变得空荡荡的屋子里来回走着，黄昏愈加浓重，雨水哗哗地落在院子中央肮脏的积雪堆上，邻居已经停止练习了，有人尖着嗓子在吵架，院子里炊烟袅袅，到处是躁动的日常生活情景。但克里斯特感觉自己被漆黑冰冷的沉默包围着。

克里斯特：为什么克斯汀不去找份新工作？她烦死打扫楼梯了，她可以……她好像什么都不会。我们刚结婚的时候，她连个鸡蛋都不会煮。我俩在厨房互相打趣，一起煮了我们婚后的第一餐，太逗了……这里好冷啊，暖气不是开着吗？难怪这么饿……没什么喝的……结束了，昨天一切还都不一样，我的小提琴，还是不要为它落泪了吧。饥饿，饥肠辘辘。等等，我还在什么地方留了一支烟？是的，感觉好多了，太有用了。猪肉煎饼，老天爷，我怎么会想到它？还有牛排，巧克力慕斯。吉德就像带奶油盖的巧克力慕斯。现在，他们坐在一起吃饭，魔鬼死亡舞者和她，那么多的巧克力慕斯。吉德，她在吃巧克力慕斯，我在抽我的最后一支烟。我都晕了，其实饥饿也没那么可怕，想象咀嚼一整块血腥牛排的感觉，啊啊啊……没什么可怕的。克斯汀越来越瘦了，她能给死亡舞者多少快乐呢？有人喜欢这类型的，死亡舞者是这种人，他的手很灵活……克斯汀……她感觉不到，女人就这样。为什么这么黑？女人，尤其是我的女人，就这样。她们羞辱我，绑住我的手脚嘲笑我，吓得我浑身冒汗，四肢无力，恶心得想吐。哦，香烟。克斯汀去找死亡舞者了，我去找吉德，吉德和死亡舞者在一起，没有人和我在一起。三人狂欢啊，你们得有多开心啊……我的克斯汀，可怜你那么瘦弱，为了钱啊。吉德多丰满，还不得卡住……可怜的小克斯汀，他也会打她，然后给她钱。太黑了……这里太黑了。

克里斯特跌跌撞撞地在房间里走来走去，四周一片黑暗，他脑子里面更是黑暗。他的思维像是抵达到了尽头，不再运转了，他感觉一无所有。

突然，一个白色的圆点从里面冲向他的眼睛，它越来越大，撞击到眼球后裂开。他听到一声尖叫，脑海中闪现出一幅画面：死亡舞者趴在克斯汀身上，他把她灌醉了。又一声尖叫：克斯汀，克斯汀。这一切都发生在一瞬间，随即是一片黑暗。

无数闪烁的红色肢体从他的眼睛里流落出来，中间插着一把刀，是他自己的削铅笔刀。乐队在演奏《希伯来人》第一幕，两杯咖啡加白兰地，两杯咖啡加白兰地。他笑了。

冬天寒冷坚硬的空气让他冷静了下来，几乎所有的画面都消散了，但只有一个画面带着腐朽燃烧的力量让他欲罢不能：他把她灌醉了。他疯狂地在路上走，根本不管自己是怎么走的，但他知道一扇大门，知道自己要进去。然而，他却在大门前跑到了对面人行道上，大门打开，死亡舞者，科长走出来。所有的认知、理智、冷静被打得七零八落，凝聚成一个图像，那就是难以抑制的、震耳欲聋的仇恨。他走路的样子，被路灯照亮的苍白的脸，乌黑的皮鞋踩在街道上发出的声响……一切都在对克里斯特说：行动吧！

克里斯特紧随在他身后，有点儿惊讶对方都没有扭头或是用别的方法表示注意到了他的尾随。克里斯特走在他后面，脑子里只有一个画面，一个念头，终于到了下手的时机了。

科长拐进一个门洞，用自己的钥匙打开大门，克里斯特赶在大门关上之前偷偷地溜了进去。他悄悄地上了楼梯，科长乘的是电梯，他在三楼停下来，按门铃。门开了，里面传出欢声笑语和音乐，有人不停地讲话。科长走进去，楼梯间即刻安静下来，灯也熄灭了；但很快又亮了，楼下走上来两位年长的绅士，他们像是跑过来的，门开了，屋里嘈杂的声音传出，门再次关上，刚才的两位先生和热闹的情景像是都被吸进屋子里去了。楼道灯再次熄灭，四周一片漆黑和安静。

一直躲在楼梯上的克里斯特走出来，他点亮楼道灯，梳理了一下自己的头发，整理好衣服，然后按响门铃。门开了，屋里的谈笑声雪崩般地逼近他，声音变得更大了，一个丰满圆润的女人给他开门，一个典型的妓院鸨母的形象。

穆蒂：什么事？

她的笑声止住了，周围安静下来，屋里的气氛严肃起来，烘托出鸨母肥硕的身体。

克里斯特：埃里克来了吗？

穆蒂：曼弗雷德！曼弗雷德！

一个面色红润的男人出现了，一只漂亮的珐琅质假眼更增添了他的风度。

曼弗雷德：穆蒂，你叫我啊，我在呢，什么事？

穆蒂：这位先生找埃里克。

曼弗雷德：埃里克刚到不久，来，我来带他。

曼弗雷德：我觉得这男孩儿看起来不错。

穆蒂：先生想见科长？

克里斯特：我想见埃里克。

穆蒂：曼弗雷德，我们该怎么办啊？他想见埃里克。

曼弗雷德：是啊！

（两人面带愁容地看着克里斯特，穆蒂的表情有点儿不情愿。）

穆蒂：我真不知道我为什么要打扰他，他已经去自己的房间了。

曼弗雷德：你要轻手轻脚地到门前敲门，从钥匙孔里低声说出你的名字。

穆蒂：请问先生叫什么名字？

克里斯特：克里斯特·恩斯特。

门开了，克里斯特走进一个窄而长的房间，房间左右两侧的门都通向一个更大的房间，门口站着几个姑娘在朝外张望，房间里传出隐隐的音乐声。克里斯特走进一个窄而长的过道，过道左右两边开着许多门，再往里，中央是一个大房间。门里有不少姑娘朝外看，可以听到舒心的音乐。

曼弗雷德：先生您的名字是？

克里斯特：克里斯特·恩斯特。

穆蒂：曼弗雷德，你进去问问吧。

她轻柔的声音似乎是给曼弗雷德的准许，他走进去，在一扇门前停下。他敲了敲门，对着钥匙孔说了些什么。门开了，死亡舞者走了出来。

埃里克：来吧，克里斯特。进来吧。

克里斯特走进屋，房间很小，一张大床，扶手椅，墙上有一面大镜子，角落里有一个屏风。屋里只有他们两人，等等，还有一个年轻的女孩儿，跷着腿静静地坐在床上抽烟。

V

天花板上的吊灯给这间昏暗的房间打上了一层奇特的光晕，科长就坐在吊灯下面，他苍白的脑袋瓜儿被照得闪闪发光，他的额头高隆，让他看起来像个巨婴。房间里空气污浊，劣质香水混杂着香烟、灰尘。克里斯特亲眼看到这一切，但又像是在看镜子里的反射，他被饥饿折磨得发晕。

克里斯特：克斯汀在哪里？

埃里克：哟，你来找我，你以为我和克斯汀在一起啊？

克里斯特：你对她做了什么？

埃里克：我都没见过她。

克里斯特：你撒谎。

埃里克：哦，是吗？

克里斯特：你把她灌醉了，给她钱，你还打她。

（科长伸出手，噘起嘴，目光转向床边坐着的小姑娘。）

埃里克：莉丝，你听到了吗？

克里斯特：她在哪里？

埃里克：你神经病啊，克里斯特。怎么了，喝醉了吗？

克里斯特：克斯汀！克斯汀！

（克里斯特在房间里走来走去，他半闭着眼绝望地叫喊。空虚带给他刺入骨髓的头痛。）

埃里克：立刻给我出去！

克里斯特：你一直在折磨我们，别装了，你喜欢折磨别人，你想看到我们分手、受伤。你才有病呢，你才该待在疯人院里。

克里斯特逼近死亡舞者，情绪崩溃。床边的女孩儿依旧平静地抽着烟，饶有兴趣地冷眼观看这场表演。

克里斯特：克斯汀在哪里？

克里斯特上去抓对方的脖子，但死亡舞者以出乎意料的速度和精准，一拳打在克里斯特的肚子上，克里斯特倒在地上，死亡舞者拉出一把椅子坐下，脚对着倒在地上的克里斯特的头。他拉起床边姑娘的手，然后说："你要当心，小子，有时候我会觉得有些人在某种程度上还算有趣，但你不算在内，你让我恶心，我什么都知道。"

说完话，他更加愤怒，冲着克里斯特踢了一脚。

埃里克：卑贱的小畜生，滚！赶快给我滚！

他走到门口将克里斯特一把扔出去，克里斯特慢慢地站起来，朝大门口走去。

一脸冷漠的女孩儿这时又点了一支烟。

附近房间传来克制的音乐和笑声。死亡舞者衣着笔挺地站在房间门口，他的头发有点儿乱，额头上有两个红点。克里斯特朝门口走，就在他抵达大门的瞬间，他以闪电般的速度转身奔向科长，用手中的削铅笔刀刺向科长。科长无声地倒地。怒火中烧的克里斯特扑向他，一次次地将刀向看上去已经死了的科长的脸、手、身体和手臂刺去。

整个过程中，克里斯特一声不吭，只能听到他重重的喘息声，还有隔壁房间的音乐和低语。坐在床上的女孩儿这时起身，沉默地看着眼前发生的一切，拇指和食指夹着香烟。

门被撞开的声音，铁链碰撞的声音。

克里斯特站起身，凝视着眼前的小姑娘，注意到她细弱的绿色头发，胸前的方形领口露出的乳沟，她优雅吐出的烟圈。然后，他开始奔跑，疯子一样穿过大街小巷，他感觉心脏快要爆炸了，脑袋里像瀑布一样隆隆作响，他的双手感觉到痛。当他终于跑回家，费了好大的劲才打开房门后，他看到克斯汀正站在他面前。"克斯汀！克斯汀！"他尖叫着伸出双手。

"我做到了，我为你做到了。"克里斯特绕过克斯汀走进房间，倒在椅子上，用双手盖在脸上发出恐惧、自怜的号叫。

"我没办法，是他逼我做的，他有病。现在我们都自由了，人类从老鼠身上解放了。"

他想起了那只死老鼠。

"可我不能把他夹在夹克里带回来!"

他笑着笑着,开始落泪。

"该死的,我得洗洗,现在我们自由了,感觉太好了。"

他又笑了,起身去浴室,怒冲冲地推开克斯汀。他将颤抖的双手放在水龙头下,但衣服上也是血,他用手巾擦拭,发现裤子上、鞋子上、脸上都是血。他愤愤地抽打水,自言自语,最后,他将外套扔到浴缸里,自己坐到马桶上。他筋疲力尽,开始全身冒汗,发出喃喃的呻吟。

"好多血,我给他的,一次,再一次,他本该小心的,我早受不了了。我不能……克斯汀,帮帮我。"

他安静了一会儿,似乎找到片刻平和。

"他们抓不到我,我今晚就去哥德堡。你有钱吗?钱在哪里?然后我就出海远航,他们别敢再小瞧我。"

克斯汀递给他一百克朗,他接过来,在衣柜里倒腾一番,找到一件旧风衣,又拿了鞋子、袜子还有一顶贝雷帽。他抓起公文包,将睡衣和洗漱用品塞进去。

这番操作带给他一丝平静。

"我会给你写信,天冷了,小心别感冒。"

当他说出这些话时,他想自己的意识还是清醒的,他拍了拍克斯汀的脸颊,这也是他之前早上去排练前常爱做的动作。

"照顾好自己。"他说完转身出门,快速地下楼梯。

克斯汀独自站在屋子当中。

科长有时会发出警告。这天半夜,吉德突然莫名其妙地醒来,感到一种无法应对的不适,于是她起来,点上床边的台灯,在地板上走了几步,喝了一杯水。

与此同时门外响起了敲门声。吉德立刻不安起来,她听见外面大门打开了,一些嘈杂的声音开始接近卧室。接着,门开了。

科长被抬进来,看上去伤得不轻,蜡黄的脸与身边曼弗雷德红润的脸色更是反差巨大。纱布将他裹得面目全非,曼弗雷德一直在身后轻轻推着他。

"把我扶到椅子上。"死亡舞者命令道。

"很好,现在你可以走了,你会在天堂得到好报的。曼弗雷德。再见。"

曼弗雷德举起瓶子,放在鼻子上嗅了嗅,抽泣着看着吉德说:"嗨,吉德。"

没人回应,他有点儿沮丧。

科长夫妻俩沉默了一会儿,他说:"干得不怎么样。"

她看着他。

"看啊,吉德宝贝,这就是他做的,真不怎么样,那个小混蛋。"

他伸手去拿电话。

"但我可不会让他逍遥法外。"他拨了警察局的号码。

"警察,总有一天我要当着你的面问你为什么这么做,蠢货!"

VI

警察一大早就来到克斯汀的家中,简单礼貌地搜查后,将她带到警察局。警长刚刚起床,正在努力地伸腿弯腰。他们给克斯汀拿来甜面包和咖啡,克斯汀欣然接受。昨晚被带到警察局的人正在被送回家去,其中一位是因为辱骂警察,他说管理风化的警察才是这个城里低级趣味想象力最丰富的人。一个显然是警长的人将夹鼻眼镜认真戴好后,深深地向他鞠躬道歉,重申拘捕他实在就是一场倒霉的误会。

警长走进来,身边还跟着几个侦探,他们分别做了自我介绍,克斯汀听不太清楚他们在说什么。她有点儿被吓呆了,反应迟钝,她的眼泪早在这一切发生之前就已哭干。

警长:(舔着嘴唇)恩斯特夫人,现在让我们谈谈这件事,最简单的是您马上告诉我们您丈夫的去处,但您可能不愿意这样做。

(克斯汀默默地看着地板。)

警长:好吧,好吧,这个我想到了。那太糟糕了,不然大家都轻松。您觉得您丈夫预谋这事很久了吗?

克斯汀:我不知道。

警长:是啊,是啊,当然。

克斯汀:我什么都不知道。

警长:写下来,恩斯特夫人对所有事一无所知,这样听起来不太好,我看看。

警官斯万森：恩斯特夫人对某些事一无所知。

警长：这样也不好，还是这样吧——恩斯特夫人无法为案件提供任何线索和方向。

侦探：恩斯特夫人……

克斯汀：我什么都不知道。

侦探：我理解您要保护您丈夫，从您自己的角度看，这样做没毛病，但我要告诉您，恩斯特太太……

克斯汀：我和你们说了，他跑了，什么都没跟我说，别烦我了，再给我一个面包圈和咖啡。

侦探：（不依不饶地）恩斯特夫人，如果您说出您丈夫的去处，对他的伤害会是最小的。他不可能一直躲藏下去，他没有护照，不能出国。神经可能随时处在紧张状态，他需要照顾和监管。如果我们像打猎一样全国撒网去搜捕他，对他可是一点儿好处都没有。我参加过这样的搜捕，恩斯特夫人，老实跟您说，我和我的警犬都希望不要有下一次。您要是坚持相信您对他忠诚是在帮他的话，那您可就大错特错了。他迟早会落网，为什么要为难他也为难我们呢？再说了，还有一件事很难预测会不会发生，如果有人要报复您呢？我们不会放任也不希望事态继续发酵下去，那就先要做好自我保护。

（四周安静下来，克斯汀不安地看着周围的人，接着摇了摇头。）

克斯汀：不，不。

侦探：好吧，恩斯特夫人，请您好好想想。

克斯汀：（低声地）你们只想伤害他，还想骗我。我不说，什么也不说。

（又是一阵安静。）

侦探：（冷静地）您有任何需要帮助的吗？

克斯汀：有，我需要吃饭。

侦探：好，我们这就安排，还有别的要求吗？

克斯汀：我想要一片安眠药。

侦探：这个不行，不过我可以请医生过来看看您，看他可以怎样帮到您。

（克斯汀拿起手帕打了个喷嚏，然后站起来冷静地走向门口，朝屋里的先生们行礼告别。）

克斯汀：我可以走了吧？

警长：当然。

克斯汀：谢谢，再见。

门关上，里面的人听到外面砰的一声响，大家都被吓到了，一位警员开门探出头说："她晕倒了。"

黎明时分，克里斯特抵达了哥德堡。他走下火车，看到站台上站着一名警察。但他让自己平静下来，活动一下疲倦的双腿，然后若无其事地从警察身边走过。

他在黯淡无聊的城市街道上乱转，感觉浑身冰冷，疲惫不堪。在老城区的市场街，他看到一个"旅客住店"的招牌，他把前台熟睡的漂亮女服务员叫醒，订了一个房间，买了两个大大的三明治和一杯热巧克力，爬上一张脏兮兮的破床，赶走了几只蟑螂，然后睡去。

他一觉睡到傍晚，到楼下的乳品店吃了一顿晚餐。他买了一份晚报，从头到尾读完了报纸的每一页，惊讶于没有读到他要找的新闻。夜幕降临，他打算去码头找一条去挪威的船，想着只要能躲到船上，就万事大吉了。可他哪里知道，等他到了码头才惊恐地发现港口的大门都锁上了。他翻过围栏，所幸没有受伤，外面黑得像坟墓一样，他突然感觉这一切就像是一场噩梦。我已走投无路，该怎么办呢？有那么几分钟他感觉现实活生生地刺痛着他：我，克里斯特·恩斯特，现在本该坐在乐池首席小提琴的位置，演奏德彪西的作品。

他还没来得及思考，就发现自己置身一束刺眼的手电筒光的中央，无法逃脱。

"你这家伙是谁？"持手电筒的人说。他看到身体右边有一堆木头桩，他抓住机会跳到木桩后面，接着再向下一个角落移动，再下一个。他脑子里空荡荡的，心吊在嗓子眼儿，怦怦直跳。他费力地下咽，但嘴里干巴巴的，他没办法咽下去喉咙里跳动的心。

从木桩之间的缝隙，他隐约看见了铁轨的轮廓。他从木桩里抽出一根又长又粗的棍子，拿在右手，一种简朴的幸福感笼罩了他。他在原地站了足有半个小时，直到他听到了脚步声，是守夜人。

守夜人走在铁轨之间，他不时地停下来，点亮手电筒照在铁轨中间的枕木上,他越走越近了,此刻,他就站在克里斯特正前方。他朝向克里斯特,就要打开手电筒。守夜人的脸在克里斯特的眼里是一个闪烁的光点,他举起棍子,朝着光点猛击。

铁轨之间,一堆黑乎乎的东西倒下。

"手电筒!"这是克里斯特涌出的第一个念头,接着他想,对方身上有没有武器。他惊讶地发现自己竟然没有害怕,反而有种获胜者的庆幸。他苦笑地想:"瞧,我把你干掉了吧,我叫你小心点!"他在守夜人身上找到了一把手枪、一小盒子弹和手电筒。之后,他离开铁轨,找到了围栏,他找了几个箱子叠在一起,越过了围栏。此刻,他完全忘记了自己来港口找船的目的,好像刚才做的那一切就是今晚这一趟的目的。

他沿着皇后街和礁石路朝回走,路上他不停地对自己重复着一句话:"我叫你小心点!我叫你小心点!"返回住处后,他发现自己床上躺着个女人,他叫醒她,女人用亲熟的笑脸看着他说:"你是个好人,我喜欢你。"

他坐在椅子上,把今晚弄到的东西从口袋里掏出。

"嘿,帅哥,"女人佯装镇定地说,"怎么样,打炮吗?不?好吧,那是枪匣子吗?"

克里斯特和蔼地点了点头。

女人:亲一个。你这种人真让我发疯,手里拿个枪匣子还一本正经地坐在这里。

克里斯特:我可不是好惹的。

女人:不好惹,不好惹,瞧你那神气十足的样子。你等着,时候未到呢……怎么,今天夜里锤死了个老头儿?

克里斯特:我锤倒了一个上夜班的,估计现在他睡着了。

女人:看我说得没错吧,太刺激了。你这么玩活不长的,来,睡下。

克里斯特:你走开我就睡。

女人:不用担心,小伙子,我知道怀里揣着赃物是什么感觉。我不会碰你的。

克里斯特:那你就去你自己的床上睡。

女人:要是我有的话。我的床上现在躺着头哼哼唧唧的猪,一靠近他就会对我拳打脚踢。你不用害怕,这里的地方足够了。

克里斯特:呵呵,你觉得我是个快完蛋的人吗?

女人:当然了,不是吗?

克里斯特:为什么?

女人:从你的眼睛里看到的。

他和衣躺下,身边有个人让他至少感觉好点,他睡得很沉。

几天前的寒潮开始退去,天气稍稍回暖。清晨开始下雪,纷纷的雪花安静地落下,老城市场街上的坑洼和路上的小屋都被大雪覆盖了,四周寂然无声。送报纸的大妈出现在坡道上,她将报纸塞进每家门口的信箱。报纸背面两个黑色的大写字母"P. S."下写着"守夜人被谋杀"。

当天早上,克斯汀被传唤到警察局,那个声音友好但态度顽固的侦探只是想了解一些小事。克斯汀回答，对方点头致谢。有人敲门，一个警察露出头，带进来吉德。

"早上好，您丈夫怎么样？"侦探问。

"不怎么样，很糟糕。"吉德平静地回答。

侦探：啊，他在医院了。

吉德：是的，医生说……他根本不听，但医生说……

"两位女士认识吧？"侦探用格外冷静温柔的声音说。

电话铃响了，侦探去接电话，说了几句话，然后挂断电话。"对不起，两位女士，请你们稍候一下，我得出去接个电话，抱歉。"说着离开了。

克斯汀与吉德一时间无话。

吉德：你脸色苍白，克斯汀。反倒显得更精神了。看着挺好的，亲爱的。

（房间里再次安静下来，克斯汀想说点什么，试了几次，终于说出口。）

克斯汀：你不爱他，还是，你爱他？

吉德：不爱。

克斯汀：为什么，为什么会变成今天这样？

吉德：是啊，万事万物都是为了什么？

克斯汀：你本可以阻止他，如果你想的话。

（吉德拿着一支笔，在手里来回转。）

吉德：也许我不想呢？

克斯汀：那杀死埃里克的是你，不是克里斯特。

吉德：他还没死。

克斯汀：你希望他死。

（吉德笑了，脸色变得严肃起来。）

吉德：你怎么敢这么说？他是我丈夫。

克斯汀：你从来就没有在乎过克里斯特。

吉德：没有，我这么说，是不是让你快乐一点儿？

克斯汀：那你为什么把他从我身边夺走？

吉德：我也不知道，可能因为顺手吧。

克斯汀：你太残酷了。

吉德：对，随便，你倒是留住他啊，他那可怜的傲慢姿态，可笑的好奇心！爱管闲事，邋里邋遢，成事不足，败事有余，就连背叛你和我都做得这么不利落。我这辈子已经蠢过一次了，自酿的苦酒就得自己喝下去，自己喝！出来混，迟早要还的，连利息一起还。告诉你，你这个虚伪的猴子，别以为我会后悔，我不后悔。

吉德越说越兴奋，几乎陷入晕眩。但她很快就冷静下来，走到角落坐下。这时，一向态度冷静的侦探走进来，只是这次他不再冷静，他发火了。"吉德，请你到外面去待一会儿。恩斯特夫人，听着，你丈夫去了哥德堡，是不是？回答我！"

克斯汀不吭声。

侦探：去了吗？回答我，别再沉默了。

克斯汀：为什么我要说……

她被侦探现在的态度吓坏了。

侦探：为什么？我告诉你为什么，昨晚在哥德堡港口，有人打死了守夜人，还抢了他的枪和手电筒。

克斯汀：（尖叫）是的！他去了哥德堡，救救他，帮帮他，您一定要帮帮他。

医院里，科长正在生死线上挣扎，伤口的感染蔓延到他的心脏，活下去的机会很渺茫。吉德坐在靠窗的椅子上，房间里只有他们两人。此刻，两人之间积压已久的、加以埋葬却未入土为安的结怨全被挖出来摆在面前。死亡舞者费力地表述自己，窃窃低语，嘤嘤哭泣，但他无法沉默。

埃里克：我知道，这事让你太开心了，但我不会让你享受我死亡的快乐。

吉德：我不明白你在说什么。

埃里克：你当然明白，你是我亲自从窑子里挑出来的，只有我还有口气，我会亲手把你再送回大街的。

吉德：或许是你挑的我，也或许是我逼你娶的我，可要是我知道你是怎样的一个变态，我会……

埃里克：难道我没有全身心地为你投入？我甚至爱上过你，虽然没那么久。我有没有向你提过任何过分的要求？

吉德：和你在一起的时候，你在你的朋友面前嘲笑我，我的失败成为你开心的理由。我努力过，是的，我努力想做一个真正的人。

埃里克：做一位淑女吗？淑女你只能做到一半，而妓女你整天都在做。

吉德：也许这该是我对你的称呼。

埃里克：以前……你还漂亮过……自从你有了社交野心后，你让我难以忍受。

吉德：你从来都不在乎我。

埃里克：（笑）让我告诉你一件事，小丫头，在乎一个人，那是胆小的傻瓜身上落下来的叶子。你是我的猎物，玩腻了就扔一边，我才不会在乎你呢，你该开心才对。

吉德：可你本能够让我成为一个真正的人。

埃里克：我看得出来。

（突然，他伸手去按床边的呼唤铃，他脸色发青，呼吸急促，全身剧烈地抽搐。）

埃里克：看到了吗……看到了吗……你心想事成了……但我不想死，我不想死，我不想死！

埃里克的反应更加急剧，他不停地用右手拍打床头板，全身扭动，脸色越来越青，眼神变得呆滞。

医生和护士赶来了。

"我不想死。我不想死。"埃里克的声音变成狂吼和怒号，这不是恐惧，而是无法改变的意志，一种绝不放弃的不屈不挠的意志。吉德脸色苍白，双手扣在胸前，红色的指甲紧紧地嵌压进皮肤里。"我不想死。我不想死，不想死，不想死，我不想死。魔鬼，魔鬼。"

医生竭力让他安静下来。

"帮帮我,怎么都行……但我不想死,不想死。"

他像一只困兽一样跳起身来,医生完全无法控制住他,他们给他注射了镇静剂。终于,他安静下来了。医生将他放平在床上。

"他死了吗?"吉德问。

她咬着唇,搓着手。

"没有,他会好的。"医生说。

吉德深感困惑,毫无节制地大哭起来。

VII

警察得到线索,追捕克里斯特的行动全面展开了。警犬狂吠着以惊人的速度在森林、草丛和树木间飞奔,越过裸露的岩石和积雪的沟壑。追捕工作持续到黄昏,晶莹的雪花一直静悄悄地飘落。一只受惊的鸟飞起,如幽灵般嘶哑地呼叫。这场激烈的追捕已经持续了好几个小时,警察带着警犬和武器,他们的目标是一个危险的罪犯,一个持枪的疯子。

克里斯特疯狂地逃命,他隐藏的小木屋被发现了,现在,再没有怜悯和宽容等候他,他只能一路狂奔。他想等子弹打完了,他就投降,反正他也不会被处决,不像有些国家……保命可以……但他们为什么要追我……

过去的一整周，克里斯特都是在被追捕的恐惧中度过的。有一天警察直接来到了老城区的客栈，克里斯特在客栈美人的帮助下从窗户逃走，白天躲在地下室防空洞里，到晚上他决定离开哥德堡，回斯德哥尔摩去。那边人多，人多的地方好躲藏。他沿着铁路线一路蹭车，终于在第四天衣衫褴褛地回到了斯德哥尔摩。他意识到躲藏不是件容易的事，这才想到了城里人菜地上的小木屋。他撬开一把锁，住进了一间小屋，靠着在铁路边的售货亭买的巧克力、橙子、饼干和面包以及融化的雪水活着。

夜晚最难过，倒不是因为做噩梦，而是对被捕获的深深恐惧。他总觉得听到了脚步声、人们的窃窃私语和树枝折断的声音，觉得雪地上有足迹。但与此同时，他又抑制不住愤怒和自嘲，大声呼叫：哼，你们抓不到我。小心！我很危险，危险而狡猾。

他在小屋外结识了另一个无业游民，两人一起搬进了小木屋。克里斯特开始添油加醋地给他讲自己的经历，说得最多的是吉德，他的情人，她漂亮、有钱，还是个有夫之妇，但关于克斯汀他只字不提。夜里，两人轮流值班，一个睡着另一个就醒着；白天，一个外出另一个就待在屋里。这样，在清醒、恐惧、睡眠、自我吹嘘和再度恐惧中，他度过了一个星期。

天很冷，铁道边售货亭的老太太终于感觉到了不对劲，拉响了警报。

马修·曼德斯先生锒铛入狱，而克里斯特像被猎杀的动物一样在森林中奔跑。他听到身后追捕他的人的嘶喊声,听到警犬的吠叫声。突然,眼前出现了一片田野,他跑进去,在深至膝盖的积雪中费力地奔跑,每跑一步都感觉肺似乎要炸开。警察放出去的两条警犬在雪地中追逐他,他用尽全力跑到了田野的另一边,感觉地转天旋,但他还是坚持着拿出手枪,对着跑在前面的警犬开了一枪。子弹打偏了,没有击中警犬,他又毫无目标地再开了一枪,一条警犬停下来,在雪地里狂吠,与此同时,另一条警犬扑向他的喉咙。他扣动扳机,子弹正好射中狗的胸脯。他发疯似的对着雪地又胡乱开了一枪,雪地上的几个黑影停下来撤了回去。

此刻天已完全黑下来,雪越下越大。他全身颤抖着站在雪地里不敢动弹,紧张感和兴奋感开始从身体中消退,远处雪地上不时传来那条中枪的狗的号叫,它诡异的站姿映照在雪地上。除此之外,四周一片死寂,克里斯特不敢冒险朝雪地上走,他算是又一次成功脱险了。

科长整夜未眠,他坐在他漂亮的办公桌前的巴洛克椅子上,眼睛一动不动地盯着桌上厚厚的一叠白纸,上面画满了数字、图形、表格和各种计算公式。他用手中一支削尖了的铅笔在白纸上的表格填写各种数字、符号。他整个人都萎缩了,刺杀在他的眼眶周围留下几道深深的沟壑,他的眼睛变成了斜视。时钟嘀嗒作响,时间在流逝,桌上的纸张沙沙作响,铅笔划过纸张发出微弱的唰唰声,除此之外,寂静紧紧地包裹着这间安逸的书房。

门开了,吉德走进来,她在角落里坐下,沉默片刻后开口了。

吉德:你想和我谈谈吗?

埃里克:(沉默)

吉德:说点话吧……我们不能这样下去了,我无法忍受。

埃里克:(沉默)

吉德:你说话啊……让我和你离婚吧,我肯定再也不会麻烦你,我会走得远远的……

埃里克:(先是沉默,然后背过身)想和我离婚,那我就去报警。

吉德:放我走吧……

埃里克:没门儿,你给我待在这里,这样很好。

吉德:但是,为什么……为什么我们要这样,没完没了地折磨彼此……

埃里克:你没有折磨我,再说我需要你。我身体这么糟,真的很糟。

吉德:那你还要这样熬夜。

埃里克:没办法。我需要秩序,需要知道事情的来龙去脉,需要建立我自己的制度。

吉德:你只是在折磨我。

(她站起身,走到门口。)

吉德:你就是想报复。

科长不再答复,吉德关门走出去,她走过客厅回到自己房间,关上门。客厅的挂钟快速地响了两下,之后一切都陷入寂静。

克斯汀躺在床上,教堂的钟重重地敲了两下长音之后,又接着响起了一刻钟的短音。门开了,克里斯特走进房间,克斯汀从床上坐起来。他轻轻走上前,坐在她床边。

克里斯特:克斯汀,我的小克斯汀。

克斯汀:我好想你啊。

克里斯特:你必须帮助我。

克斯汀:我会全力帮你的。

克里斯特:明天早上,请你拉着我的手,陪我去警察局自首。

克斯汀:好的,我会去的……

克里斯特:我再也受不了了,可我也受不了去自首。

克斯汀:我帮你。

克里斯特:当我躺在森林里,听到狗在号叫,我一下子释怀了。我手上有几条人命,可是……如果不是听到狗的号叫,我好像永远都不会明白。你说,这是不是什么兆头?

克斯汀:不是。(摇头,泪水夺眶而出。)

克里斯特:别哭了。

克斯汀:你想吃点什么吗?你一定饿了,亲爱的,亲爱的。

克里斯特:太好了,我真的很饿。

克斯汀：然后你需要睡觉。

克里斯特：不，不能睡觉。

克斯汀：我们说说话，整晚都用来说话，你看，就像以前一样……

***

克里斯特：六点钟了，我们走吧。

克斯汀：再等一会儿，天还没亮。

克里斯特：窗帘都变亮了。

克斯汀：那是路灯照在上面。

克里斯特：不要哭。

克斯汀：不，我不哭，但眼泪在流。

克里斯特：你一定要好好的，为你也为我。

克斯汀：我们牵着手。

克里斯特：克斯汀！

克斯汀：我在。

克里斯特：你知道吗？我小时候到了上学的年纪，特别害怕去学校，待在学校操场又哭又闹，我不要上学，我要回家。然后我外祖母来了，她拉起我的手，我就跟着她一直到学校。

克斯汀：你就不害怕了。

克里斯特：是的，我就想，在学校的惩罚才几个小时，之后我就可以回到外祖母家，坐在她壁炉前的小板凳上，喝热巧克力。不，别哭……你哭我就好害怕。

（他们拥抱在一起，不愿分开。）

克斯汀：亲爱的，别怕，不用害怕，一点儿也不用害怕。你冷吗？……我的手也很冷。

克里斯特：多么凄凉的一个早晨，就像我们的心情……

（门铃长久地响起。）

克里斯特：是警察，不，不要开门。

克斯汀：我必须。

克里斯特：不要开门，我要开枪。

克斯汀：不，克里斯特，你不能开枪。

克里斯特：我不要，（尖叫）不要被他们抓住。

（门铃再次响起，比上次时间更长。）

克斯汀：我必须打开门，你不明白吗？

克里斯特：你去开吧，我和他们拼了。

克斯汀：不要这样说，我不能……

（门铃第三次响起。）

克里斯特：（默默地盯着门）

克斯汀：（沉默）

（钥匙插入钥匙孔，门轻轻地打开了。）

克里斯特：当心，我要开枪，我要开枪。

克斯汀：克里斯特！把枪给我。

（门开了，那个顽固的侦探走进来，他双手背在身后，站在地板中央，克斯汀走向克里斯特。）

克斯汀：把枪给我。

（他把枪给了她，克斯汀把枪交给了侦探。）

克斯汀：让我和他一起去吧。

克里斯特：不，克斯汀，不必了。

（他们默默地拥抱了一会儿。）

克斯汀：我们正要去自首……

侦探：我明白，能够承担责任很好，恩斯特先生，您要戴上帽子和我一起走吗？

克里斯特：我走。

（他再次拥抱克斯汀，吻她，转身拿上帽子走了。侦探和克斯汀握手。）

侦探：再见，恩斯特夫人。

克斯汀：再见。

（他默默地关上门，走出去。门外车子发动起来，随后马达声渐渐远去。房间里只剩下克斯汀，她终于平静了，但双手依旧紧紧地扣在一起。）

奥克松德

1943 年 10 月 12 日

城

1950年

伯格曼重要的一部剧本《约瓦金·诺肯，或者自杀》(*Joakim Naken eller Självmordet*, 1949年) 被伯尼尔斯出版社拒绝后，约瓦金这个人物在剧本《城》中再次出现。剧本被改编成广播剧并于1951年播出，由奥洛夫·莫兰德 (Olof Molander) 导演，瑞典广播服务部下属的《瑞典广播剧》杂志上也刊载了文本。在《魔灯》中可以读到，《约瓦金·诺肯，或者自杀》创作于1949年秋，这一年伯格曼逃离他当时的妻子和孩子，与后来成为他第三任妻子的贡·格鲁特 (Gun Grut) 去了巴黎。"对这个故事感兴趣的人可以在《婚姻生活》第三集中跟踪此事"，伯格曼曾扼要地提示。

人物

约瓦金　安妮·沙尔特
酒保　　老泵
牧师　　诗人
工人　　外祖母
玛丽　　巴鲁
奥利弗·莫蒂斯

第一幕

（奇怪的音乐，几乎盖过了约瓦金的第一句台词。）

约瓦金：我要想一想，我现在在哪里，发生过什么。我们先来回顾一下：我走了，抛弃了一切，只能这样，我不能再继续撒谎了。我离开了，但人是没办法逃离自己的，我的某一部分被留在这儿了，或者是留在我这儿了。遗忘，人怎能忘记一切呢？能吗？如果没有负罪感，或许可以吧。可这一切都是我的错……是我一手创造了这一切，此房是我造，而今却只剩断壁残垣……一个记忆残垣中的城。我在这里了，是我……

（音乐渐渐转为交通工具声、人声，最后是圆舞曲……）

我不喜欢这座城，我不想来。这里的天气令人难以忍受，尤其是夏天，到了傍晚也没有一丝凉风。这里的道路毫无章法，大街乱糟糟，小道黑漆漆，通向丑陋的废墟、贫民区，偏僻的电影院和危险的矿井。

这座城很丑，就连河也很丑，水中漂着对岸工厂抛出的气味难闻的废物。现在是星期天晚上，这间酒吧很大，挤满了人，天气还是很热，闪电划过屋顶上的天空。

酒保：喝什么？冰水？冰咖啡？摩卡冰激凌？带冰的饮料？

约瓦金：喝一杯，太棒了。好像要下暴雨了？

酒保：上午就下过暴雨了，现在还是很闷。

约瓦金：空中确实响起了雷声，我都开始头疼了，能给我些药粉吗？

酒保：是因为霓虹灯吧，先生。人们喜欢坐在霓虹灯下，我个人觉得很可怕，女人们看起来像是尸体。可她们自己看不到，她们只能看见对方。（笑）

约瓦金：那个酒呢……我好渴。

酒保：马上，先生，还有药粉。先生听今天的新闻了吗？

约瓦金：没有，怎么了？

酒保：最高法院宣判了，安妮·沙尔特。

约瓦金：怎么判的？

酒保：当然是死刑。

约瓦金：酒呢？

酒保：来啦，来啦。

约瓦金：（自言自语）安妮，安妮·沙尔特……太可怕了，最好别想了。

（停顿）

酒保：来啦，先生，您的酒……先生可以先付钱吗？今晚我休息。

约瓦金：当然。

酒保：谢谢您。

（停顿）

牧师：晚上好，我可以坐一下吗？都坐满了。

约瓦金：当然，请。

牧师：天气真是太热了。

约瓦金：什么？对呀！

牧师：对不起，你看着很面熟，这不是……

约瓦金：不，不是，牧师，我只是路过而已。

牧师：那你是有个兄弟或是双胞胎吧？

约瓦金：据我所知我没有亲戚。

牧师：对不起，我当然尊重您隐姓埋名。

约瓦金：我有点儿着急，晚安，牧师。

牧师：能先问您个问题再走吗？

约瓦金：如果不用我说实话的话。

牧师：有件事很让我忧虑，这座城里的人停止相信上帝了。

（沉重地叹了口气）

约瓦金：那可太不幸了。

牧师：您是在开玩笑吧？但我可一点儿也不觉得好笑。

约瓦金：当然，这事是您负责的。

牧师：我？负责？

约瓦金：是啊，这座城里的那些宗教运动处理得都不得当。

牧师：你想要批评我，好，我倒要耐心听听。

约瓦金：这三年来，这座城遭受了许多奇怪的灾难，我指的是洪水，说话的鱼，从街道上突然冒出来的大树，毁掉了许多房屋，持续了18个昼夜的凶兆，还有那些生下人形动物的死人。

牧师：让我们不要谈论这些可怕的事件吧。

约瓦金：所以那些宗教团体开始活跃了，您的工作开始了。市民们对周遭发生的事害怕极了，这一切恐惧最终都被归入同样总结得头头是道的套话：上帝在天堂，魔鬼在地狱，恶人遭惩罚，善人得奖励。地球是个教养所，万物皆美丽，人类充满焦虑和负罪感，教会越来越庞大。等待春天到来，万物苏醒，农田不仅十倍甚至百倍地生产，绵绵细雨温柔地关照着果园里开满白色小花的果树，池塘里的鱼虾多到要用勺子来舀，牛羊肥壮，奶多得流出来要变坏。那接下来会发生什么呢？工厂停工，男人女人们挺直腰板，放下工具，到田野去，在明亮的春光下放飞自我。

人们不相信宗教了，人间才不是教养所呢，天堂在此，这里连个魔鬼的尾巴都看不见了。有人和我说：如今我觉得自己像个孩子，在波涛汹涌的海边用沙子建了一座房子，我住在里面，那要比住在监狱的围墙里不知好多少倍。我忍不住对他说：或许上帝在海里，或许上帝在建造沙屋的孩子的手中，或许上帝在空气中，在光线里，但上帝肯定不在囚禁你的围墙里。

牧师：这么说您是个信徒了？

约瓦金：每当我这样思考的时候，我觉得我应该算得上是某种信徒，但我也只是在被问到的时候才这么去想，就比如现在，您问我了，我的回答是：对，我是信徒。

牧师：呵呵（叹气）这算是个答案吗？您是怎么祈祷的呢？

约瓦金：和其他人一样啊，每当我遇到麻烦的时候，我就祈祷；每当我祈祷的时候，我就相信上帝的存在，因为我总是祈求主的宽恕，宽恕我太久没有祈祷。可在祈祷与祈祷之间，你得去对付牙疼，账单和生活中其他的鸡毛蒜皮。您看起来很伤心，牧师。

牧师：说真的，我真恨不得我自己、你和这座城都他妈见鬼去吧！

约瓦金：那就从你自己开始如何？

牧师：好呀，这不是写着呢：以牙还牙，以眼还眼。

约瓦金：照这么说：如果你的脑袋让你做傻事，那就把头砍了！

牧师：真聪明（酸酸地）我要去主持晚祷告了，您朝哪边走呢？

约瓦金：跟您是反方向，再见了，牧师！

（钻机打洞的声音，交通工具声，人声和钟声。）

约瓦金：（自言自语）又走在这些街道上……感谢上帝现在是黑夜，省得看到那些倾斜的、构造错误的、难看的房子。还在没日没夜地修路，钻机在街上永不停息地打孔，刺入睡眠的噪声，电车轨道上电焊的火光，汗流浃背的半裸工人，围观的人张着大嘴，他们在等什么？（提高声音）对不起，有个问题，您知道为什么这里总是在修路吗?要是没记错,不久前不是刚刚修过吗?

工人:修路……看来您不住在这里吧,您根本不知道这些街道有多惨不忍睹。

约瓦金:没错,我只是一名过客。

工人:想来也是,先生,您不知道,地面正在开裂,街上到处是很大的伤口,唯一能做的就是修补,修补。

约瓦金:这边的坟墓是不是挖得特别深?

工人:哎!我也不知道该向您透露多少细节,也不能一个劲儿地填土,到时候也只能用混凝土浇筑起来,就像盖了个盖子一样。

约瓦金:你们在那最底层找到了什么?

工人:地下水在冒泡。有人说这座城的地下河是和矿山还有河道相通的,我也不知道。

约瓦金:要是房子里面有开裂呢?

工人:那当然是最糟糕的,而且已经发生过了,虽然不是很多。我想可能得找办法把房子的墙壁和地面固定在一起。

约瓦金:您的工作很辛苦?

工人:那是,他妈的,有时真希望整个城,连同城里的人都掉进铁锅里消失了,当然,除了我自己。(笑)

约瓦金:(笑)当然,当然!不管怎样,谢谢您的信息。(自言自语)这是今天第二个对这座"盛产胡椒的城"抱有希望的人了。

（钻机的声音开始远离，街道、交通工具的声音增强。）

玛丽：（高喊）约瓦金！约瓦金！约瓦金！真的是你吗？太不可思议了，我在修路那边看到你，我想可能是看错了吧，怎么可能是约瓦金。

约瓦金：是的，确实是我，玛丽。

玛丽：确实是你啊，你怎么样？好久没有……你好久没有来看我了。

约瓦金：你风韵十足啊，是不是长胖了一点儿？

玛丽：变丑了吗？

约瓦金：恰恰相反，你怎么染头发了？

玛丽：角色要求啊。

约瓦金：好角色吗？团里的人怎么样？

玛丽：我正要去团里呢，我们星期天提前排练，你知道的。别这样盯着我看，我刚刚起床，眼睛还睁不开呢。等排练完了你想看多久就看多久。我赶时间，已经迟到了。

约瓦金：你现在有朋友吗？

玛丽：你嫉妒吗？（笑）我当然有朋友，不过你是我最好的朋友，这就是区别。

约瓦金：谁在后面监督你洗脖子、抠指甲呢？你的朋友吗？

玛丽：哦！

约瓦金：让我看看你的手？不行，伸出手来……

玛丽：哦！

约瓦金：我可记得你的手，粗糙的皮肤，短粗的手指，像小男孩儿一样强壮的手，干燥，燥热，无名指的指甲断了，指甲油裂了，你应该去做美甲呀，亲爱的，这是什么？你还在咬小拇指的指甲吗？

玛丽：（喘气）哦！

约瓦金：要咬人吗？是还是不是？

玛丽：又怎样呢，这是我的指甲。

约瓦金：你怎么不戴戒指了？

玛丽：（高声）没有，我离婚了。

约瓦金：离婚了？很难吗？

玛丽：（笑起来）你知道吗？奇怪的是非常难。尽管我们互相欺骗，诽谤，彼此刻薄、残忍。

约瓦金：依旧很难？

玛丽：是的，五年是很长的一段时间，虽然我们毫无共同之处，但至少相处了五年的时间，而且也不总是针尖对麦芒的五年。

约瓦金：开始你们是真爱吧，还是……？

玛丽：真爱！这是什么奇怪的词？不过失信也不是件容易的事。

约瓦金：我也是个不守信的人。

玛丽：嘿，可不是吗！记得当我们俩背着保罗偷情，我们是怎么嘲笑他的吗？

约瓦金：难道你没有受到良心的谴责吗？

玛丽：一点儿也没有，我的小姑娘死的那一刻，良心就被我埋葬了。

约瓦金：哦，这个我不知道。

玛丽：你不必哀伤。那女孩儿一直很古怪、早熟，总是一副惨兮兮的样子。我觉得她长得丑，或者可以说不够美，我讨厌她的温柔，讨厌她总缠着我，眼里透着爱意。真的，我竟然恶意地对待她。然后，去年秋天她死了，我还感觉松了口气。（轻松地）然后，良心就来折磨我了，你该看看我那时的样子，吓得浑身发抖，像被人操控了，人简直都傻了。后来我意识到不能这样下去，我要把这一切全都踩在脚下，用我的高跟鞋鞋跟狠狠地碾压，再把垃圾全都丢到大马路上去。现在的我很平静。我朋友说他不相信人类，我不这样想，我相信人类能够做到忠诚、纯洁、宽容和理解（笑），能做得到那么一点点，这强迫不来的。

约瓦金：你也不戴耳环了！

玛丽：不戴了，耳垂穿孔很俗气。

约瓦金：是你朋友这么说的吗？

玛丽：可能吧，排练完你来剧院接我吗，约瓦金？

约瓦金：我没想过。

玛丽：（急切地）哦，求你了。

约瓦金：你的朋友呢？

玛丽：哦！那个废物。

约瓦金：怎么？我还以为你爱他呢。

玛丽：还真不是，但他爱我，老是这样好烦。（祈求地）约瓦金，你这个小流氓，我们俩总是笑话别人，从来不在乎他人，今晚咱们再来共度良宵吧，怎么样！

约瓦金：你的戏好看吗？我要不要去看看？

玛丽：我只在台上几分钟。

约瓦金：好彩！

玛丽：你真坏！今晚十点一刻，要是你不在剧院外等我，那就是你抛弃我了，那我就再也不用想你了，管你是好还是坏。再见！

约瓦金：（停顿一会儿后）哦，哦，我的皮肤开始疼了。但是，千万不要忘记，戏剧是戏剧，玛丽是戏剧，我是玛丽，我就是戏剧。戏剧是穿冰鞋的现实，玛丽是现实的戏剧，可是，戏剧是玛丽的现实吗？玛丽是我的现实吗？虽说我就是戏剧，如果这个溜冰的现实对于我不够真实，那就只是戏剧；如果我是戏剧，那么玛丽岂不就是从镜子里看镜子，一个无限反射下去的现实的镜像。我迟早要找到那个成为玛丽的戏剧，可能就是那个断了指甲的无名指吧。

莫蒂斯：劳驾，有火柴吗？

约瓦金：说什么？火柴？当然，当然。（点火）

莫蒂斯：非常感谢。

约瓦金：您生病了吗？

莫蒂斯：您是不是看到了我苍白的脸，病态的黑眼圈，还有我的手？瘦骨嶙峋，痛苦不堪。

约瓦金：对不起，我不是有意冒犯您。

莫蒂斯：没关系，我已经习惯了人们看不惯我的长相。请允许我自我介绍一下吧，我叫奥利弗·莫蒂斯，做面粉生意的。

约瓦金：莫蒂斯？我有点儿晕，可能是因为我从早上起就没吃东西。等一下……有可能是因为……我的意思是，是您的出现让我感觉不适吗？对不起，您到底是谁？

莫蒂斯：莫斯[1]，莫蒂斯，我是您内心的死神，先生，肉体的死亡，和您所说的精神，或者人们常说的所谓"灵魂"的死亡是一回事。

约瓦金：我认为精神的死亡和身体的死亡是两码事，它们是两种完全不同的现象。

莫蒂斯：在时间上可能有区别，可实际上没什么两样，尤其是从全局上看。

约瓦金：那么说您是来通知我，我的时辰已到？

莫蒂斯：对，我能感觉到您死期将至。

约瓦金：您别急，我会竭力抵抗的。

莫蒂斯：当然，每个人都在抵抗。

约瓦金：那终点是什么呢？

莫蒂斯：自杀。

约瓦金：太可惜了。

莫蒂斯：您想知道死期吗？

---

[1] 莫斯是莫蒂斯的昵称，莫蒂斯的原文 Mortis 的拉丁语词根是 Mort，意为死亡。

约瓦金：不用了,谢谢。死因是什么呢?

莫蒂斯：难道您不知道自杀是一种病,一种会致死的病?

约瓦金：但总得有个导火索吧。

莫蒂斯：有这样的,但您的情况不同。从出生到死亡,您的生命线就是一条绝对遵循逻辑的美丽的曲线。

约瓦金：年轻的时候,会对肉体的死亡自然地抗拒,还夹杂着一丝无法控制的恐惧。现在不同了,死亡就像一阵安静的风,在炎热漆黑的街道上低声细语,从高大的树冠上呼啸而过,像等待一场凉爽的雨降临。不,如今肉体的死亡不再让我恐惧,也不再难以理解,然而还有更严重的担忧:身体自然变老带来的全新的、危险的、陌生的状况。我刚满三十岁,人到中年需要面对我的人生灾难,那个人们常说的,过去我一直不懂的人生灾难。人变得更加脆弱了,虽然伤口不再汩汩地流血,但也不像以前那样能够彻底愈合了。结疤后的伤口不再疼了,可也总是不能彻底痊愈,不时地化脓。但这些还不是最难的,最难的是丧失了全局观:此房是我造,是我默默地在酷热中筛沙造砖,可如今这房子的墙皮脱落,地基塌陷,窗户坏了,门也关不上,这就是一幢可笑的房子。然而,这是我造的房子,我常常问自己接下去该怎么办,是彻底拆掉,还是继续拆东墙补西墙地住下去,一直到我彻底心灰意冷,任其荒废。

莫蒂斯：这两种选择都是勇气和人性的象征,而您选择了第三条激进的出路:自杀。

约瓦金：选择?

莫蒂斯：只是个象征性的表达，先生！您的病早就选择了您。

约瓦金：要是我现在立刻和那个约瓦金·诺肯，还有他的各种真名别名划清界限，我能蒙混过关吗？

莫蒂斯：不能。

约瓦金：为什么？

莫蒂斯：不知道，如果我给您一把不上保险、子弹上膛的枪，您对着自己的脑袋或心脏扣动扳机，那枪肯定会发声；如果你扑向一辆行驶中的汽车，那车子肯定会刹车；但要是您得了瘟疫，您会幸免的。为什么？我不知道也不想知道，我只对彻底服从和遵循秩序感兴趣。您有没有听说安妮·沙尔特被判处死刑了？

约瓦金：这判决不公平吧？

莫蒂斯：嗯，要看怎么看了，您想见她吗？

约瓦金：倒也没必要，十点一刻我必须等在剧场外。且慢，这么说您能安排我见到她？

莫蒂斯：我就是刽子手。

约瓦金：您先说您是卖面粉的，然后又说您是我心中的死神（如果我有心的话），这都是怎么回事？

莫蒂斯：想想看。

约瓦金：刽子手？

莫蒂斯：先生！仔细想想，您不就明白了嘛。

约瓦金：我和安妮·沙尔特没有任何关系。

莫蒂斯：当然没有，我这么说过吗？

约瓦金：等等，告诉我她什么样。

莫蒂斯：我也只是匆匆地看了她一眼，可我必须承认，她给我留下了深刻的印象，尤其是那张毫无遮掩的脸，眼睛、脖子上紧张的肌腱和精致秀气的耳朵。可怜的人，在监狱里待得头发都快掉光了，看着几乎有点儿可笑。她的声音很紧张，只要有人对她示好，哪怕就那么一点点，都会让她激动得热泪盈眶。她的手脚都很小，手指曾经丰满过，可现在变得瘦骨嶙峋，她坚持要戴的结婚戒指总是掉下来。她笑的时候上唇朝上露出牙齿，同时嘴角向下，让她看起来像是在哭。很难想象她的宽额头后面的脑袋瓜子里在想什么，照我说，她一定很困惑，她异常详细地计划了整个犯罪步骤，可她最终没有完全按照计划执行，在我看来这就是她的双重绝望的表示，应该因此获得减刑。可最高法院的判决是无可争议的，公众也一致认为判决是公正的，那就没得说了。

约瓦金：她到底犯了什么罪了？

莫蒂斯：您不知道吗？

约瓦金：您可真够逗的，我很少关心这座城的事情。

莫蒂斯：是吗？您可以随便问。

约瓦金：我就是问个问题，您不用这么和我绕弯子，谢谢！

莫蒂斯：安妮·沙尔特亲手勒死了她四个孩子中的三个。

约瓦金：（停顿后）呃，我现在想起来了，为什么啊？

莫蒂斯：为什么？她自己解释说是因为她丈夫有了外遇，抛弃了她，可这种解释在法律上或心理上都站不住脚。

约瓦金：他们审她丈夫了吗？

莫蒂斯：他又不是同案犯，再说他失踪了，有人说他跑去国外了。

约瓦金：是吗？

莫蒂斯：瞧，前面就是监狱，您不觉得这建筑够高级吗？

约瓦金：够现代的。

莫蒂斯：行刑工具也非常现代，您要看看吗？

约瓦金：不用，谢谢。

（走廊里响起脚步声，钥匙串、铁门发出的各种响声，之后，一切又安静下来。）

莫蒂斯：这是她的房间，应该说是她的牢房。

约瓦金：她人呢？

莫蒂斯：可能现在是她的晚上放风时间，我去让他们带她回来，稍候。

约瓦金：再会，莫蒂斯先生。

（门关上）

约瓦金：（自言自语）一张孩子们的照片，维拉，家里的老大，细弱的胳膊，斜斜的眼神，右脚在前，好像随时听到音乐就要起舞一样。老话怎么说的，尖尖的小虎牙，长在柔软的牙床上，那是小乳牙吧。

皮埃尔，最狂暴的那个，和所有爱他的人都会动手，会讲稀奇古怪的故事，说起话来像倒豆子。大脑袋圆圆的，两只耳朵很显眼，我一直觉得他的脖子细得有点儿可笑，困的时候头在脖子上滚来滚去的。

小安娜，毫无遮掩的脸上一双机灵的大眼睛，一个总是怯生生的小美人，长着漂亮脸蛋儿的小丑；最心爱的宝贝！

（脚步声响起，之后又安静下来）

安妮：你不走吗？

约瓦金：我走，我真不该来。

安妮：没必要再做什么解释了，明天一切都将结束。

约瓦金：（停顿后）不是我的错……

安妮：……你出远门了，一天晚上突然回来，让我很惊讶，我已经上床睡了。你就那么站在那里，我高兴得差点儿哭了。

约瓦金：是的。

安妮：然后你就给我讲另一个女人的事。

约瓦金：你的脸色变了……那天以后，我经常看到你的脸。

安妮：我求你留下，可你拒绝了。

约瓦金：你不明白为什么吗？

安妮：我求你留下来。

约瓦金：我不再爱你了。

安妮：你撒谎。

约瓦金：你总是这样说。

安妮：你总是在撒谎，就连现在你也在撒谎，你从来就没有说过实话，你不会说实话，你做不到。

约瓦金：我说的是实话,我不爱你了,可能,我从未爱过你。

安妮：(痛苦地)别这样说。

约瓦金：这以后,我们的婚姻就是编造谎言和造成毁灭的组合。

安妮：爱情呢?爱,难道只是一个词汇?

约瓦金：爱是一种品质,我不具备,而你大量拥有。

安妮：为了孩子们,我们应该在一起。

约瓦金：我们生活在由胆怯和武器保卫着的中立状态,我们的停火协议里充满秘密的盗贼、毒液,以及被迫遏制的敌意、憎恶,最好不过也是彼此的漠视。你说,这种环境还能期待有什么好事发生呢?什么"为了孩子们",这不过是个说法,我也可以说,"为了孩子们,我勒死了他们"。

安妮：说得太好了,你什么都知道,太好了,约瓦金!

约瓦金：(愤怒地)不!我没有给自己解脱罪恶,因为我根本就没有罪。

安妮：对,有罪的当然是我。

约瓦金：罪是一个无稽之谈,你可以说孩子们是无辜的,他们的罪比我们少,可最终的结果是一样的:他们也会和我们一样死去。你用杀孩子来感受你臆想的委屈,为此你要付出代价,明天你会被绑到刑场去。而我受的惩罚更严重,我得继续活下去,至少还要再活上一阵子。因此,让那些关于负罪感和坏良心的言论都去见鬼吧,这些有毒的情感,就像胃绞痛让你夜不能寐，日不能食。所以我说，见鬼去吧！除非存在一种巨大而普遍的罪，一种对全人类的诅咒。但我不信，因为我是一个开明的现代人，既不相信上帝，也不相信魔鬼。

安妮：但我们曾经快乐过。

约瓦金：是的，这并不奇怪。在一场生死攸关的战争中，双方都屏住呼吸，相互示好。他们在彼此的相伴中寻求安慰，同床共枕，直到其中一人被某种痛苦的记忆唤醒，开始折磨对方，于是新一轮战争开始。这期间的停战叫作快乐，令人身心疲惫的救赎。

安妮：如果你从一开始就说真话，说你不爱我，如果你……

约瓦金：……如果我是另一个人。我们沉迷于彼此的身体，将其视为最大的真理来蒙骗我们罪恶的内心。当我们的身体疲惫到再无法满足对方时，谎言也就不攻自破。我们互相指责对方缺少爱，当欲望再次觉醒时，一切都笼罩在憎恶和谎言之中。

安妮：那温柔呢？我们仍然含情以待，难道那只是怜悯吗？

约瓦金：是的。

安妮：那么，孩子们死了是件好事，因为他们生于仇恨和怜悯之中。

约瓦金：是的。

安妮：欲望，怜悯，温柔，抱怨，还有谎言，这不就是爱情吗？

约瓦金：我不这么想。

安妮：或许这就是男女之爱，至少我们彼此忠诚，从表面上看！

约瓦金：没有，我和别的女人有染，你在我背后勾引我们的朋友。

安妮：这是真的。

约瓦金：男女之爱，如果真存在的话，一定不是这样的。

安妮：（痛苦地）和你在一起的女人，你爱她吗？

约瓦金：她比你温柔，我们彼此没有那样深深地伤害过对方，我们彼此都不干预对方。

安妮：我们的牺牲……那么多的鲜血……值得吗？

约瓦金：（严肃地）让我实话告诉你：不值得！我怀疑这世上有任何值得的事情，我老了，也算是见多识广，而你呢，就是我扔在这滴血的天平上的筹码。

安妮：你敢对你的另一个女人这样说吗？

约瓦金：不，我为什么要这样对她说？

安妮：当然，永远都在撒谎。

约瓦金：我早就分不清真相与谎言了，所以如果不是被问到头上，我就保持缄默，不然我会直言我的笃信，但有可能不是真相本身，因为真相总是在我所不及的地方。主说："我是真相和生命。"可主不在我们中间，至少不在我身边，那样就只剩下一个真相了：我必须死。我的生命充满疑惑，但死亡是确定无比的。

安妮：我不明白你在说什么，为什么那么激动，你说的这些信仰、内疚、惩罚，我一点儿不关心，我看到的是正义对我的终极宣判，我认为最高法院的判决合理，我对自己的审判还要更加严厉。那天，要不是因为我过度劳累……五点钟天还亮着，我就睡着了，半夜小儿子饿醒后的哭声把我吵醒，我去给他喂饭，在床边陪他入睡。我走进客厅，拉开台灯，放上留声机，可这并没有让我放松。我去阳台站了很久，下雨了，我浑身湿透了，可仍旧无法缓解紧张情绪。我走进厨房，吃了一个三明治，尽管我并没感觉到饿。整层楼都回荡着窸窸窣窣的脚步声和隐隐约约的窃窃私语……我看到自己的生活与你的生活脱节。只那么一瞬间，接着是麻木和静止好心地陪着我。

约瓦金：我今晚不该来看你。

安妮：你今晚不该来看我，一年前的那个早晨，当你离开我的时候，我们的谈话就终止了，其他都无所谓了，我已死过，明天的处决只是一个无意义的确定。

约瓦金：如果你被赦免呢……？

安妮：赦免应该是你一年前给我的，但你毫不留情，用对我满满的厌恶和突然的怜悯，手都不打颤地杀掉了我，第二天你轻松离去。

约瓦金：这是真的。

安妮：我知道我们在一起时我折磨过你，因为我掌握了你最脆弱的地方。但嫉妒心让我抓狂，让我忽略了正是我助长了你下决心的勇气，让你的不忠更合乎情理，待我认识到的时候为时已晚。但别忘了，我们刚结婚时，是你的嫉妒心在折磨我们，比我的更加令人费解也更危险的嫉妒心，因为你把我认识你之前所交往的男友当作假想敌来折磨自己，你强迫我给你讲他们的故事，包括最尴尬的细节。那段时光你一定忘记了。

约瓦金：我明白你的意思，你想说是我的嫉妒心传染了你。

安妮：我疯狂地爱着你，你让我认识到我之前生活的龌龊和无聊，你让我感到羞愧，你让我感到你的纯洁和强壮。真的，你在我面前如神一般的存在，我为你筑坛敬拜，如侍奉上帝一般膜拜你。如果我曾经有过宗教体验，那就是对你，你就是我的上帝。你刚才说我们彼此陶醉于肉体之恋，对我来说远不止这些，这是一种面对奇迹发生时燃烧的狂喜，我看到它在我身上发生。然后，在我发现了你对我第一次行骗后，一切都在我手中化为乌有。

约瓦金：你描述的是你修饰后的现实，但你不愿，也拒绝看到自己的错误，反而通过折磨我来麻痹自己。同病相怜吧，开始你打我，我不反击，缩到一边躲起来，后来，我就想法离开你，开始旅行。

安妮：但你还是回来了。

约瓦金：是的，因为我渴望你，不明缘由地渴望你。与此同时，我深深地惧怕你，我对你撒谎，毫无必要的谎言。于是你开始谈离婚，你还记得我怎么恳求你继续下去，恳求你再给我一次机会。你总是占上风，因为我一直背负着沉重的内疚和山一般的谎言，永远无法摆脱。

安妮：每次你碰我，都让我感到肮脏，你的每一个拥抱都让我恶心。

约瓦金：是的，安妮！我无法欺骗自己的身体，最终身体也开始拒绝我的指令。在那些路遇的女人们的临时快乐中耗尽的身体，开始厌恶你冰冷的渴望，直至彻底的禁欲。你时而嘲笑，时而也会哭泣。

安妮：我以为你不再想要我，是因为生孩子把我变丑了，我以为你和其他女人们玩得太尽兴了。

约瓦金：我们这样过了差不多一年的时间，然后，春天到了，我离开了你，因为我们彼此再也无法忍受。可突然间，毫无征兆地，我心中燃起了对你的爱，比以往任何时候都更加强烈的爱，也许在我们的婚姻中，这是我第一次也是唯一一次感受到了对你的爱。我像一个考完了试，就要开始过暑假的小学生一样开心，我们的婚姻也要真正开始了。我给你写信，你几乎从不回复，然后我回家了，你没来接我，留了张条子说你在餐馆。我去找你，你和一个半老头子在一起喝酒，我们立刻开始为一些鸡毛蒜皮的事吵起来。不到三天，所有美好的设想坍塌了一地，伟大的爱情沦为彼此的冷漠和客套。但变化还是有的，我不再像以前那样害怕你了，突然间，我占了上风。我与内心达成自洽，把负罪感扔到一边。当你发现你那套对待我的老方法——殴打、诅咒——全都不再生效的时候，你反倒变得温柔了，你恋爱了。

安妮：我没有为取悦你而有意去爱上你。

约瓦金：安妮，有意或无意都无所谓了，一切都太晚了，所有的机会都错失耗尽了,戏要收场了。什么别的女人,模糊的负罪感,你的所作所为,全都无关紧要了。我们已经是彼此隔绝的孤家寡人了。

安妮:我仍然爱你。

约瓦金:有可能吧,证据呢?一种只通过夸张的自我膨胀表达爱的方式,不给对方一点儿营养。你可以永远不停地说下去:你杀死孩子是因为你爱我。但我拒绝有内疚感,拒绝接受你的解释,我可是变聪明了。

(暂停)

安妮:再见了,约瓦金。

约瓦金:如果我有能力改变所发生的一切,我会让你得到赦免。

安妮:反正你都会忘记我。

约瓦金:我永远不会!

安妮:我知道你很伤心。

约瓦金:不断地遗忘,不断地重新开始,再去犯同样的错误,一样残暴,一样无知。多么极致的生活方式,无忧无虑,标新立异。不,安妮,无论你是死是活,我都得拖着你走完我的余生,因为你已植入我的肌肤,深入我的骨髓,铭刻在我的眼帘,因为在我可数的生命中有一部分是属于你的。我不可能只是我,你一部分剩余的身体将永远存在于我的身体中,过着自己的秘密生活。

安妮:你想要我们做什么呢?

约瓦金：我们可以彼此原谅。

安妮：原谅，一个词，一个可笑的行为。原谅或是祈求原谅对谁有用？肯定不是你和我！无力再仇恨下去的时候，就选择漠视吧，但原谅——我能原谅你吗？你真会感情用事，约瓦金。（笑）好吧，我原谅你，你是不是立刻感觉痛快了，你不总是喜欢魔法吗，那就把咒语念出来：我原谅你！你也原谅我吗？你厌恶我，不是吗？真扫兴，离别的崇高感都被你破坏了。呸，还是让我唾弃你吧，你这个骗子，无情无义无信的家伙、冷酷无情的自私鬼。呸！

约瓦金：这才是我认识的安妮，那我就安心了。如果有地狱，我希望你去那里，你对我所做的一切，让我恨不得杀了你。你让我恶心，我会永无止境地憎恨你，我会向所有人诋毁你的记忆，拔掉你那殉道者的翅膀。你完全就是一个诅咒，一场噩梦，一剂毒液。呸，愿你的死和你的生一样徒劳无用！

安妮：现在你讲实话了，约瓦金！暴露真相了。真希望现在有一面镜子照照你，看你握着拳头，散着头发的荒唐样子，看看自己乳臭未干的孩儿面，听听你那沙哑的声音。（笑）瞧你发红的耳朵，可笑但不可怜。趁我们心情还好的时候赶快告别吧，真遗憾我不能送你，现实原因啊。你能走快走，省得我要你的命，那不是摊上大麻烦了。

约瓦金：再见，安妮，你这番话让我们俩的告别容易点。

（街道上再次响起嘈杂声和人们急促的脚步声。钟楼敲了十下，远处雷声滚滚。）

约瓦金：十点了，再有一刻钟我应该到剧院门口。要是我不去，小玛丽得多么惊讶，多么愤怒。是雷声吗？（聆听）果真是，空中划过的金黄色闪电将乌云照亮，天气越来越热，但愿今晚能下雨。此外，我真后悔来这里，我有种感觉，我正在慢慢地但坚定地做出朝哪个方向继续走下去的决定，道路尽头已经标示好了，结果也已确定，至少奥利弗·莫蒂斯是这样说的。可还有时间，我必须决定怎么走下去。

（这时，水泵吱吱作响的声音安静下来了，只有水的滴答声，烘托出周边的寂静。）

我一定是来到矿井了。对不熟悉这里的人来说，矿井是个奇特又充满危险的地方。一个接一个的孔一直延伸到几百米深的地下，水池深不见底，翻滚着旋涡，暗流涌动。小时候我常来这里玩耍，直到现在我站在这里朝下看时，肚子里还有那种紧缩感。老泵是不是还活着？他是个仙儿，丑陋又隐秘，我们都怕他。

老泵：我说，你们别钻了，又钻不出鱼来，根本就没用，迟早我们都得朝上游搬。

约瓦金：晚上好！热晕了。

老泵：我感觉要出事儿了，这几天他们打的钻孔越来越密，我就没有安生过。

约瓦金：您是说有什么先兆吗？

老泵：（笑）傻瓜，让我来告诉你，这座城就是靠掠夺矿井的财富建成的，那是32年前的事了，这工程在当年可是相当了不起的。原材料利润滚滚，投资者们忙到双耳冒烟，打洞的节奏根本停不下来。没人理会我的警告，那可是黄金时代，这座城要成为世界上最富有的城，矿井和港口一步到位，都不用运输的，谁理会我啊。

直到有一天，所有的矿井都被水淹没了，投资者们做什么呢？换个地方，继续挖。没多久同样的事情发生了，投资者们退了，留下一座满目疮痍、无人待见的废城。但是，奇怪的事情就开始发生了！

约瓦金：我知道。

老泵：傻瓜，你知道个鬼，我常在矿井里钓鱼，废弃的钻孔里常常有小鱼，还有个头不大的鳟鱼。

约瓦金：您钓上一条会说话的鱼，我知道，那是个奇迹，人人都在谈论。

老泵：您要是再打断我，我就不说了。

约瓦金：对不起，对不起。

老泵：一天清晨，我走出家门，猜猜我看到了什么：对，矿井边上站着一个小巫女，她长着一张破损的老脸，全身一丝不挂，两腿分叉站在那里生孩子。从她的下体里飞出一群眼睛外凸、羽毛颜色鲜艳的小鸟。我惊呆了，抓住门才没摔倒。她一边生孩子，一边在变小，她的身体越变越小，最后她变得像一根胫骨那么小，滑入水中，像石头一样，连泡都没有冒就沉下去了。第二天早上，我又赶早出去，你猜这次我看到了什么？信不信由你，我看到水上浮着几百双人手，像动物一样游来游去，有的还抱在一起交配，有的在互相攻击。这情景太恐怖了！不过我还是按捺不住，想用渔网捞几只手。结果这些家伙像是疯了一样，开始撕裂渔网，朝我爬过来，攻击我。我都吓死了，逃回家锁上门。我从窗户朝外看，几双手一直跟到我门口的台阶上。突然，它们同时下沉，一起消失在水下。

第三天早上，我战战兢兢地走出去，看到矿井边躺着一匹死马。这一次，我太害怕了，根本不敢往前走。我站在台阶上朝那匹死马喊道：别动啊，你的同伴们会来照顾你的。这以后，就发生了席卷全城的灾难，这些，先生您都知道了。

约瓦金：现在又出现了新的预兆吗？

老泵：嗯，我不能说我的猜想，我只说我看到的。

约瓦金：这很明智。

老泵：明智与否我不管，我只相信眼见为实，但凡有点儿幻想能力的人都不可能受得了我所经历的事，哪怕是一个钟头都受不了。

约瓦金：您能告诉我从这里怎么去花园街吗？

老泵：哦，先生您是要去探望您外祖母吗？

约瓦金：每次来城里我都会过去，虽然也不是常事。

老泵：一直走您就到了天鹅池，到那里您自己就知道怎么走了。

约瓦金：谢谢，我知道了。

老泵：照我说，如果您有兴趣听的话，除非万不得已需要思考眼下和未来，人更应该做的，是像先生您这样的，回到过去。好了，现在我没时间了，我得去给水泵擦油了。

（水泵的吱吱声停止了，一片寂静。）

约瓦金：（自言自语）歌声停止了，花园街上，天鹅池水面结着冰……这里还是冬天，好舒服，刚才还是炎热和迟迟没有落下的暴风雨。（传来教堂的钟声）一、二，这里是不同的时间，夜晚换成了白天，阳光照在雪地上，融化的雪水带着春天的迹象，从屋檐和排水管滴落。这里好安静，大教堂的尖顶插向早春的天空，远处有轨电车驶过，却看不到一个人。等等，那不会是诗人吧？怎么如此悲伤啊，我的朋友。

诗人：还能是谁呢？看到街对面的印刷厂了吗？我把我写的诗稿交给他们，等着他们出版。但他们才不理会诗呢！所以我就站在这里，让印刷厂的人们每次抬头从窗户里看见我，心里就内疚一次。

约瓦金：难道你就不能别再写诗，做点有用的事吗？

诗人：我试过了，可对于我，写诗就像牙疼一样，好不了。

约瓦金：你为什么不学学巴那斯派[1]的风格呢？保证你会成功。

诗人：嗯，我的特点就是深沉晦涩。

约瓦金：下次试试，总会有一家印刷精美的高级刊物对深

---

[1] 又称"高蹈派"，十九世纪六十年代法国诗歌流派。以古希腊神话中阿波罗和缪斯诸神居住的巴那斯山称其名，并出版诗选《当代巴那斯》。主张诗歌脱离社会，不问政治；标榜创作"冷静的""客观的""无我的"诗，充满悲观颓废情调；形式上刻意追求造型美感，是当时自然主义思潮在诗歌创作中的表现，亦为法国象征主义的文学前驱。

沉作家的困惑感兴趣，我认为写作最重要的是与读者交流，在大脑中展开与普通人的对话，不要忘记"第三种视角"。

诗人：（忧心忡忡地）那是什么呢？

约瓦金：我也不知道，但只要你不去勉强自己效仿别人，你就会获得更多的第三视角。小心不要被规范，搞出太多的版本；也要小心不要太高产，一年写上二十几首诗就足够了，写得太多会给人随意的印象。产量不是个好词，就像阳痿一样。差点儿忘了，最重要的一点，想要成为一名著名诗人，最好先从写评论做起。

诗人：这是你的看法，为什么呢？

约瓦金：为什么？如今哪家报纸上没有诗人在写评论，互相吹捧？其实也没毛病，难道会让哪个不请自来的平民老百姓给开幕式制造丑闻？你还蛮有社会责任心的？

诗人：（急切地）还可以，我就是觉得老百姓挺可怜的。

约瓦金：那我只有一个方案，你直接进印刷厂，告诉他们把你的诗句抽出几行，然后倒着印刷。

诗人：那会有用吗？

约瓦金：我不敢肯定，但有人这么做过，而且还蛮成功的。

诗人：好，再见了。（吹起口哨）

约瓦金：再见。诗人快乐起来了。

（寂静，隐约传来八音盒演奏的音乐。）

约瓦金：外祖母的房子，童年的世界，装满秘密的小屋，冰柜和彩色格子的厨房门，壁炉里白桦木燃烧的气味，意大利的油画；各种各样玻璃罩子里的钟：座钟、挂钟、客厅里金色钟摆的落地钟；庞大的家具，可以睡在下面的大桌子；新出炉面包的香气，外祖母的玫瑰水的香味，新刷洗过的地板的清香；钟摆晃动的寂静，阳光照在水晶灯挂件上的安静，绿色地毯上无尽的田野。一切都永恒地停滞于此，外祖母坐在桌前，在一个蓝色封面的本子上写着什么，她在白领黑长裙外穿着一条蓝白相间的条纹围裙，浆过的领子立着，她戴着胸针，眼镜卡在额头上。

外祖母：（自言自语）我的眼镜呢？……我的眼镜……总是要花这么多时间找啊找，我是不是把眼镜留在厨房里的艾伦那里了……

约瓦金：外祖母，眼镜在您额头上啊。

外祖母：哎呀，太可悲了啊！……喝茶了吗？你去散步了，怎么样？艾伦今天烤面包了，一会儿喝茶时吃。艾伦！沏茶啊，给我和……（钟声嘀嗒）

约瓦金：（自言自语）孩子们的睡房，白桌子改装成的木偶剧舞台，玩具火车散落了一地，刚才有谁玩过吗？是我自己吗？雪茄盒里的锡兵和红色的管乐队，橱柜上的放映机，让人想拿下来试试新片子。床上坐着玩具熊巴鲁[1]，巴鲁，你好吗？

巴鲁：还好吧，说老实话，我还在为上一次你把我送给你女朋友那事愤愤不平呢。

约瓦金：怎么回事？

1　英国作家鲁德亚德·吉卜林（Rudyard Kipling，1865—1936）创作的著名的童话幻想色彩的动物小说《丛林之书》中的角色，憨厚的老熊巴鲁领养了狼孩儿莫格利，伴他在森林中成长。

巴鲁：你和她分手后，却把我留在那里，她就拿我出气，把我扔进衣柜打入冷宫。

约瓦金：原谅我，亲爱的巴鲁。

巴鲁：无所谓了，不管是人还是玩具熊，对你都不是事，我只能说："活该你倒霉，可怜鬼！"我不记仇，生性就不爱抱怨。对你，我还是义无反顾地忠诚，虽然你没有说到做到，你不是说要做马戏团的杂技演员吗，为什么没有做啊？不然你就不会有闲工夫像现在这样闹出各种状况。你外祖母来了，说话当心啊，别使花招，她可是什么都知道。

外祖母：我叫了几个你认识的人过来，他们还在路上，我们俩可以先说说话。走，到沙发那边去。瞧瞧我又看到了什么？今天又没有擦桌子，这个艾伦，我看她是变老了，你说什么？

约瓦金：没什么。

外祖母：说话呀，我坐在这里就是要听你说。

约瓦金：奇怪的是没什么好说的，外祖母您懂吗？当我突然站在这里，感到自己被童年的世界抛弃时，一切的一切都显得那么无足轻重，我只是感到疲乏。外祖母您能帮我把客厅里的沙发铺好吗？我今晚想早点睡觉，听着贡尼拉钟的嘀嗒，看看门外路灯在天花板上描绘的奇异的影子世界，驶入参天大树的船只，长着大脑袋小身子的妖怪，草叶摇曳的岛屿。那个世界比我的现实更真实，现实对于我是影子的影子，是一个长眠不醒的梦。

外祖母：你总是爱夸大其词，和小时候一样。你的现实也有归属感，对明日激动的期待，相信自己的无限可能性。你喜欢笑，喜欢温柔，喜欢和孩子们一起玩，喜欢听音乐、看书、吃好吃的、睡觉。

约瓦金：是的，外祖母，您说的这些我都喜欢，但我还知道另外一些事：矿井中漂浮着的被割断的手，安妮·沙尔特的死刑，奥利弗·莫蒂斯的行动，还有女演员玛丽。这些与我美好的日常生活紧张对立的人和事，那座黑色的城，那些叫作麻烦的街道。我将自己埋入女人中，埋入宗教的狂热和对所谓艺术创作的信仰中，但一切都徒劳无功，这种紧张关系愈演愈烈，现在的我已经彻底放弃，只等着工作人员来和我签署破产协议。

外祖母：是的，约瓦金，我听明白了，情况是很糟糕，但并不比你小时候得麻疹时更糟。你的问题是负罪感，和许多人一样，你们用最大的虚荣心珍惜这种负罪感。

约瓦金：不，其实是……

外祖母：是的，我的孩子，你太傲慢了，你认为发生在你身边的各种疯癫之事，给你身边的人造成伤害的举动，都是你的错。你爱上了你的负罪感，因为这让你内省时感觉好一点儿，也让你外观远处时视力模糊，因为一旦清晰，你就会成为那个庞大的因果机制里微不足道的一部分。让你害怕的是你的渺小，我的孩子，不是什么扭曲现实的皮影戏，也不是内疚的良心穿刺。你的客人来了，去吧，去那边坐，茶马上就端上来。

约瓦金：（自言自语）他们都找到这里来了：诗人，奥利弗·莫蒂斯,玛丽,老泵……我不得不承认,在外祖母家里,这些人显得没那么可怕。他们看着就像是我的木偶剧中的人物,尤其是奥利弗·莫蒂斯,他看着就像是个坏人……

安妮:孩子们在外祖母家吗?约瓦金,你知道吗?

约瓦金:(吃惊地)安妮,你也来了?

安妮:是啊,我来接孩子。

约瓦金:难道这一切都是一场噩梦吗?

安妮:做梦的不是你,而是我,折磨人的梦。

约瓦金:感谢上帝!

安妮:(平静地)你说感谢上帝,我对未来没什么指望,你也不会回到我们当中了。

约瓦金:你希望我回来吗?

安妮:(痛苦地)希望,也不希望。我太困惑了,一直都困惑,我想我再也好不起来了,脑子里乱哄哄的,各种声音打架,毫无理智可言。我对你的苦口婆心你早听腻了。(苦笑)以前还有的可抱怨,现在只有自己的心酸,谈何容易。再见了,约瓦金,告诉你,他们把我的死刑改判成无期徒刑了。再见了,约瓦金。

约瓦金:再见。

诗人:(笑着)我就说嘛。

约瓦金:什么这么好笑?

诗人:我来念首我写的诗吧,诗名是《过去的挽歌》,这可是首千古绝唱。

玛丽：你食言了，你没来接我。

约瓦金：对不起，玛丽，但愿你没等我。

玛丽：我知道你来这儿了，所以我跟过来和你道别。

约瓦金：肯定的吗？

玛丽：对，永别了。

约瓦金：好可惜，玛丽，我们曾经……

玛丽：曾经快活过，是的，可是你抛弃了我，别忘了。

约瓦金：我们俩永远也不可能在一起，你我都心知肚明。

玛丽：因为你的情感，从来都不会全身心地投入，不够明智，也不够疯狂，怎么说呢，我们本来就是两路人，过不了几年就会彼此厌倦，想想看，再见了！

诗人：你和莫蒂斯没什么要说的吗？

约瓦金：你说的是木偶剧中的坏人吗？

莫蒂斯：约瓦金，你想起我来了，小时候在卧室里玩游戏，我藏在柜橱最深处的黑暗中；黎明前，我是屋里窗帘上浮动的画面。

约瓦金：你一直跟着我？

莫蒂斯：可真不是件容易的事。

诗人：诚实的奥利弗·莫蒂斯，他当然永远也不会告诉你，他和你一样必须遵循的同一个法则：改变和毁灭。也就是说他会在你之前死（笑起来），明白吗，约瓦金？

（远处传来沉闷的爆炸声。）

约瓦金：怎么回事？

诗人：他们要炸掉这座城，你不知道吗？报纸上发通知了：（朗读）在所有贵重物品转移之后，愿这座属于过去的城在炸药中灰飞烟灭，河水将再次漫上河岸，淹没码头和仓库，旧日的街道上将再生出森林，让每一块石头都翻个身，每一根管子、每一根灯柱或消防栓都要毁掉，让这座往昔之城化作乌有。

约瓦金：这诗写得漂亮。

诗人：这不是什么诗，这是宣判。

约瓦金：再读下去。

诗人：上文所提及的贵重物品，属该城财产，尽管数量甚微，需转移至花园街存放，直至新城创立。

约瓦金：要建一个新城吗？

诗人：恐怕是。

约瓦金：这简直就是该死的空欢喜一场。

诗人：这是以后的问题，约瓦金，现在来看送葬的队伍吧。

约瓦金：什么！送葬？

诗人：看看窗外就明白了。

约瓦金：……哦！

诗人：应该有音乐伴奏。

约瓦金：《锡兵进行曲》行吗？

诗人：还有更好的吗？

（管弦乐，敲钟声）

约瓦金：（声音由低渐高）来吧，太好了，来演奏《锡兵进行曲》吧！为幻想的可怜的送葬队伍奏响哀乐吧，为所有的谎言、荒谬的想法、化作尘埃的虚假上帝演奏哀乐吧，为权威、傲慢和罪责演奏哀乐吧，为无情的杀手和懒惰的婊子演奏哀乐吧！大号吹起，小号跟上，没来得及排练也没关系，鼓声隆隆！我们与被解放的劳工擦肩而过，他们这些跑轮上的可怜的仓鼠，一直跑到失去平衡，跌倒摔死，谁理会他们呢？为建筑工人们吹起号角，他们自掘坟墓，自己造的豆腐渣工程成了他们最后的安息地！为军官先生们吹号啊，抬棺队伍太长了，这个终于被夷为平地的城还在收割死人。

（雷管爆炸的声音，管乐团演奏的声音）

约瓦金：（自言自语）这座虚伪不忠的城，维护颜面和无耻的坚固堡垒，耻辱、欲望和残忍的绊脚石，这该死的过往之城！

锡兵们，发挥你们的价值吧，让所有的音节都发声，尤其是最强音，你们的日子也是有限的，在你们被扔进熔炉，变成炉渣、铅块和刷墙漆之前，演奏吧。为安妮演奏一首美妙的曲子，为玛丽演奏一首她喜欢的铜管乐，为我的木偶剧团里的坏人奥利弗·莫蒂斯演奏一曲，为老泵和他的矿井，为孩子们，为外祖母和花园街演奏一曲。你们就要走了吗？我们告别过了吗？我走了，去河岸被洪水淹没的地方。

（音乐渐隐，寂静中传来河水湍流咆哮的声音，黎明时分，一些荒凉的鸟的凄鸣。）

约瓦金：天要亮了！河水还在上涨，矿井消失了，过往之城几乎被抹平，四下无人，只有几只大鸟飞过我的头顶，面对黎明尖叫。是什么鸟？我从未见过。

深水黑如漆，如太初之晨，几点钟了？我的表不走了，也罢，我把表投入河中祭祀吧。

湍急的黑水围绕着我的小岛，时间消失了，我一无所有，身体僵硬，我转向黎明，太阳升起的地方。

远处只有灰色的云层，我看不到岸边。

我感觉我是被等待的。

我在等待。

（鸟嘶鸣，河流怒吼、回旋。）

鱼：一部闹剧电影

1950年

这部剧和广播剧《城》一样，都是自未出版的剧本《约瓦金·诺肯，或者自杀》中发展而来。虽然从未登上银幕，但剧本在1950年至1951年的《电影报》上连载。1998年，经英格玛·伯格曼惠允，在《光晕：电影论坛》杂志上重新发表，并由伯格曼亲为作序：

> 《鱼：一部闹剧电影》突然重现了，我几乎完全忘记了它的存在。当我怀着兴奋又不乏恐惧的心情重读剧本时，一些记忆的碎片也随之浮现。是啊，剧本写于1950年深秋，如果没记错，我只用了一周时间就匆匆完成。我当时的境况相当困窘：32岁，已经离了两次婚，正在急速地朝着第三次婚姻迈进。经济状况更是一团糟，大部分钱都用于支付前妻们的赡养费了。那时候，我的主要工作是修改别人的剧本。有一天，有个制片人对我说："伯格曼，写点好玩儿的东西吧，我知道只要你使把劲，你是可以有幽默感的！"于是我就使了把劲，写出了这部《鱼：一部闹剧电影》。至于当时我脑子里是怎么想的，哪个精神还算正常的制片人会看中我这条鱼，却是一个谜。但赡养费、绝望再加

上折磨我的胃溃疡有它们自己的运行规律,有时候也会遮掩太阳。

法罗岛,英格玛·伯格曼

1998 年 11 月 13 日

前言

约瓦金·诺肯的日记现存于电影博物馆,以下篇章,也是日记的最后一部分,时间跨度为 1891 年 8 月 23 日至同年 12 月 20 日。

故事发生的地点可能是当年约瓦金工作的丝绸工业重镇里昂。不过阿曼努恩斯·劳里岑(Amanuens Lauritzen)和他的几个同事都认为故事应该是发生在斯德哥尔摩,从而导致了不同研究人员之间长期的争论。在我看来这种争论毫无意义,约瓦金的日记应被视为一份普通的人物文献,无须过度点评或添加脚注。况且,这部影片的画面到底什么样,我们都不知道,因为所有的底片和成片都已丢失。有兴趣的话,可以参考我的剧本《约瓦金·诺肯》(*Joaking Naken*),这部剧讲述了约瓦金生活的另外一个完全不同的篇章,与以下内容没有任何关联。

英格玛·伯格曼
1950 年 9 月

8月23日

太阳和温暖终于回来了，这阵子冷得像冬天。今天早上，一本相册落到了我手里，里面有几张我妻子年轻时的照片，差不多是我们订婚时的年龄，也是二十多年前的事了。我看不出我的心上人有多大变化，也许她瘦了一点儿，当然多了些皱纹。经过四年前那场严重的神经痉挛后，她的头发变稀少了，但除此之外，她一点儿没变。我把照片贴近嘴唇，安妮，亲爱的，如果你抛弃我，我可能会死的。（顺便问一句，这想法是不是很怪？）我合上相册，把它塞进我在摄影棚的小工作室的抽屉里，感觉是在和我的爱分享着一个甜蜜的秘密。谁都不许看到这些照片，免得被拿来做无情的侮辱性的比较。在我这里，你是安全的，我亲爱的妻安妮！

我们正忙着拍摄今年的第28部电影，为了给我们的金主老爹一点儿不同的口味，我们拍了一部爱情剧，所谓的"闹剧"（slapsticks），瑞典语对应的词是 fars（一个恶心的美国词！）。

故事情节很简单：妻子带情人回家，正当他们互相示爱的时候，丈夫突然返回。情人飞快地藏到床下，丈夫跪在妻子面前，用甜言蜜语表达爱意。情人在床下忍不住打了个喷嚏，丈夫不禁生疑，开始搜查房间。妻子慌忙紧抱丈夫，在他耳边花言巧语。情人试图夺门而逃，却被抓了个正着。丈夫砍杀情人，妻子心碎而亡，崩溃的丈夫向警察自首。

我的演员们个个都才华横溢，无可挑剔，但在表现这部悲剧情节的爱情戏上，他们经验有限。面对如此强烈的情感折磨，大家都有些矜持。

苏珊娜是刻画角色能力最强的演员，加之天生貌美，整个人都自信满满。戏里的情节对她来说好像一点儿也不陌生，她把持得游刃有余。

阿伯特演被妻子抛弃的丈夫。我有一种感觉，这个漂亮的年轻人对扮演一个受辱的丈夫很不爽。可他是我的朋友，就是在别人嫉妒的围剿下，他也会保持敏锐、机智和对我的忠诚。

彼得扮演情人，他那大男孩儿般贪婪的圆眼睛很合适这个角色。

苏珊娜显然很享受和彼得的吻戏，这倒也不是坏事。这一年50部电影拍下来，她被馅儿饼打过脸，曾被扔在铁轨上，还从楼梯上摔下来过，也真难为这个年轻漂亮的女人了。

8月24日

昨天晚饭后开拍，今天我们就拍到了丈夫回家这场戏。阿伯特面带羞涩的红晕走进房间（他没有化妆的耳朵更是红通通的），几次尴尬地试图拥抱苏珊娜，直到最后他跳着脚尖叫道："亲爱的约瓦金，我明知彼得藏在床下偷笑，你想想我怎么可能和苏珊娜亲热得起来呢？"

我回答他："首先，你不知道彼得在床下；其次，他没有笑。"

阿伯特："我当然知道！"

我："但你是个演员，亲爱的兄弟！"

阿伯特："如果要我演的是个不可信的角色，那我可以是一名演员。"

我："阿伯特，我的朋友！你爱过女人吗？"

阿伯特："当然爱过，好几个呢，而且没人抱怨过。"

我："那就好！你打开门进屋，一眼看见苏珊娜，你欲火焚身，三步两步走到床前，直接跪在地上，吻她的膝盖。"

为了让阿伯特真正理解我的意思，我一边说一边演绎给他看我所说的一切，但阿伯特满腹狐疑地讪笑。

阿伯特："然后彼得躲在床下偷笑。"

我："你都干柴烈火了，早就忘记彼得了，忘记房间，忘记窗户对面可以看到你的人，你忘记了墙壁，忘记家具，忘记床。"

阿伯特："我不会忘记床。"

我："不，你连床都忘记了。"

阿伯特："那就不是欲望的问题了。"

彼得从床下探出头，憨笑。

彼得："床变成了一朵云，约瓦金的意思是你和她睡在云端。"

阿伯特："为什么不是在床上，床就在这儿啊，凡事都得讲道理。"

这时，蹲在一旁面无表情听我们对话的苏珊娜走上来帮忙。

苏珊娜："不管怎样，重要的是我可不是一朵云。"

阿伯特冷静地说："被人家戴绿帽子的丈夫，情人还在床下偷笑，这桥段我会被大家笑死的。"

我："我理解你的担忧，但请你听我说，苏珊娜是你的妻子，你爱她，但不是用你爱过别的女人或正在爱某个女人的那种方式去爱她，阿伯特，你要把她当作你一生唯一的挚爱去爱。"

我被迫转向思考我自己的婚姻。本来这部戏跟我妻子安妮没有丝毫关系，可我却突然发现自己陷入了一场热烈的爱的宣言中，甜言蜜语如喷泉一般自动从我口中涌出，连我自己都惊呆了。我出神地听着自己的声音，就好像在听另一个人讲话，在场的四人也都面带微笑地静听那个奇怪的声音通过我而发表的演讲。

现场的其他工作人员悄悄地离开摄影棚，到对面街上吃东西去了。

我的声音不停地说了五分钟，十分钟，十五分钟，声音带着旋律，将我感动得热泪盈眶，我一边说还一边像交通警察一样挥舞着胳膊。

我们都被震撼了，阿伯特也不再脸红了，戏轻松地拍完了。大家纷纷散去，我留下来，在摄影师的帮助下将今天的胶片冲洗出来后，转装到放映机上。这时悲剧发生了，摄影机不知出了什么问题，片子的速度比正常的快了许多，银幕上每个人的动作都变快了，看上去实在好笑。我悲痛欲绝，摄影师却建议我不如将整部片子都用这个速度拍，把悲剧彻底变成一场闹剧。我起先坚决反对，毕竟，就是这漫画式的夸张剧情中也有我自己的影子。不过最后，我还是被摄影师说服了。我们在深夜空荡荡的街道上朝家走时，都禁不住兴奋地开怀大笑。

安妮已经睡着了，被我的声响弄醒后起来和我大吵。我兴奋地给她讲今天的奇妙经历和我的爱情宣言，可她完全无动于衷，听完只是叹了口气。

我对她说："你是不是欠揍啊？"

安妮立刻反唇相讥："你还敢打我吗？"

我说："你完全不懂什么是善良，也不懂得欣赏善良，因为你是个毫无善良可言的人。"

安妮说："你是个混蛋！"

我说："你是个泼妇！"

安妮说："我是泼妇？你讲不讲道理？半夜三更回来把我吵醒，连句道歉的好话都不会说。"

我说："原谅我，亲爱的安妮，请原谅我。对不起，对不起，对不起。"

安妮说："你就是个满嘴跑火车的，没一句心里话。"

我蜷曲到沙发上，心想要是她现在来碰我，我非咬她不可。于是我就说："你敢碰我，我就咬你。"我的话吓到她了，她不再叽叽歪歪，走到我身边，晃着我的身体说："看我不把你整成一个骗子。"我就在钢琴前坐下,弹起了《康康舞曲》,一遍又一遍,一个小时又一个小时地弹同一首该死的曲子。每隔一刻钟,我心爱的人就过来狠狠地砸我的头。就这样,我们俩兴奋地、疲倦地睡去了。

我记得我大笑起来,我真希望看到我的心上人气晕的样子。在那一瞬间,我身体里的每一根筋都在恨她。

8月29日凌晨

现在我搬到电影厂住了,这段时间我和安妮的关系比较紧张,我不愿意对峙,更喜欢平和安宁,所以干脆就独自一人躲起来。

我想了很多妻子这种强烈攻击性和好斗的性格的缘由,有时我想,我的存在本身或许是造成她心理失衡的一个原因,但也可能是她内心的不和谐导致她的屡屡爆发。生活的一成不变、沉默静止令她伤感,她一次次地抗争,无法接受平凡日常对耐心的磨炼就是生活本身对我们发起的残酷战争(这一点,女人比男人更难接受,因为她们的日常生活更多被规律和无聊掌控)。每每想到安妮,我的内心充满温柔,我相信这就是真正的爱情。我选择在摄影棚里独自生活,从表面上看是快乐的,但其实充满了苦涩的渴望,心被她的缺席占据。或许她的孤独也和我一样,然而当我们把各自的孤独带入同一个屋檐下的时候,两人却像是为了夺奖一样无休止地争斗。或许有一天我们还能做朋友,可那不意味着爱情先要枯竭吗？这方面的事我太没有经验了，或许哪本我还没有读过的书里写过。但我明白一件事：爱与恨不是彼此排斥，而是共生的，或许它们本身就是同一种情感。哎呀，我还是停止胡思乱想吧，这方面的事总有人比我清楚。

当晚的事件：我独自一人在摄影棚里冲洗白天拍的片子，这是一场行刑的戏。老板说："观众抢着要看到刺激流血的镜头。"因为他有电影公司75%的股份，那就给他刺激流血的镜头（让老板满意是最重要的）。

十一点钟，苏珊娜带着一些食物和啤酒来了。

苏珊娜在隔壁剧场的歌舞团跳舞，她是个心地善良也很有头脑的好女孩儿，我们在一起谈了一些刚才想过的关于爱情的话题，当然都是以客观的不带个人情感的方式谈的，我并不想把我的婚姻或是安妮无端地暴露给像苏珊娜这样我不太熟悉的人。苏珊娜待了一个小时左右就赶着回剧场参加最后一场演出了，我把手里的活儿忙完后，走出摄影棚，在外面的椅子上坐了下来。黑暗中，附近剧场的灯光反射到摄影棚的玻璃上，风很大，吹得四周的角角落落都是声响。

电影厂是在一条旧运河上搭建铁梁进行改建而成的，现在运河虽然早被填堵上了，但就在摄影棚的地板下面还有一口深井，可能和附近的其他水道相通，听说井里的鱼很多。

我独自坐在黑暗中，睡意全无，突然想起我之前在井里下过鱼钩，这事我几乎完全忘记了。钓鱼是我的一大爱好，我是那种宁愿一个人安静地钓鱼也不愿意和有趣的人聊天儿的人。（因为我受不了人家的伶牙俐齿，遇到攻击我的人，毫无反击之力。）于是，我一个人费劲地撬开水井盖，把灯笼伸进黑漆漆的水井。我立刻看到有鱼咬钩了，连忙顺着湿滑的井壁慢慢地往上拉鱼线。突然间，一股强大的力量差一点儿把我头朝下拉进井里，接下来发生的事简直就像是我自己拍摄的喜剧片里的镜头：我被这突如其来的外力袭击的瞬间，身子全力朝后仰，拉起鱼竿，顺势在地板上打了一个滚儿，浑身上下顿感剧痛。我还没有回过神来，就感到鱼线再次把我拉到井口，我感觉自己就要冲进井里了，奋力把自己往回拉。身为钓鱼高手的荣耀让我无法放下架子，就是掉进井里淹死也不能松手让上钩的鱼跑掉。我和鱼相互抗争了近一个小时，终于，我的对手先累了，鱼被我拉上岸来。

我从未见这么大的一条鱼，也搞不清楚是哪种鱼。在我把鱼拉到地上的那一刻，那鱼狠狠地击打我的手。可我比它快，我决定在取出牢牢卡在鱼鳃下的钩子前杀死这怪物，我伸手够到一把锤子，举起来准备朝它那长满疣的头上砸去。

"等一下，"鱼发话了，"我承认被你打败了，你可以随时干掉我，不过在你动手之前，让我们来谈一谈。"

我放下锤子，感觉浑身不舒服。鱼用黝黑的大眼睛死死盯着我，锤子从我手中掉了下来。

"你这个丑八怪，快去死吧。"

"我懂，我懂，"鱼暗笑着回答，"可你还是放下了砸向我脑袋的锤子，心里有事情吧？"

"因为你把我恶心到了,我的胃都要吐出来了。我现在把井盖盖上,留你在这儿,明天来了你就上西天了,那时我再把你做成标本送到博物馆,你就永远待在那里吓唬小学生吧。"

"你应该先听听我的建议,"鱼的呼吸现在显得急促了,"因为我可不是一条简单的鱼。"

我朝它身上浇了一些水,它立即显得有了生机。

"如果你把我放回井里,我可以满足你三个愿望,这对你只有好处啊。"

"你拿什么担保呢?没准儿你就是个只会吹牛的骗子。"

"君子一言,驷马难追。"鱼笑着说。

"我想要什么都行吗?"

"对,什么都行,只要是你想要的。不过我保留实现你的愿望的方法。"

"听起来像是导演的合同,你什么意思?"

"没别的意思,就是让你实现你的愿望,但也许方法和方式和你原来想的有出入。"

我再次感到恶心,迅速地收起鱼线,把那怪物踢进井里。那家伙白色的肚皮先是在空中转了一圈,随后摇了一下尾巴,像投入水中的一支长矛,直直地消失在井中。

与此同时,我感到怒火中烧,把井盖盖上的时候整个房子似乎都在震动。我像个疯子似的在屋里乱窜,跌倒再爬起来,直直地站起身,用命令的口吻和自己说:

"我约瓦金和一条鱼说过话,这是千真万确的,是鱼先开口的，我从头到尾头脑清晰冷静，我没病，我就是害怕，怕得腿软，站都站不住了……我，约瓦金，约瓦金……"

我一个劲儿地重复着自己的名字，直到平静下来。这时，我感觉天色亮起来了，我打开灯，找出我的日记本。

9月5日

下午摄影机坏了，摄影棚里人人都在难以忍受的高温下打哈欠，我决定收工，大家感恩不迭，片场迅速被清理干净，简直比救火还快。我拿了根拐杖，决定去城里的花园散步，我想到喷泉边租一把椅子，看看阳光下玩耍的孩子们。

可没走多久我就改变主意了。天气闷热，空气中弥散着暴风雨来临前的黏稠感，想到回摄影棚便不由得心情烦躁，我决定回家去看望安妮。我脑子里开始幻想如何和之前的几百万次一样，好好地乞求她的原谅，重新开始。想到这里我感到愈加迫切，喝下一杯白兰地，更坚定了回家的主意。当我走到家门口安静的街道时，活跃的大脑涌出许多温馨的念头，我向自己保证，要耐心地聆听安妮对我的指责，接受她的无理取闹。

我吹着口哨进了楼门，朝楼梯走去。门卫大哥的长着兔唇的表弟坐在外面读报纸，我愉快地朝他打了个招呼。就在我兴奋地把钥匙伸进锁孔准备开门时，突然想到兔唇表哥看我时的奇怪目光。

钥匙在锁孔里转，但令我惊讶的是，门竟然反锁着。

起先我只是惊讶，接着就愤怒了。我猛劲儿地拉门，试着用手杖捅开门背后的链条，这当然是徒劳。然后我停下来，静悄悄地站在门外，一动不动。我能清楚地听到妻子的窃窃私语，急促的脚步声，接着是厨房门关上的声音。我像是中了魔一样冲下楼梯，跑到街上，绕到房背后的厨房后门。街道一片死寂，我转身沿着原路闪电般地返回楼前，街道上依旧空荡荡的，连一只猫、一阵风都没有，只有远处隆隆的雷声。我冲上楼梯，这一次兔唇表哥毫不遮掩对我的兴趣，盯着我看。我脚底生风，急着转身，竟然没有注意到离我家最近的邻居老先生，正戴着一顶高礼帽，迈着轻快的步伐下楼。我躲闪不及，和老先生迎面撞上，两人手足无措地从楼梯上一起滚下来。所幸老人家没有受伤，因为我处在下方，做了老人跌倒时的垫子。但老人家的高礼帽被彻底压扁了，我诚惶诚恐地道歉，并承诺一定补偿他一顶新帽子。我们各自礼貌地表达歉意后，各走各路。我再次冲上楼梯，这一次，我按响了家里的门铃，我的妻子立刻出现在门口，为我开门。

安妮："真高兴你回来啊，你累吗？干吗这样东张西望的？你饿吗？要不要我给你做个小蛋饼？"

我："刚才门为什么反锁着？"

安妮："我一人在家害怕，每天晚上都把安全链插上，今天我还没有出过门呢。"

我："是吗？你来开门时，链子怎么就没有插着了？"

安妮："我正要出门啊。"

我："不穿外套也不戴帽子出门？再说，你的头发怎么这么乱？"

安妮："天这么热，穿什么外套，我正打算去美发厅呢。再说，你都不在家，梳好头发给谁看啊，我给你做蛋饼好吗？"

我急切地绕过她进屋，像个印第安人一样蹑手蹑脚地走进卧室，扯下床上的床罩，果真没错，床上的被子都没有收拾。我指着床喊道："这是什么意思？"

安妮："这个意思就是我还没有铺床。"

我狂笑着说："但为什么要盖上床罩？"

安妮："这有什么奇怪的吗？"

厨房里放着用过的碗碟，所有的餐具都是两个。

我："你别抵赖了，快承认你有情人吧。"

安妮："我两天没洗碗，绝对不承认我有情人。"

我："你有情人，你把他从厨房门放跑了。"

安妮："这么说我可真该有个情人啊，但事实是，我是个固执的人，没兴趣利用你不在家的机会去做貌似唯一该做的一件事。你要想吵架，随便。我走了，再见！"

我："我听到你在和人说话，我还听到厨房门关上的声音。"

安妮："那是货物公司的人。"

我："什么货物，可以问吗？"

安妮："我不想说。"

我："为什么不呢？"

安妮："因为我没必要站在这儿，让你像审犯人一样质疑我。"

我："哪儿有什么货物公司，就是你的情人。"

安妮："就是一个货物公司的人。"

我："什么货？"

安妮："一顶帽子。"

我："哦，那帽子呢？"

安妮："什么帽子？"

我："货物公司送来的帽子啊。"

安妮："没有帽子。"

我："哦，送帽子的人没有送帽子，那来做什么呢？"

安妮："是我送出去的帽子。"

我："哪顶帽子？"

安妮："紫色带花的。"

我："你的帽子放在哪里？"

安妮一声不吭地朝她的衣柜走去，我一把推开她，开始在里面找帽子。衣柜里至少有三四十顶帽子，可就是没有一顶紫色带花的。

我愤怒地说："现在我明白了，我终于明白我的钱都去了哪里。紫色带花的帽子，拿出去做什么？"

安妮："去修改。"

我："好嘛，去改一顶帽子？你这里至少有一百顶帽子。"

安妮："那是唯一一顶时髦的，但又古旧的。"

我："怎么改？"

安妮:"颜色要加深,花要去掉,还有帽身要缩小,帽檐要改大。"

她用手比画着帽檐要改多大,我依旧怒火中烧。

我:"你自己没时间做?"

安妮:"我不会做。"

我:"学啊,你整天有的是时间。"

这时安妮开始哭了,这可把我吓坏了。

我感觉全身发凉,四肢无力。我站了一会儿,然后惊慌失措地跑出去。

令我羞愧的是,我在下楼的时候又撞到了正在上楼的邻居。我们俩一起滚到楼下,这一回,我又把他刚刚买的高礼帽压扁了。我再次道歉,我们再次礼貌地告别。我逃到大街上,心如刀绞。

9月6日

我满心痛苦,恨不得立刻飞到我的心上人那里,向她倾诉我心中那些难以名状的难受的感觉。这些感受现在不仅侵占了我的思想,更不可思议的是连我的身体也被它们控制了。我的身体不停地打颤,不断被突然的刺痛袭击。我的脑袋发热,但不是生病的那种发热,而是不时涌起的愤怒在燃烧。只要一想到安妮对我不忠,纯粹身体的疼痛就占据了我被折磨的意识,我立刻开始全身打颤,寒意从脖子开始斜穿过整个身体,我全身的关节发软,一闭眼,最残酷的念头就在我眼帘内闪现。

与此同时,身陷迷茫的未知感刺激着我。那个情人没有面孔,最多只有一半的真实存在,整个情形就像在梦中一样难以名状,也没有激发想象力的细节。就连安妮也在我眼中开始失真,变成一个我不认识的玩偶。那个和我一起生活了二十年的女人被一个粗糙劣质的复制品取代了。

让这一切愈加不可理喻的是我对她的忠诚,当然我明白不忠的原因有很多,也不仅仅基于所谓的"强悍的性格"。我一直忙于工作,我对女人(我是说其他女人)没有多大兴趣,我和安妮相敬如宾,几乎从来没出现过问题,有的只是夫妻之间理所当然的相互喜欢和享受。

我们没有孩子,我想我们俩谁都没有为此伤心过。

我把自己写的东西通读一遍后,发觉我这一通胡言乱语真是毫无意义,我根本没有捕捉到我们困境的本质。

好在工作进展顺利,我又写了一个剧本,自我感觉不错。

剧本名为《炸弹》,剧情如下:

我有一个长期不和的邻居(彼得),为了把他干掉,我和一个卖啤酒的哥们儿(也是我的同谋)一起制造了一枚放在啤酒瓶里的炸弹,只要一拔出啤酒瓶的木塞,炸弹就会被引爆,杀伤力巨大。

卖啤酒的哥们儿把炸弹藏在他的店里,没想到店里傻乎乎的女仆把放炸弹的啤酒瓶混进了店里其他500个啤酒瓶当中。

当卖啤酒的哥们儿给彼得推销啤酒的时候,他才发现这个天大的问题,可他不敢告诉我。所以,我每天都在等着我的敌人命丧黄泉,可我每天都在街上遇到他,看他活泼健壮地走来走去。随着时间的推移,当我想到他去日可数的时候,禁不住对他产生了同情。有一天早上,当我们再次相遇的时候,我礼貌地摘掉帽子,对他行了个礼。他惊讶地站住,脸上露出困惑但不乏友好的笑容。从那天起,我们每次遇到都互相问候,有一天,我不由自主地站住,向他伸出了手。我的对手被深深地打动了,他祈求我原谅他以往的粗鲁。他的太太站在一边,主动邀请我去他们家做客,我欣然接受了,于是大家都去了彼得的家。可以想见,当我看到彼得拿出一个开瓶器准备开啤酒瓶时,我有多么恐慌。我谢绝了啤酒,选了葡萄酒。为了不让我的朋友死于非命,我被迫去他家偷走所有的啤酒瓶。那天晚上,我好不容易才偷偷地溜进他们的厨房,开始往外搬啤酒。之后,我溜进他们的卧室,看着两个被我拼命地从死亡线上救出来的熟睡的爱人。我回到家,感到干渴难忍,从冰柜里捞出一瓶啤酒,却直接拉响了炸弹。影片的最后一个镜头是我的帽子从被炸出一个大洞的天花板中飘落下来。

苏珊娜要退出歌舞团了,她说她的腿疼,而且厌恶了剧院里的恶浊空气。可她还跑来找我,要我给她加工资,我耸耸肩,要她去找老板,歌舞团是老板的。

"算了,无所谓,"苏珊娜说,"反正我要嫁给彼得了,等我们结了婚,我就不用工作了,我就是一个有女佣服侍的太太了。"

就在这时,彼得走进来也要我给他加薪,我一脸厌恶地看着这个长着圆眼睛的贪婪的年轻人。

"我告诉他我们要订婚了。"苏珊娜对彼得说。

9月10日

我开始监视安妮,虽然我能从一个局外人的角度,很清楚地看到自己有多荒唐,但我还是忍不住。安妮也受到我上一次暴怒的警告,所以她也变得非常谨慎。昨天,我决定实施一下所有忠诚的丈夫惯用的老把戏,我和安妮说我要外出旅行,至少走一周甚至可能十天。安妮帮我理好行李,与我吻别。

我提着行李找到一家酒店住下,躺在床上等天黑。夜里两点钟我起身朝家走,我静悄悄地上了楼梯,我用我认识的一个小偷儿所教的技巧挑开了房门的安全锁链。我迅速无声地溜进卧室,屋里黑漆漆的,我蹑手蹑脚地靠近安妮的床边,点亮旁边的小夜灯。一时间我大意了(可能是因为我在光亮中看到了我的最爱),光线落在她的脸上。安妮立刻醒来,她好像压根儿就没有睡着一样,瞪大眼睛惊恐地盯着我。我一声不吭,好像条件反射一样,正准备弯腰去查看床底,安妮说话了,她的声音中充满了鄙夷。

"你不要看看壁橱吗?还有衣柜。"

我胆怯地摇了摇头,在她床边坐下,抓住她的手。

她略微停顿了一下,把手抽出后说:"你到底想让我做什么，约瓦金？要不要我上大街，和我遇到的第一个男人来一场情爱，好满足你疯狂的嫉妒心？"

我没有回答，把头转向窗户。

透过窗外的一道亮光，窗帘后面突然出现了一个人头的影子。我跃身而起，朝那人影奔去，掀开窗帘，发现是我自己的半身雕像。这是我过40岁生日时，电影厂的朋友们送给我的礼物。安妮突然疯狂地大笑起来，我抓住半身像，想把它推倒，但即刻后悔了，小心翼翼地把雕像放回原位。

安妮："约瓦金，你可真让我觉得可怜，你是个永远都不会长大的婴儿啊，注定在你的玻璃婴儿房里爬来爬去，摆弄你那些古怪的玩具。"

我还是一句话不说，背对着房间站住。

安妮："你还记得我们年轻的时候吗？那时你还有力量憎恶你自己的荒谬举止，还记得那个星期五晚上，你嚷嚷着想自杀吗？"

我低下头，想起安妮说的事。

安妮："你不回答，因为你感到羞愧。那一次我是爱你的，我恳求你带我一起死。可当你意识到我是认真的，你吓坏了，急忙逃离这一切，就像你今天逃离一切现实和意义一样。"

我皱着眉头想弄明白她到底是什么意思，她想要说什么，我好与她争辩，但我一句话都说不出来。

安妮："你不回答，但我知道你在想什么。你站在那里默默地恳求，就好像我是你妈妈。约瓦金，你已经长大了，我不是你妈妈，我是你的老婆。"

我耸耸肩，她那尖刻又侮辱的表达再也不能刺痛我了，我朝门口走去。

安妮："对，没错，约瓦金，赶快走，每到我们认真面对问题的时候，你就跑路。快跑！快喊救命！"

终于我找到了回应她的话，我转过身说："我应该彻底改变吗？从头开始？你说你想要我怎么改变，我一定努力改。"

安妮："看到了吗，约瓦金？每次我认真对你，你就冷嘲热讽；我和你谈正经的，你觉得我是在开玩笑。你赶快走开吧，别来烦我了，让我从你的侮辱和嫉妒中解脱出来，让我彻底把你忘掉，让我把身体中你的存在都深深埋葬了，别再出来捣鬼。"

我："你以前从来没有这样和我讲过话。"

安妮："我现在也没有，因为打心眼儿里我还可怜你。但当你又开始用嫉妒心来折磨我时，我突然间感到轻松了，我得谢谢你。"

我："但我们爱过，不是吗？还是我们从来没有过爱？"

安妮："当我们年轻的时候，当你这套把戏不管是对我还是对你还有杀伤力的时候。可你的戏演得越来越虚伪愚蠢，越来越可笑了，约瓦金！它们成了你懦弱的保护墙，以前你是滑稽，现在你是个小丑。"

安妮原本笔直地坐在床上，现在她躺下身，转头面对墙。我不得不走出家门，无名的酸楚和怒火在心中涌动。回到酒店房间，我连喝了几大口凉水想让自己止怒，我在房间里转来转去，不停地骂着脏话。

10月10日

距离上次写日记已经一个月了。这段时间，我沉浸在工作中，每天忙得昏天暗地，没有一点儿健康安静的私人生活来缓解工作的疲惫。

我必须羞愧地承认我又搬回家住了，尽管安妮屈就于我，可我还是无法放过她。我们俩恢复了相敬如宾的正常生活，但有时候我还是怀念唇枪舌剑的日子。当她照镜子时，我站在她看不到的地方观察她：她缓慢又细致地检查自己的脸，数着眼角的皱纹，用指尖抹顺嘴角的纹路，像只小鹿一样对着镜子龇牙，露出可笑的鬼脸，这一切都和平常的安妮不一样。她似乎对自己脖子的线条很满意，总的来说她很中意自己的身体，当她近乎一动不动地站在镜子前时，镜子中的映像似乎将她催眠，她几乎陷入半昏迷状态。

突然间，她贴近镜子，脸上露出笑容。她张开嘴，嘴唇的形状发出一个无声的单词，一个名字，一个听不见的名字。

今天是星期天，她穿好衣服准备去教堂。当她喊我一起走时，我拒绝了。她力图说服我，说每年的这个礼拜天，我们都是一起去教堂的。我不做回答，转身进了书房，把门砰地关上。

我竭力遏制与她同行或是尾随她的欲望，内心却在上演一台无比羞愧的戏。我再次被自己的口是心非吓到了：一个我站在那里，厌恶地耻笑着另一个我。

我开始窥探她的储物处。先是写字台下所有的抽屉,我把她收到的信全都读了一遍。我找到一卷缠着丝带的信札,原来是我当年写给她的情书。我从抽屉里翻出一堆被女人的温柔隐藏起来的小玩意儿:吉祥物、玩具、胸针。尽管如此,我仍然停不下来,想找到安妮背叛我的证据,这股愤怒和渴望让我激动得双手打颤。一只上锁的抽屉,我先是试着用自己的钥匙开锁,然后我用上了铁丝、指甲、裁纸刀,都没有成功。这下子我有目标了,脑子一片空白,心中被成功的冷酷充斥着:这抽屉隐藏着她的秘密,这下子她跑不掉了,她落在我手上了,那张情人的脸就要显现了,还有那些声音、细节、眼泪、真相。可那把锁一点儿不愿屈服,无论我怎样用劲儿都纹丝不动,终于,整个写字台都砸在了我头上,可抽屉还是锁着的。我气得七窍生烟,冲进厨房,从储藏室里拎出一把斧子,不由分说朝抽屉砍去。木板被砸了个粉碎,从里面蹦出来零钱、钞票和一个记账本,安妮用漂亮的字体在上面记下了我们的开销和收入。

10月11日

今天拍完了一场戏,戏的内容是这样的:一个男人在外散步,男人很高兴,感觉周边一切都令他满意。男人在路上碰到一位年轻姑娘,他觉得姑娘很漂亮,就举帽向她行礼。姑娘惊讶地站住,随即露出喜色,报以响亮的笑声。男人(我)也笑了起来，两人走开后又同时回头张望。男人被这突然降临的友好氛围感染了，继续朝前走，遇到一位警察。警察停下来，挺着肚子红着脸大笑不止，眼睛都快要从脸上挤出来了。男人（我）也困惑地跟着笑起来，可警察的笑声愈加癫狂，我果断地走到附近楼里，认真检查是否我身上的衣服出毛病了。发现自己一切正常后，我为这场巧合叹了口气，继续散步。还没走几步，前面出现了一群小流氓，他们互相打闹，踢对方的屁股，肆无忌惮的大笑在街道上回荡。当他们冲我比画着发出嘲弄的狂笑时，我被吓得浑身打颤。这时，坐在窗边的两个阿姨同时看到了我，她们打开窗户，探出身冲我大笑。阿姨们招呼着对面窗口的人，很快街道两侧所有的窗户都打开了，笑声像巨浪一样在我头顶呼啸。我被淹没其中，徒劳地伸手自卫。我愤恨地跑回家，决定复仇。

第二天我再次出去散步，很快又遇见了那个姑娘。我冲她笑，很快变成狂笑，在我经过她身边时，我停下来笑得几乎喘不上气来。姑娘转过身注视着我，随即哭着跑掉了。我有点儿惊讶又不免得意地继续前行，这时警察来了。尽管他比我高出一头胖出一倍，我还是径直站在他面前，指着他的脸对他大笑大叫。他气得满脸通红，吹起警哨开始追赶我，我们俩在街巷中上蹿下跳，就像古装戏里的小丑在表演。路上我又遇到了那群小流氓。我慢下脚步，盯着他们大笑。他们看看我，又相互看了看，再回头看我。小流氓们挽起袖子，把帽子拉到耳朵下面，开始追我。街道两旁每一扇窗户都打开了，人们在喝彩。

起初，我认为他们是在为我喝彩，毕竟小流氓是一群人在追我一个，但很快我明白过来，原来人们是在给追我的那群人加油。最后，我爬到一根路灯柱上，但最终还是被逮到了。这群人对我一顿暴打，然后把我扔在大街上。我眯缝起被打肿的眼睛，看到两位老夫人走过去，我颤抖着冲她们发出悲伤的笑声，其中一个修女拾起一个花瓶砸到我头上。

拍这场戏时我感到非常郁闷，心情糟糕透了，在摄影棚的玻璃屋顶下，我的笑声像幽灵般机械地回荡。

就在拍这场戏的过程中，一个邪恶的念头在我心中成型了，我一直都在抗拒这个念头，但现在我屈服了，我再也无法忍受了。

当晚

我打开地板中央的井盖，深不见底的黑水像往常一样在下面打转。

我用平静的声音呼唤那条会说话的鱼。

没过多久，那家伙长满疣的头便浮出水面，我心中涌起和上次一样的恐惧和厌恶，但我控制住自己，冷静地抛出我的谩骂。

"你这个恶心的混蛋！你这个满身赘肉的骗子！我真希望我的鱼钩还在折磨你的鳃。"

我听到下面传来一阵笑声，或许只是我兴奋的想象力在玩恶作剧。

"晚上好，我的恩人，你脸色看起来有点儿苍白，但也许只是灯笼照在脸上，让你看上去面色惨白。"

我正要回答它，它打断了我。

"我已经知道你的愿望了，请允许你的仆人告诫你，无论多离奇的愿望，在我这里都不足为奇。"

"你是来执行我的命令的，不是来笑话我的愿望的。"我愤怒地说。

"帮你实现愿望对我来说不费吹灰之力，但我可否给你一个忠告呢？你不想换个愿望吗？你想过吗？你现在所拥有的，可以让你分分钟获得这个世界大多数人挤破头都得不到的东西。

"你给我听着，我脑袋里也有一个叫作大脑的东西。没错，我承认那是个奇怪的家伙，里面或许也没有不朽的灵魂，但那堆灰不溜秋的玩意儿里至少还有针尖儿大小的一块或许还在起作用。

"你有没有想过，当你的愿望成真后，你该怎么办呢？"

"我都想好了，还能比现在更糟吗？眼下的生活像铅块一样压着我、羞辱我，我夜不能寐，食而无味，四肢像被毒液浸透一般无力，就连泪腺也像是被尘土填满了，眼泪都流不出来。"

"好吧，你很有说服力，"鱼用嘲讽的语气回答我，"人类无论多大的困难不都是由那个叫作生殖器的东西造成的吗？在这一点上，我们鱼更有发言权，是不是？无论如何我还是建议你忘掉这件事吧，所有的女人都在她们性器官的驱动下撒谎、欺骗、背叛，她们的愤怒可以让她们的行为完全不计后果。所谓坏良心，那是男人的专利。"

"你对女人了解多少?"

"我也算是见识过海边度假村的鱼吧。"鱼得意地回答。

"让我的愿望成真,"我打断道,"我要看到安妮不忠的证据。"

"如果她没有欺骗你,你希望她去这样做吗?"

"你说得没错。"

"我警告你后果了,你好像听不懂。"

"该死的臭鱼!"我愤怒地尖叫起来,"照我说的去做,少给我来这套隐秘的说教。"

"好吧,我只是一片好心。"鱼用几乎是悲伤的口气说。

"用你的好心给我擦屁股吧!"我尖叫着砰地合上井盖。

10月15日

这一切都是从苏珊娜开始的。我之前说过,苏珊娜是一个快乐懂事的女人,没多少幻想和念头。一天早上,她来上班时眼睛哭得通红,满脸悲催。我假装什么也没看到,免得让她更难堪。一整天她不时地躲进角落里,我从她的背影看得出她在猛烈地哭泣。最后,我实在不能继续装下去了,走过去把手轻轻地放在她的肩膀上,她没有转身。

"真的!天下的男人都一样轻浮,是身体毫无道德约束的恶棍。"

"谁欺负你了吗?"我问道,"原谅我的打扰,但一个知心的朋友至少可以安抚一颗受伤的心。"

"约瓦金，你是我唯一的朋友！像我这样招人喜欢的女人，貌似应该朋友遍地，但我向你保证，事实并非如此。"

这时，外面的雨停了，阳光透过摄影棚的玻璃屋顶照进来，有人慢慢弹起了场地上的钢琴。午后的静寂异常甜美，就连我深受折磨的不安灵魂也感到了短暂的宁静。

"亲爱的苏珊娜，我自己也遇到了大麻烦，你能信任我，我也很感激。"我温和地说。

"我知道你也很困惑，真希望我能帮到你。"苏珊娜回答。

"先跟我说说你的痛苦，让我们一起来冷静地想想该怎么做。"我说。

"彼得抛弃了我。"苏珊娜的哭诉如晴天霹雳，让我也为之一惊。"彼得抛弃了我，"她又说了一遍，"留下我一个人，我一直爱着他，从五年前第一次来到这里，我就爱上了他。"

"你在谈爱情，你懂什么是爱情吗？这个充满毒素、可以致命的毁灭性的东西？"

苏珊娜惊讶地看着我。

"爱情？谁会在乎追问它是什么。我每天都需要水，我离不开水，可水也会变得危险，我也会淹死在水中。但如何去命名这种毒素，该叫它什么呢？"

我聚精会神地看着她说："对，对你来说是这样，请你诚实地回答我一个问题：你从来没有爱过另一个男人吗？"

"没有，从来没有！"苏珊娜使劲地摇着头说。

"你会嫉妒吗?"我突然问道。

"当然,"苏珊娜不假思索地立即回答,"今天下午,等我能够隐藏我悲伤的痕迹时,我就直奔歌舞团剧场,我要亲手把那个老妖婆的脸撕烂,让她别想再去欺骗别的小男人。"

"好得很,你知道这事持续多久了吗?"

"三四天吧,我也不知道,昨晚萨莉来我家告诉我的,我就直奔剧院化妆室。透过幕布我想找到他们,可他们已经溜了,我就去找楼里的服务员保罗,他说他们进了第18号房间。"

"那就在第18号房间里解决问题不是更好吗?在剧院舞台上干仗不是有伤体面吗,苏珊娜?"

苏珊娜笑了,但这笑容中毫无善意。每个星期六从下午五点开始,格雷维尔剧院总是座无虚席,看下午场的观众,还有等着看晚场节目的观众都聚在那里。这地方最有名的是跳康康舞的女孩儿们,我第一次坐在观众席的时候,不得不感叹,哪儿去找比这里的姑娘们更圆的大腿、更诱人的乳沟。

我和苏珊娜在离舞台很近的一张桌旁坐下来,当姑娘们入场的时候,好几个人朝苏珊娜打招呼,也有人和我致意,因为有人参与过我的片子的拍摄。

我给我的美丽同伴点了巧克力,我自己要了一杯开胃的鸡尾酒,这段日子的紧张情绪搞得我常常犯胃酸。刚刚坐定,格雷维尔先生就像从盒子里蹦出来的玩具老头儿,出现在我们眼前。他的黑色胡子闪闪发光,整个人看上去有点儿晕乎。

"你好,我亲爱的兄弟,"他脑袋转了几圈对我喊道,"承蒙您大驾光临,还有你,苏珊娜,你也在。看看你的伙伴们,谁都没你漂亮。亲爱的兄弟,实话告诉你,自从苏珊娜订婚离开我们,我可是损失惨重啊!以前每周五都来看演出的一整个马术俱乐部现在都不来了,简直太悲催了。亲爱的兄弟,日子不好过,就连妓院也难熬啊。"

这通口水飞溅的演说结束后,格雷维尔先生卑微地讪笑着吻苏珊娜的手,随即沉入地板消失了。

剧场安静下来,先上场的是一位唱情歌的歌手。他的女性朋友们在台下热烈地给他鼓掌,他伸出自己短小的胳膊,像是要把台下的每个人都揽入怀中,在肚脐的位置搂抱她们。他给大家唱了一首流行歌。

突然,苏珊娜深深地叹了口气,她呼吸的响动把我从鸡尾酒带给我的迷离中猛然惊醒。顺着苏珊娜燃烧的目光,我朝着昏暗的剧场当中望去,费力地在烟雾缭绕的黑暗中努力辨识着,除了服务员和剧院领班像幽灵一样的影子无声地跑来跑去,我什么都没看到。

"看,那边,他们来了!"苏珊娜一边说一边指着。

果真,入口处站着彼得和一位女士,他们眺望着大厅,在一位老领班的带领下开始往里面走,最终,他们被安置在剧场另一侧和我们同一排的一张桌子上。我拿出眼镜望过去,但无法辨识那个女人的特征。剧场里很黑,那女人侧脸坐着,头上戴着面纱。

"你见过这么老的猴子吗?"苏珊娜慢悠悠地说。

"没有。"我回答,其实我什么也没看到。

"瞧她那身穿戴,那身材,胖头鱼都比她苗条。"

"一点儿没错。"我应答着。

"那顶帽子太可笑了,打老远都看得出来至少修补过十次以上。"

"绝对的,"我说。

突然间我打了个嗝儿。

有一种生命的荒诞表现你一定见证过,伟大的文学作品也描写过,那就是正当你的情绪处在最神圣或最悲惨的时刻,你身体的感受却是最荒唐的。你走在母亲葬礼的队伍中,可你的悲伤被鞋里硌脚的石子儿打扰着;你心爱的人终于第一次向你投怀送抱,可你却没有洗脚;正当你发现自己妻子的不忠时,你却开始打嗝儿了。

苏珊娜已经站起来,径直走向彼得的桌子。她走得很快,我紧随其后,想去阻止一场公开丑闻的发生。

但命运做出了另一个决定。我还没来得及追上苏珊娜,她已经把对手的帽子扯了下来,彼得跳起来试图拉开两个女人,结果脸上被抓出一道道血痕。安妮朝苏珊娜的肚子踢去,苏珊娜抓住安妮的腿,把她撞倒在地。桌子倒了,女人们尖叫着,管弦乐队演奏着,杂技演员们翻滚着。安妮和苏珊娜在地板上滚成一团,根本无法辨识谁是谁。观众席上有人欢呼,有人惊叫,领班冲过去,格雷维尔先生吓傻了,被人们抬了出去。有人打了我一记耳光,眼镜飞了出去,我一时张皇失措,看见站在一边的彼得惨白的脸上鲜血在往下淌。

"今晚我派决斗裁判去找你,我让你先选武器。"彼得翻着白眼冲我喊。

地板上的打斗还在继续，一时间我被弄糊涂了，搞不清楚此刻要名片和手套是什么意思，不过我还是从隔壁桌子上拿了一副手套扔到彼得脸上，又费力地找到一张我的名片扔过去。整个过程中，我一直被那该死的打嗝儿困扰着。

"那我可太荣幸了，"我嘲讽地对他说，"我为将你带到这个世界的母亲感到惋惜。"

在地板上厮杀的两名战士现在已经精疲力竭了，至此，她们成功地将对方的衣服几乎都扯下来了，现在她们默默地坐在地上，愤怒地瞪着对方，没有眼泪，也没有言语，脸上都在流血（女人最花心思的是保持指甲的锋利）。

突然间，我对坐在地上的妻子安妮产生了一种莫名其妙的同情，毕竟，她仍然是我的妻。我第一次用别人的目光去看她：她有纤瘦、僵硬却充满激情的身体，弯曲的手臂，化过妆的脸上因愤怒早花成一片。她的假发散落在地上，原本稀疏的头发像鸟巢一样凌乱。我在用他人的目光打量她，但感觉到的是我和她之间强烈的关联，我知道她像个孩子一样面对自己和世界的无助，我知道日夜折磨她的正是仇恨和沉默的幽灵。突然，我充满了对彼得的愤怒，对，连同对苏珊娜的愤怒。苏珊娜此刻正喘息着坐在地上，尽管经历了搏斗，她还是那么年轻漂亮。围观者或仁慈或轻蔑的目光令我愤怒，我脱下外套盖在安妮身上，拉起她的手，将她抱起来。我们走出剧院，一上车，她就哭起来，我试图安慰她，但她挣脱我的怀抱，号啕大哭。而我还在不停息地与那个倒霉的打嗝儿做斗争,这是随了我祖父了,他过去常常会 24 小时连续不断地打嗝儿。

等我们回到家里,安妮的眼泪也流干了,屋里一片令人难忍的死寂,安妮默不作声地坐在椅子上,踢掉鞋子,胳膊摊在一侧。我拿出棉签和碘酒为她擦洗伤口,她任由我摆弄,一副生无可恋的样子。终于,她打破沉默,用刺耳的声音对我说:"这下你可彻底赢了,终于抓到了我出轨的证据。"

我没有回应,继续清洗她红肿的胳膊和手。

"那就让我告诉你真相,"她继续说道,"就像我一如既往地告诉你真相一样,而你却总是用谎言对付我。"

她沉默了一下,举起手,我一声不吭,继续为她清理伤口。

"我背叛你是因为你想让我背叛你,好巧不巧彼得来了,这个小白痴。他来家里给你取酒,这小子心地善良又有教养,勾引他太容易了,约瓦金,我只用了十分钟就把他搞定了。"

她冷笑着,我仍然不吭声,但内心感到被重重地钳住了一般,喘不上来气。

"这一切就发生在上周三,约瓦金,四天前我压根儿没想过别的男人,更没有想过背叛你。"

我硬着头皮说:"当然,全都是我的错,你背叛我,但错的是我,我一千次地祈求你的原谅,我保证今后一定不再犯傻了。"

"你怎么就是不明白呢?永远都不明白。"安妮冷漠地说。

"对,我一直都不明白。你的精神世界对我的简单头脑来说太复杂了。"

"这是你想要的,现在你的愿望实现了!"安妮喃喃自语。

"让我帮你去床上吧。"我说。这时门铃响了,我走过去开门,来人是决斗的裁判。

当晚

我彻夜未眠。要么是被今天发生的一切惊吓到了,要么是对那场即将到来的决斗感到惴惴不安。安妮睡得像失去知觉一般,要是我能读懂她的心思该多好啊!当我抱她上床时,她像个溺水者一样伸出双手紧紧地抱住我的头,往她的肩上摁,可接着又狠狠地把我推开。这一切都是什么意图啊?在我们俩编织的生活中,哪里是开端,又要在何时打上最后一个结呢?也许明天吧。

我怕死吗?怕,但也不是特别怕,我有一种强烈的感觉,我死不了,都是被判绞刑的人了,死猪不怕开水烫。不过我还是打算明天起个大早去参加清晨的弥撒,看看哪个还在打哈欠的懒牧师会接受我的忏悔。我倒是相信上帝,可不确定上帝是否相信我,也许可以说是彼此彼此吧。我们这些变魔术的和别的有权势的人多少有点儿联系,虽然从来没听说过我们当中有谁与我们的主结盟的,如果真有,那就不能叫魔术,而是奇迹了。搞这种名堂的在我们这行,都是那些平庸的业余分子。

就在我写下这些话,等待明天的决斗时,一个电影画面闯入我脑中,我必须把它写下来。

我在一个葱郁又阴森的地方,从晨雾中的大树间走出一些戴着高帽子、披着斗篷、穿着皮靴的绅士,这里有我的医生朋友,我请他做我明天决斗的副手,他银色的卷发上戴着一顶特意买的崭新的高礼帽。

大家都在等待,为了今天的决斗。彼得特意把胡子精心梳理过,两只大眼睛之间凝聚着忧郁的皱纹。

我从右边入场,全身披挂着整套骑士装备:巨大的护甲和头盔;我带足了各色武器——剑、矛、麝香雷、盾牌、弓、左轮手枪、狼牙棒等——将我武装到牙齿。我走上前和彼得行礼,一脚踩到他脚趾上,但我表演得很认真。有人过来把我的武器和骑士盔甲摘走,露出裤子太大、上衣太小的燕尾服套装;我摘下高礼帽,藏在里面的头盔内衬飞弹出来,也被他们收走了。我的医生朋友悲哀地朝我摇摇手指,以示警告。这时候,走上来一个人,在我们面前放了一个装着两把手枪的箱子,请我们选择。我们彼此礼貌地谦让了一下,随即迅速地冲向同一件武器。我一脚踢在彼得的腿上,抓起一把枪,爬上旁边的树。人们把我从树上拉下来,按住我,把枪塞在我手里。那把枪出奇的重,而且此刻我也开始全身发抖。决斗裁判要我们背对背站好,告诉我们各自朝反方向迈十步,之后转身打两枪。可我刚迈出第一步,我那太过肥大的裤子就掉下来啦。我迅速地从裤子里跳出来,朝前冲了十步,快速转身开枪,把两个裁判都打趴下啦。我受到了警告,又回到起点。突然,两部马车一左一右驶进场地,从马车上跳下来的是安妮和苏珊娜,安妮冲向我,苏珊娜跑到彼得身边，她们俩都跪下来祈求我们取消决斗。我和彼得都冷笑着将她们拒绝。

我们再次回到决斗现场，可此刻开枪的可不止我们两个啦。一伙歹徒开着车狂奔，后面跟着骑自行车的警察，一场激烈的枪战开始了。人们在树后找掩护，不出几秒钟，歹徒、警察和决斗裁判都倒下去了，而我们俩依旧原地站着，一枪接一枪地虚幻射击，坚守着我们的荣誉。

就这样，我们不停地打，一周、一个月、一年……我们仍然站在那里相互射击。这个故事该如何结束呢？我也不知道，荣誉是一个贪得无厌、身体空虚的无赖，也许我和彼得会成为朋友。我们把齐肩的长胡须甩到身后，一起离开，两个骨瘦如柴的愤怒的老鬼在一旁嘲笑我们，可能是安妮和苏珊娜吧。哎，想当初男人心中的准则和现在可完全不同，最终让男人折腰的还不是女人。这件事就是证明。

10 月 16 日

决斗就这样被迅速地放弃了。大雨倾盆而至，我们收拾齐当，一个公园管理员过来赶我们，大家来到公园的温室后面，各自朝空中胡乱开了几枪，就匆匆地躲进车里避雨。我又累又湿地回到家，安妮已经走了。我坐下来，心想这一切简直就是一场讽刺剧，而我都忘了被讽刺的对象到底是谁。然而对安妮不一样，这里只存在着事实，就像椅子就是椅子，死亡就是死亡，打架就是打架。对她来说，只存在着一个事实，那就是：我是约瓦金，一个毋庸置疑的铁板钉钉的事实。我都不是一种具有相对流动边界的存在，一个与她水乳交融的存在，一个有着足够不确定性的存在：从外套到睡衣，从消瘦到肥硕，从活着到死去。此刻，我最想得到的是睡眠，在一片温暖漆黑中安详入睡，最好是变成一个未被生出来的胎儿，在女人大而软的肚子里轻轻摇晃着安歇。或许有一天我去找我的朋友，水井里的那条大丑鱼，告诉它我的隐秘愿望，估计它也帮不了忙。我被自己的想法感动到了，不禁思考起来，哪个女人的肚子里愿意怀上约瓦金呢？在那一刻，我想到了苏珊娜。

我换了衣服准备去摄影棚，突然记起今天是星期天。我返回床上准备睡觉，这时我发现枕头上有一封信，是安妮写的：

"别找我，反正你永远找不到我。永别了，对你对我都是解脱。我不会自杀的，我才不想让你和苏珊娜开心呢。我早就知道会是你们俩，真够可爱的。我把家里的钱拿走了。安妮。"

周日晚上

我被一种难以名状的欲望驱使着来到格雷维尔先生的剧院，但这一次我感兴趣的不是表演，而是剧院旁边那家人人称赞的酒店，尤其是三楼的18号房间。我找到楼层服务员保罗，他正坐在小矮凳上休息,手里拿着一杯浅红色的提神饮料。屋里燃着煤气炉,走廊天井下面,从厨房敞开的窗户里传出开门送饭的声音。老保罗带着歉意礼貌地和我打招呼,让我坐下。

"这里条件不怎么样,"他说,"不过格雷维尔先生答应我,等琼离开就把她临街的屋子给我。楼层有点儿高,在八楼,就在屋顶下,但是朝阳,面对着大街。朝阳的,约瓦金先生!"

"你这儿哪里是人住的地方啊。"我指着兔子笼一样的房间礼貌地说。

"就是有点儿暗,还有一股厨房味儿。"保罗叹了口气,闭上了他那冰冷的蓝眼睛。

"话说回来,最近有什么新鲜事吗?还是大家都太累了?"我有意问他。

"哦,也没有。"保罗微笑着说,"我对人的兴趣从未改变,您懂的。做我们这行的就是要不断地贬低自己,把自己的存在感降到最低。照我说,一个完美的楼道管理员就该是一个隐形人,用科学有序的方式逐一满足客户的需求。我研究过我的同事们,约瓦金先生,我真的是很难过啊,他们如行尸走肉一般,有的愤世嫉俗,有的皈依宗教。我可不像他们,应该说我是一名人类研究者,因为我所拥有的空间,还有我独一无二的收藏。"

这小子越说越激动,他对细节的不厌其烦让我简直失去了耐心,可我很小心,不露声色地等他终于安静下来。他做出假装想起了什么的样子,偷偷看了我一眼,然后站起身。

"来吧,我知道你想要什么,要不是因为我常看,我真会为你老婆难过的。"

我们穿过一扇窄门,走进一条黑漆漆的长廊,隐约能听到远处楼下演出的音乐。

保罗移开墙上的一个小缺口,长方形的灯光立刻从里面射出来,保罗把我轻轻地推过去。"他们的处境太绝望了,我都看烦了,不过对你来说可能不一样。"他低声说。

从缺口看进去,房间中的安妮正来回踱步,她手中拿着一大捧玫瑰花,正在往花瓶里插。

"她总是带好多花来,到处都是花。"保罗说。

她若有所思地走动着,双手不自觉地来回摇晃,最后,她在一把椅子上舒适地坐下,闭上了双眼。

就在这时,门开了,彼得走进房间。安妮迎上去,搂着他的脖子,吻他的唇。

保罗平静地说:"你可能以为她和彼得的事暴露之后,她对他的爱会随之结束,但事与愿违,她就像一棵等候雨水的枯树,结果,雨没有等来,等来的是一团火。她立刻被点燃了,这一团火苗开始熊熊燃烧,将她吞噬。彼得根本不知道自己造就了什么奇观,这火对他来说太猛烈了,他抱着自己可怜的小脑袋,唯恐要被活活烧死。你看到他有多么忐忑不安了吗?热浪的煎熬让他难堪,他在脱外套。"

安妮接过彼得的外套,把它挂在椅子上。

"看到了吗?她是多么温柔地抚摸着彼得的外套,就好像那是个活物;看到她欢天喜地地面对彼得的闷闷不乐了吗?她真是由衷的，就像一名梦游者全情倾入，全然不顾脚下窄道两侧的深渊。"保罗继续说。

"她拿了一个枕头垫在膝下，跪在躺在沙发里的彼得身旁，给他拿来水果和葡萄酒。"保罗说，"彼得不是坏人，他是个举止得体的小绅士，眼前的境况他根本无法掌控，你看他竭力表现得温柔友善，要伤这女人的一腔热情，他也是于心不忍啊。"

突然间画风变了。安妮站起来，身体僵硬，惊讶地看着彼得，不断重复着同一个问题，她的眼神辛辣，目光尖锐。彼得闪烁其词，从沙发上站起，挥了挥手，做了一个无可奈何的手势，看起来很绝望。

"你知道现在发生什么了吗？"保罗说，"安妮在追问苏珊娜的事，彼得的支支吾吾激发了安妮的醋意，嫉妒这只锋利的黑爪紧紧抓住对方苍白的逃遁。言语和思想，不可避免的身体动作在这场徒劳的追逐中同时折磨着彼此。她在纠缠情人的不忠，咄咄逼人，怒不可遏，完全忽视了对方在不可逃避的大结局来临之前，反倒越来越不以为然的状态。为了将大结局的到来推迟几分钟，我打算介入剧情了。仔细看好了，我的入场将会带来的变化，尤其是彼得的变化。他还要在插入致命一刀前佯装镇静，他会礼貌地回答我他们没有需要，如果想要什么会打电话给我，他将痛苦包裹在面具下；而你太太正相反，她毫无遮拦地露出伤口，把痛苦之心昭示天下。说来有趣，男人和女人可真是天壤之别啊。"

我根本没有听他在说什么，呆呆地站在原地看着眼前这对奇葩上演的闹剧，我完全被迷住了。

现在保罗敲门了，彼得说"进来"，服务员保罗出现在屋里。他弯着腰，眼睑下垂掩住他冰冷的蓝眼睛。果真一切都如保罗所预测的那样，彼得伪装打扮，可怜的安妮毫无保留地面对房门。

保罗转身出来，一无所获回到我们俩共同的观察点。

保罗平静地说："现在唯一能阻止这场灾难的就是奇迹，恕我提个建议，该是你介入的时候了。"

"不行，谢谢。"我说。

保罗说："你自己看，为时已晚了。彼得说出来了，他受不了她的嫉妒冷漠了，她轻蔑地回答他，说他是个懦夫和骗子。他说这一次他完全是出于怜悯才忍受她，现在他必须结束全部的伪装。"

彼得穿起外套，安妮瞬间露出害怕和虚弱的表情，她伸出双手说了些什么。

"她说她不闹了，"我听到保罗的点评，"她说她这么折腾都是因为她爱他，他回答她这种话他听多了。她搂着他的脖子，缠在他身上，说如果他离开她，她就自杀。""哦，好吧，你们总是这么说，"保罗叹了口气，"可真有几个这么做的？大多数人回家后，比平时更起劲地打喷嚏、化妆，抱怨女仆做的酱汁太淡，对着餐桌对面的丈夫微笑。女人的内心可真宏大，多大的秘密都能不露声色地全盘装下。"

彼得猛烈地从她身上挣脱出来，开始朝门口走去。

"现在她在叫他，"保罗说，"声音惨烈地哭，'你为什么不能爱我'，她好像忘记了几天前是她在困顿迷惑的情绪中勾引了这个可怜的男人。'你为什么不能爱我'，她哭着。他转过身来看着她说'要我告诉你吗？我不能爱你，因为你恶毒、丑陋，因为你又老又瘦'。"

他愤怒地转向她，脸色苍白，当着她的面尖叫。

"他又说了一遍，"保罗平静地说，"'我不能爱你，因为你恶毒、丑陋，而且又老又瘦。你让我恶心，我烦透你了，你的皱纹，你沉入爱情的不堪。快去学着有尊严地老去吧，白头发就不要去拔了。'"

她开始打他，朝他吐口水。他立即反击，也朝她脸上吐口水。她试图抓他，但手臂被他抓住，朝后背拧过去。她尖叫着，他继续打她的手臂、脸和肩膀。她不停地叫，但我们什么都听不到。

保罗说："再有教养的人也会发怒的，这哪是一对情人啊？简直连动物都不如，就是最低级的动物也有生命的尊严。约瓦金，不要闭眼睛，你应该把这场尴尬又可笑的演出看到底，好戏还没开始呢。"

但我还是闭上了眼睛，心中只念叨着一件事：去死吧，去死吧，愿他去死吧。那一刻，我已经完全忘记了那条会说话的鱼，然而它并没有忘记我。

"我知道你在想什么，"保罗说，"我觉得你这样做不对。不是我想说教，我仍然相信打在你妻子身上的拳头比你对她的冷漠更有温情,你的复仇之心可以理解,但不要忘记,你的动机不纯。"

说时迟那时快,只见彼得伸着双臂,躬下身体,手放在喉咙处,滑稽地就地转了几圈,之后摔倒在地。安妮的刀已经插入他的喉咙,她站在那里,看了看倒在地上的彼得,然后拿着外套准备离开。与此同时,我和保罗出现在房间里。

"快去找警察。"我冲保罗喊。

保罗毫无异议地从命,屋里就剩下我、安妮和死者,我整理了一下衣物。等人们跟着警察和格雷维尔先生赶到的时候,所有人都深信不疑,我就是凶手。

警长是一位面善的胖老头儿,他走到我面前关切地问:"是你杀了他吗?"

"是的,他想抢走我的妻子。"

"照顾好这个可怜的女人。"警长说。

警察给我戴上手铐,把我带走了。我几乎感觉兴奋不已。

12月15日

我很快被判处死刑,12月20日,我将被送上断头台。一切都像是一场梦,就是在最暴力的时刻,我仍然能感觉到在自顾自说:"我知道我在做梦。"但令人遗憾的是,夜晚梦境的真实可触,与此时白日梦的模糊正好是反的。

12月19日

今晚，我可以接待访客。首先来的是安妮，她穿着与她骤然衰老的事实相符的黑色衣裙，看来已经完全接受了有尊严地老去的想法。和她在一起还有一位年长的牧师。

"永别了。"安妮伸出她纤弱的小手。

"永别了。"我握住她的手，感觉在和火星人握手。

"对不起！"安妮哭了起来，"我就知道会是这样的结局。"

"让牧师安慰你吧。"我和蔼地回答。

"你的妻子现在在基督那里获得了快乐。"牧师有些谨慎地回答。

"是吗？那替我问候他。"我说。

"谁？"安妮从手帕上抬起头。当她明白我的话后，哀怨地盯了我好久后，说："你就是这样，死到临头了，还不悔改。"

安妮走了，牧师在门口转过身，用温和又悲伤的目光看着我说："再见了，孩子，明天早上见。"

之后来探望我的是阿尔伯特和苏珊娜，我们默默地拥抱在一起，我感到他们是我的真朋友。

"我们问过明天能不能在场，但他们说谁都不能破例。"阿尔伯特说。

"可能也没你想的那么好玩儿，时辰到了，我可能会大喊大叫，乱踢乱弄，谁知道呢。"

"我们问过你的邻居，那个老医生。他说别看动响大，其实不会很疼。"

"好，这个我得记住，谢谢你的关心。"

接着进来一个红头发的大个子男人，他长着一双友善的眼睛，身上穿着漂亮的黑色休闲装。

"我只是想来问候一下。"男人说。

"让您费心了，请问您是哪位？"

男人有点儿不好意思："他们没告诉你我是谁？"

"没有呢，抱歉。"

"我就是那个……"

他微微做了一个手势，面带歉意地笑了笑。

我默默地点头。

"你不用抱歉。"

刽子手胆怯地喃喃自语："我一直很喜欢你的电影，你可以为我签个名吗？真的很荣幸……"

"我的荣幸。"我微笑着为他签了名。

"我将永远记住这一刻。"好心的刽子手叹了口气，紧紧握住我的手。

"我也是。"我说。

"你确定不记恨我吗？"

"我向你保证不会，就像不会记恨我的理发师！"

刽子手离开了，想到把我送上黄泉路的人，是这样一位经验丰富、情感细腻的专业人士，我非常满意。

我一一拥抱了我的朋友，先是阿尔伯特，然后是苏珊娜。

我说:"亲爱的苏珊娜,既然我们很可能再也见不到了,那就让我告诉你,过去的这个不幸的秋天里,是你给了我勇气。"

苏珊娜哭得更厉害了,我也颇为伤感,等他们离开后,我倒在床上睡了过去。

我在等着五点钟的到来,这是我最后一次打开日记本了,我该在这里倾诉一下我对死亡、爱情、生命的感受。可我真不是一个能写字的人,我想说的一切都是画面,因此也就没什么可补充的。

我曾听说过一个傻瓜,他剖开自己的肚子,在一堆鼓胀的肠子里徒劳地寻找自己的灵魂,这个手术至少让他彻底摆脱了日夜困扰他的疾病。我觉得我就是那个傻子,我的一切行为都是疯狂的,而其他人却恰恰相反,他们疯狂地依赖理性。我不知道这两者到底哪个更好,但也许后者对个人的伤害要小一些。

寻找所谓灵魂的努力终究是徒劳的,一切最终不过是漆黑的胃里发出的空洞的打嗝儿声,更无望的是还要去寻求动机、追究目的或原因。最后,都是两手空空。

我的这些想法定会让别人把我看作是一个哀怨、沮丧、失望的人。

可事实并非如此,只是这个秋天太难了。

***

约瓦金的日记至此结束,但约瓦金的故事并没有结束。写日记这种形式对于目前故事的主人公来说是有难度的,因此,我将尽我所能,为大家描述一下这件人类历史上发生的最不可思议的事情。我将尽量简明扼要，但这件事实在是太奇幻了，我也难免忍不住滔滔不绝。

约瓦金是被监狱狱长、一名老牧师和四名警察带到行刑室的。行刑室很狭小，地板中央放着断头台。这里是看不到刽子手的，他在天花板上面的隔间，那上面的舱口投射出刺眼的灯光。两位穿着正式的医生坐在前排的椅子上，当约瓦金进来时，他们面色严肃地站起来。这时刽子手走下来，他也穿成要去参加聚会的样子。约瓦金向两位医生致意，医生默默地向他鞠躬。约瓦金转过身，脚踩在鞋带上打了个趔趄，他弯下腰来系鞋带，所有人面面相觑，但没人打扰他。

"那我们最好现在就开始吧，还是要等什么人？"约瓦金说。

刽子手抓住约瓦金的胳膊，把他带到断头台，用皮带将他的手捆住。

"现在，最难熬的时候已经过去了。"刽子手说话时面带悦色，他把约瓦金按倒，让他跪在地上，把他的头放在砍头桩上。牧师闭上了眼睛，其他人的目光都转向别处，只有两位医生饶有兴趣地观察着刽子手的动作。一位是精神科医生，另一位是外科医生。

就在刽子手要行刑的那一刻，约瓦金喊出了下面这句令人费解的话："我说，鱼大哥，差点儿忘了你，你得完成我最后的愿望！"

说时迟，那时快，天花板的舱门打开，屠刀飞驰而下，在距离约瓦金的脖子十厘米的地方，戛然而止。整个房间都震动了。

紧闭双眼的约瓦金此刻缩起了头,睁开眼朝上看,刽子手的脸涨得通红,使劲地摆弄着掌控断头台铡刀的扳机。

"对不起啊,这种事从来没有发生过,实在是太抱歉了,约瓦金先生,容我花一点儿时间把这家伙修理一下。"

眼前的场景瞬间变了:刽子手扯拽断头台的绳索,警察给他帮忙;牧师把头埋进袖筒,激动地抽泣;监狱长身披长袍转来转去;两位医生争抢着出主意……整个过程中,只有约瓦金一动不动地坐着,双手托着下巴,静静地看着眼前的一切。

最后,监狱长失去了耐心,他一把推开刽子手和警察,用尽全力扣动了屠刀的扳机。屠刀呼啸落下,好巧不巧,出于心理研究的兴趣,精神科医生刚好把自己的头放在砍头桩上。精神科医生人头落地,强大的后劲把监狱长弹上天花板,头正好卡在天花板的舱口里。外科医生试着缝合精神科医生的头,刽子手疯狂地大笑,牧师开始念祈祷词,警察们满地乱撞,想找个梯子来解救被奇怪地楔入天花板的监狱长。

与此同时,约瓦金不紧不慢地走出行刑室,他没有左顾右盼,悄咪咪地走出监狱,走到苏珊娜住的街道上。此时的苏珊娜还在窗帘紧闭的屋子里睡觉,他一遍又一遍地按门铃,当她终于出来开门,面对这位清晨的来客时,顿时惊慌地大叫。当她确信来者不是鬼魂时,她紧紧地拥抱了他,两人一起又哭又笑。

"我许过一个愿,这愿望乍一听你可能会吓一跳,对,可能是惊世骇俗的,但我请你不要立即说不,你必须迅速地考虑我的建议，时间紧迫，留给你认真思考这类性质问题的时间没有太多。"约瓦金说。

此时，街上响起了警笛声和奔跑声，苏珊娜推窗向外望，看到警察已经在她家附近的街道上拉起了警戒线。

"快说，你是什么意思？"苏珊娜说。

"你还记得以前说过想要一个孩子，你现在还想要吗？"约瓦金问。

"是的，我记得，"苏珊娜点头回答，"可这与我们眼下的情况有什么关系吗？"

"我这就要告诉你，"约瓦金迅速地瞥了一眼窗口后说道，"我请求钻进你的肚子里，在你身体里住上至少九个月，然后请你给我新生。"

"我不想拒绝你的请求，"苏珊娜礼貌地回答，"但别忘了，大家一直把我看作一个守本分的女人，要是有一天我突然肚子大了，人家会怎么说呢？我敢向你保证，肯定不会有好话的。"

"苏珊娜，你听好了，我可以不用征得你的同意就实现我的愿望，因为我的朋友，一条会说话的鱼，它答应了帮我实现三个愿望，这是我的第三个也是最后一个愿望，这个愿望的前提是新生，这才是我愿望的本意。"约瓦金高喊道。

"从来没有人敢在未经我允许的情况下进入我的子宫。"苏珊娜喊道，她的眼里充满真诚的骄傲，随即又被愤怒填满。

"我也不想强迫你，不到万不得已，我不会想到这最后的办法的。"

"唉,约瓦金,我为你哭过,为你的悲惨命运哭过,可你不要逼我恨你啊。"

楼梯上响起了脚步声,邻居们被叫醒的声音,警察的询问声。苏珊娜脸色苍白。

"你是为了维护你的声誉而拒绝我吗?"约瓦金问。

"你真傻啊,如果我腹中的孩子和我的孤独能带给我欢乐,声誉算个什么,不就是落入水坑的雨点嘛。"苏珊娜可怜巴巴地回答。

"我不能保证,但我一定努力不乱动,不翻身,不让你辛苦。我会感恩不尽!"

就在这时,门外响起了沉重的敲门声,门铃被摁得乱响。

"以法律的名义,开门!"有人在外面喊。

苏珊娜死死盯着约瓦金,摇了摇头。

"没有一个女人会答应你这样的要求,你最好还是被砍头吧,这对我们俩都好。"

约瓦金双臂悬空,面无表情,然后他慢悠悠地、一个字一个字地说:"亲爱的苏珊娜,抱歉我叫醒了你,我本该去找我的老婆的,她不会想这么多,可她没你年轻。"

之后,他转身准备去开门,向警察自首。

"等等,"苏珊娜大叫,她的眼里放光,"你竟敢无耻地把我和你刻薄的老婆做比较,尽管如此,我还是对你太好了,就照你说的做吧。"

"现在为时已晚了,不过,还是谢谢你了。"

这下子，苏珊娜火了。

"如果你不立即照我说的去做……"

"那又怎样？"约瓦金悲伤地问道。

"我不知道我要做什么了。"

这时，门外的警察开始砸门，楼梯里发出重重的回声。

"我真的太累了。"约瓦金打着哈欠说。

"那就来睡觉吧。"苏珊娜说着把他拖进里屋，关上了门。

这时，警察破门而入，苏珊娜迎上去，带着惊讶和不满的表情看着他们。

"你们这是在拼什么命？"

"对不起，对不起，实在抱歉，但你可能见到一个叫约瓦金的人。"警察局长站在苏珊娜奇怪的大肚子前脸红了。

"当然了，他就在这儿。"苏珊娜回答。

"啊哈！"所有的警察齐声叫起来，"他藏在哪儿呢？"

"这可有点儿难以描述，不过我知道他在哪儿。"苏珊娜口气有点儿犹豫。

"在哪儿？在哪儿？"所有人都齐声喊，两个野心勃勃的警察已经激动地冲向窗户，直接掉到街上摔死了。

"他在这儿。"苏珊娜指着自己的肚子，严肃地说。

一位留着漂亮小胡子的年轻警官走上前："尊敬的夫人，我警告你，侮辱执法人员是有罪的。"他面色严肃。

"我向你保证，他就在这里。"

她又指着自己的肚子。"我很遗憾你看不到，但我敢发誓我

191

说的是真话。"

小胡子警官眼里噙着泪水,小胡子在脸上颤抖着。他向苏珊娜敬了一个礼,跌跌撞撞地跟在其他警察后面离开了房间。

房间里只剩下苏珊娜一人了,她重重地,又温柔地坐在房间中央的椅子上。

楼道里的人声和脚步越来越远,直到一切都趋于寂静。

               剧终

表演练习

1951年

1952年至1958年，伯格曼担任马尔默市立剧团的艺术总监，该剧本是他为剧院学员所写的一部表演练习作品。这里，伯格曼不仅表达了戏剧表演的艰难，同时也强调了戏剧写作的艰难。由此可见，至少在这一阶段，伯格曼仍首先将自己视为一名剧作家。但很快，他将放弃这一信念，投身电影导演的事业。

第一节课

马丁：我不能称自己是一名寻常意义上的作家，但时不时地会有一种难以形容的写作冲动，那时我就会写剧本。只写剧本，总是写剧本——所以我不能说自己是真正的作家。剧本中的人物都是我编造的，还有他们在不同场合的各种对话（对，就连场合也是我编的，所以有时会脱离现实）。但一个真正的作家还应该知道他的人物在想什么，他可以一页又一页地描述他的人物的奇思怪想，不用去遵守戏剧理论的严格法则，随时随地发表意见，想说多久就说多久，时间长短对他无所谓，因为他又不会听到观众打呵欠，不用去体验麻木——我是说观众。我太能说了？我是在说，这不是戏还没开始嘛，把灵魂的伤口翻出来透透气总是好的呀。

好吧，总之我要说的是：我时不时地写剧本，不过此刻我可不打算写了。

克拉拉：你有高压锅吗？

莎拉：没有，要高压锅干吗？不过改天你来我家看看我的吸尘器，是这样拿在手上的。

马丁：对不起，我能再说一句吗？

克拉拉：没问题。

莎拉：重要的话不早说过了？

马丁：谢谢，我刚才不是说了，这次我不写剧本，我有个更好的主意，这出戏我们一起来写。这样，你们告诉我最想演的角色，到下节课，我把你们想演的角色都串在一部戏里。怎么样，够好玩儿吧？

安德斯：什么角色都可以？

马丁：没错，越疯狂越好，只要你开心。让我们来痛痛快快地玩一场，不要忘了，戏剧就是游戏。

本特：所有戏剧都是游戏吗？

马丁：我认为是的，至少应该是。

克里斯特：我们老师说戏剧是工作，一项又一项的工作，我们也是这样认为的。

马丁：对孩子来说，游戏就是工作。

多丽丝：可我们不是孩子。

马丁：我们应该是，多丽丝，一群聪明、老成的孩子，但依旧是孩子。

伊娃：为什么要是孩子呢？

马丁：因为孩子是靠感觉活着的，他们的感知为灵魂和意识敞开着，孩子天性热爱创造，对他们来说，物质都是有生命的，是有灵魂的。

弗朗斯：我明白你的意思！如果你说那边的桌子是一座长

满青苔和野花的小山，那我们就立即把桌子想象成那座小山，把桌子当小山一样对待。

马丁：完全正确，不要去想太多理论，它只会让你头疼。加入我们的游戏，至少你们得试一试。

格蕾塔：我不喜欢任何游戏，游戏通常毫无意义。

马丁：你说的没错，大多数情况下，游戏毫无意义，人累了，玩具被拿走了，你打着哈欠，游戏结束了。但有的游戏会让我们两眼放光，脸颊发烫，我们会沉浸在游戏中，我们要玩的也许就是这样的一个游戏。

克拉拉：今儿我们这是来错地方了吗？

莎拉：如果真是这样，大家家里还都一堆事呢。

马丁：我再次道歉。来，给你们介绍这两位女士：克拉拉和莎拉，她们两位是熟练的速记员，她们会帮我们记录下来今天这个活动的每一个重要细节。

安德斯：我们随便说，她们帮我们写成剧本？

马丁：倒也不是这样，首先，我想要你们每个人讲一个故事。

本特：讲故事，那太难了！

马丁：没有你想的那么难。大家就来讲讲自己的故事，尽量诚实地介绍自己，倒也不是要大家赤裸裸地暴露自己，也不是给《瑞典传记词典》写词条，大家来说说你是怎样看待自己的，你的性格、愿景和梦想，要是你卡壳了，我会来提问的。大家同意吗？谁想先开始？

多丽丝：对不起，为什么要两个速记员？

马丁：这是以后的事，先和大家保密。克拉拉和莎拉，你们俩要互相帮忙。那我们开始了，我这里有写好顺序的七张纸条，我把它们放在帽子里，每人抽一张。

克里斯特：我抽到了第一号！

马丁：好，你开始吧，现在我要闭嘴了。

莎拉：你相信他说的是真话吗？

克拉拉：哈！哈！哈！

克里斯特：嗯，我还太年轻了，所以也没什么特别值得说的，换句话说，我自以为我所做的一切都非同寻常。我脑子里从来没想过杀父娶母，所以从这方面看，我简直太平庸了，金赛教授肯定不会对我有太大兴趣。我没跟鸭子干过，不喜欢人家动我，我也不是同性恋，不过我特别喜欢女孩儿，应该说是女性，对，所有女性。我现在脸红了，你们坐在那里偷笑，这不是自我介绍嘛。我喜欢玩电动火车，我有一辆小摩托车，等有时间我要去拿个驾照。有时候我会站在镜子前，对着镜子做鬼脸，我好像会被自己的形象催眠，有时会沉浸其中——听起来很傻吧，这不是要自我介绍嘛。我还喜欢各种各样的东西，好闻的气味、鲜艳的颜色还有强烈的声音，我尤其喜欢小号，还有晴朗的秋天。再就是我有胳膊有腿，如果我愿意，还可以跑得很快，我很擅长定向越野。我觉得手指能朝外弯是件神奇的事，我的意思是，就在我脑子里闪过把手指朝外弯的那一刻，我全身的神经和肌肉就立刻行动起来，把手指朝外弯，你们不觉得这很奇妙吗？好吧，我想不出还有什么关于我的有趣的事了，再说我也不该没完没了地说下去了，我这种无趣的人，该给下一个比我还无趣的人让地方了。对了，我有时也会暴怒，但多数时候我是个温和的人，我觉得人应该善良，我们每天经历的事大多是善意而有趣的。我有种感觉，时间可能会改变一个人，生活会从你身上挖掘出其他品质，只是你还不知道而已，现在，你还是你而已……

马丁：我认为克里斯特讲述自己的手法既有宏观概述，又有细腻感受。下一个轮到谁了？

格蕾塔：是我。

安德斯：克里斯特应该先说他要演什么角色。

马丁：对呀，什么角色呢？

克里斯特：我想演一个绝对了不起的人，就像这里到处可见的，一个彻头彻尾的骗子。

马丁：一个令人信服的骗子。

克里斯特：也许演一个卖艺人卡斯帕，或者小丑，或者一个了不起的、压根儿不存在的角色。

马丁：一个发克斯巴斯克[1]？

克里斯特：那是什么？

马丁：我不知道，就是一个发克斯巴斯克。

克里斯特：好吧！那我就演一个发克斯巴斯克。

---

1 Faxibask，是马丁自造的一个词。

克拉拉：怎么拼写？

马丁：就和发音一样。

克里斯特：什么样的？

马丁：那是你的问题。来，格蕾塔，给我们讲讲你的故事吧。

格蕾塔：我不想讲。

马丁：为什么？

格蕾塔：我总不能站在这里随便杜撰吧，这样不诚实。

马丁：那就试试看！

格蕾塔：要让我诚实，我会感到羞耻，那我就更不想讲了。

马丁：大家不需要讲事实，无论是自己的还是别人的。可以讲看法，可以编故事，都行，反正每个人都得在克拉拉和萨拉的本子上留下点记录。

格蕾塔：我有玉米秆那么高，体重一百一十八公斤，我长着芭比娃娃一样的屁股。到了星期天，我会去公园里接一只熊宝宝，带回来当我的晚饭。

莎拉：我要写这个吗？

马丁：每个字都要写下来！简直太有趣了，引人入胜。

格蕾塔：我认为很多人都让人无法忍受，尤其那些自以为是、觉得自己无所不能的人。生活很荒谬，每当我看到一个驼背或是跛足、或是身体有其他缺陷的人，我都没办法忍住不要笑，真的傻透了。我喜欢我养的狗，还有猫，但只能是小猫，而且是不长眼睛的小猫。要提防人类，人人都是口是心非，说一套，做一套。要是我不做演员——对，我想做演员，还没做上呢（我看着那边马丁的表情）。反正如果我做不了演员，我就想做农民，经营一个自己的小农场。我没什么好说的了，你们能理解我站在这里讲话时有多紧张吗？我双膝发抖，手上全是汗，这种胡说八道也太可笑了吧。如果我真能在马丁的戏里扮演一个角色，那我要演一个沉默的角色——树丛、石头、月亮上的人，或者最多是一只落地钟。我还没有学到足够的演讲技巧。

马丁：格蕾塔，我可以问你一件事吗？你为什么要来剧院，为什么要做演员？

格蕾塔：因为舞台上的某些角色可以随心所欲地尖叫，随便你怎么表现……算了，再说我想做演员是我的事，与别人无关。

马丁：和我有关，和你的老师、你的同事有关，亲爱的格蕾塔，最终和台下的每一位观众都有关系。

格蕾塔：我不在乎观众，我就是在扮演一个角色。

马丁：不在乎观众……祈祷上帝让你改变主意吧，否则你会是一个非常糟糕的演员。

格蕾塔：我在台上表现出色，干吗要去理会观众呢？

马丁：如果你忽视观众，你就不可能在台上出色。一场演出能够成立，需要三个要素：剧本、演员和观众。

本特：导演呢？

马丁：有导演当然好，但不是必需的。演出一开幕，导演的功能就结束了，他就应该像肚子里的阑尾一样被割掉，不过最好不要留下任何疤痕。

格蕾塔：现在我已经站在这里说了这么久的废话，你们收获了什么？什么都没有。

马丁：那么女王陛下想扮演什么角色呢？

格蕾塔：灌木丛！

马丁：不可能，我们这个表现主义的舞台上已经把灌木丛或落叶林都清理了。

克里斯特：我觉得格蕾塔应该演那种女巫。

格蕾塔：对，那种长着长鼻子、住在姜饼屋里的女巫，不然我不干。

马丁：格蕾塔演女巫，就这么定了，谁是第三号？

格蕾塔：还有一件事我得说：我不喜欢被强迫做我绝对不想做的事。

莎拉：再说一次，没记下来。

克拉拉：我也没记下来，她说的到底是想还是不想？

马丁：够了够了，来，第三位，谁是第三位？弗朗斯，睡着了吗？

弗朗斯：什么？睡觉！我怎么会睡觉呢？我就是眼睛有点儿疼，眯了会儿眼睛。

马丁：你是第几号？

弗朗斯：我！等下，我把纸条掉地上了，嗯，就在这儿，这儿，椅子下面。让我看看，我刚才还用它抠指甲呢。果真第三号是我啊，就是我。

马丁：好，那么现在轮到你了。

弗朗斯：噢，轮到我了！这么快。我该说什么呢？我有个哥哥，特别幽默，他能模仿各种人，回答问题也很口齿伶俐，还特别会开玩笑，尤其爱拿我开玩笑。我可没他那种幽默感，每次被他戏弄了我都难过得无言以对，小的时候还常常躲到一边哭。大家都笑我说："瞧这个弗朗斯！一点儿幽默感都没有，这可怜的家伙，不懂什么叫玩笑。"我也觉得我确实没有幽默感，可有时我一个人的时候，脑子里会想许多有趣的对话。我可能就是一个独行侠吧，喜欢一个人琢磨，还写写诗，不过都不成样子，至少我回头来读的时候真是没法看。有一次，我喝得烂醉如泥，说来很好玩儿，我坐到公交车上，开始朗诵瑞德伯格的《圣诞老人》——那时正好快到圣诞节了，还蛮应景的。结果车停了下来，上来一名警察带我下车，我就抓着车厢里的柱子做了个后空翻。这下可好，警察正好抓住我的一条腿，把我从车上拖下来，我的头撞在台阶上。后来我爸来警察局接我回家，家里简直开了锅，我妈在哭，我爸在打人。那算是我少有的表现出幽默感的经历，可我家人不这么看。

马丁：悲惨的经历。

弗朗斯：嗯，可我一点儿都不后悔，这差不多是我做过的最好玩儿的事，这么说可能有点儿过分。

马丁：你想扮演什么角色呢？

弗朗斯：一个不能笑的角色。

马丁：大家可以严肃一点儿吗？

弗朗斯：我想扮演一名从战场归家的人。

马丁：好，这个可以安排。

弗朗斯：他回家是为了寻死。

马丁：太惨了，亲爱的弗朗斯，这角色一点儿不幽默。

弗朗斯：对，这就是我。

马丁：好，你会如愿以偿的。下一位，第四号。

克拉拉：我得去给我妈打个电话，告诉她晚点儿才能到家，我妈在帮我带孩子呢，我说过九点前到家。

马丁：去吧，莎拉你是不是也有事？

莎拉：我想抽烟。

马丁：消防部门严禁吸烟，给你粒口香糖坚持一下吧。

莎拉：感恩！

本特：我是第四号！

马丁：我们听着。

本特：我想演小丑、戏子卡斯帕或是蚯蚓佩尔·杨森[1]之类的角色。

马丁：那是角色，现在来讲讲你的故事。

本特：好的。

马丁：没了？

本特：（笑）没了。

马丁：我以为所有的演员都爱讲自己呢，看来我错了。

格蕾塔：尤其不会唯命是从。

---

1 佩尔·杨森为一首瑞典民歌的主人公，是一条钻到泥土深处逃命的蚯蚓。

本特：倒也不是。

马丁：你没有梦想吗？

本特：没有。

马丁：愿望？回忆？

本特：没有。

马丁：对自己没有看法吗？

本特：可能有吧。

马丁：那说来让我们听听。

本特：我认为我是个十足的大混蛋。

马丁：大家别笑！这是我目前听到的最骄傲的自我描述。

本特：什么意思？

马丁：你真的认为你就是你所描述的那个混蛋吗？

本特：当然。

马丁：你想过要改变自己吗？

本特：没有。

马丁：为什么不呢？

本特：因为我就是个混蛋。

马丁：这么说你很满意于……做你所描述的混蛋？

本特：我可没这么说。

马丁：但你也不想改变，或者变成克里斯特、弗朗斯或其他人。

本特：不，做我自己挺好的。

马丁：如果不是我凭经验看穿你是在和我们开玩笑，我会很为你担心的。但你是一名演员，给你的观众做这段表演你很得意吧。

本特：没错，我是演员，或者是小丑、戏子和任何你想要我演的角色，我什么都是也什么都不是，这算是对我剧中角色的最好解说吧。

马丁：你的意思是，除了演戏，你在现实生活中所做的一切都是虚空的吗？

本特：不是虚空，是一种游离状态。

马丁：游离？

本特：对，就像水草从水底慢慢向上浮游。比如我遇见一个人，我可能对他有点儿感觉，喜欢或是不喜欢，但都不会打动我；再比如我看一幅画，听一段音乐或是读一本书，都是游离在上面，好像什么都对我无关紧要，我真的都不在乎。

马丁：当你站在舞台上扮演角色时呢？

本特：那我就感觉有依托了，我要决定我的角色说什么、怎么说，那时候就没有太多要担忧的了。

马丁：你生活中总是很忧虑吗？

本特：是的，那种难以形容的忧虑，就像我心里住着另外一个人，在为我忧心忡忡，可那人和我毫无关系。

马丁：你想把那人赶走，是吗？

本特：是的，可是……

马丁：可是什么？

本特：可是我在舞台外的价值可能就是那个人，就是这种忧虑促使我去做一名演员，我不知道……

马丁：忧虑和空虚，忧虑空虚，空虚的忧虑，忧虑的空虚。我不知道……没人知道，生命就像一望无际的大海上燃烧的火焰，当你在沙滩上建造了城堡和运河，盖好了树枝和贝壳的房子之后，火焰被冲上陆地，毁掉一切。等浪潮退去，留下的只是空白、光滑、死亡的沙滩。面对你的空虚，沙滩才不会理会你忧虑的双手，只还你以晴空下的一片荒凉空旷。

本特：如果一切真如你所说，真是太可怕了。

莎拉：而且毫无意义。

马丁：燃烧的时刻——当生命的创造被毁灭的那一刻，至少那一刻是有价值的。

克拉拉：你的话我一点儿都不相信。

马丁：我也不信，人会被这种比喻或象征逼到绝境，就变味了。

本特：生活还没有涌进我的世界——套用你的话说。

马丁：那更好，更要感恩。

莎拉：哦哟，越来越伤感了，我不喜欢你们这样精致的理论，越说越离谱儿。叫下一位吧。

马丁：好吧，有请第五位。

伊娃：你们全都用陈词滥调给自己找借口，无聊透顶，就不能真诚坦率地揭露自己、露出你们被煮成通红的大龙虾般的面目吗？包括你，马丁，你说我们不需要表演灵魂的脱衣舞，可这不正是人人在做的吗？

马丁：说得好，伊娃！可我不懂你什么意思。

伊娃：你们这儿露一点儿，那儿露一点儿，马丁还帮着解开身后的小纽扣，半遮半掩地露出一个既难看又无聊的裸体。

马丁：那么，现在是春光乍泄的时刻了，值得期待。

伊娃：你为什么要这么讥讽人？难道你不明白我的意思吗？

马丁：明白，但你忘了一点，我们是在玩游戏，游戏的自由就在于我们把玩家的意愿放在第一位。

伊娃：我觉得都这么严重了，怎么能是游戏？

马丁：世间没有什么事情严肃到不能当游戏的——至少在剧院里是这样。伊娃，做你自己，别责怪别人，这样会更有趣。

伊娃：比如，我认为自己很有天赋！瞧，你们在笑吧！我知道我的天赋，不仅在戏剧上，所有与艺术相关的领域我都有天赋。我有强烈的创作欲望，写作、画画、作曲、弹钢琴，我一样不误，而且全都独当一面。我很清楚我的基本功还不熟练，目前的创作也需要不断妥协，因为我能力有限。但我日复一日地发奋努力，完善自己。我要精通所有的技巧和艺术——总有一天，我将能够以完美无瑕的方式表达我自己，创造百分之百属于我自己的真正的艺术。

马丁：可你必须做到服从你的角色、游戏规则和与你对戏的同事。

伊娃：不，是角色应该服从我，而不是我去服从角色，角色应该是对我的性格和经验的完美体现，我永远不会、不会为了角色放弃自己，那太丢脸了。

马丁：那你就不会成为一名好演员，我现在就可以告诉你。

伊娃：我明白，你是指谦虚吧，但谁又能说我不是你们当中最谦虚的那一个呢？再说，我也不敢肯定这辈子就永远做演员，要是我不满意，我就去投身其他艺术领域。谦虚！我才不会对你们谦虚呢，需要我谦虚的是我的天赋，我受之于上天的馈赠。眼下我是一名演员，我要演一个背叛丈夫的人，我觉得伤害男人让我很开心。

马丁：为什么？

伊娃：要我告诉你原因吗？

马丁：算了，还是不要了，我们已经非常感谢你的坦诚了。

伊娃：也罢，不过想来也是事出有因，我想伤害的男人还不止一个。

马丁：所有男人？

伊娃：我不说了。

莎拉：第六号。

克拉拉：说简短点，我的纸快用完了。

多丽丝：好的，我没什么好说的。

马丁：没什么好说的，这也是游戏的一部分。

多丽丝：不，我真没什么好说的，我太普通了。

马丁：那就说说你不是什么，这样是不是容易些？

多丽丝：不是？

马丁：你昨晚连个有趣的梦都没有做吗？

多丽丝：没有，我很少做梦，即便做梦也都很傻，我很快就忘了。

马丁：你觉得别人怎么看你？

多丽丝：有个朋友曾经对我说："多丽丝，你太善良了。"其实我没有那么善良。

马丁：这么说你承认自己不善良？

莎拉：啊呀呀呀！

马丁：安静！

莎拉：我已经烦死口香糖了，不能让我到院子里抽根烟吗？

马丁：马上下课了。

多丽丝：有时候连我自己都会惊讶，我怎么能够那么坏，坏到我都恶心自己，不过这都是日积月累的事。我也喜欢音乐，想去喜欢一个人，和他在一起，最好是一个让我怜悯的人。小时候……

马丁：接着说，很有意思。

多丽丝：小时候我养过一只小猫……这事儿有点吓人，也许跑题了。我很喜欢那只猫，可是有一天，我把猫弄死了。你可能会说这就是小孩子会有的残酷，但我是认真的。我把小猫放在一只罐子里——就是那种做果酱的玻璃罐，我把盖子拧紧，在罐子上绑了一块石头，然后把罐子沉入院子里接雨水的大缸里。我站在一旁，看着小猫慢慢窒息而死，然后我为它举行了葬礼，实施了整个仪式。我父亲是牧师，我们常在院子里玩葬礼过家家。如今我不会去害死我的所爱——但有时我会被想要施虐的欲望折磨，还好，我能控制住。嗯，我是个秩序控，我有洁癖，这都是些琐事。对了，我认为这和我有异常灵敏的嗅觉有关——不要笑我，真的，任何气味都会影响到我。我是个非常浪漫的人，喜欢鲜花和音乐——这我说过了，是吧。拜托，克里斯特，你要这样一直傻笑下去吗？

克里斯特：对不起，对不起，可我不是在笑你啊！

多丽丝：怎么不是？我看到了，你就是冲着我，傻笑个没完。

克里斯特：我发誓不是！

多丽丝：你在嘲笑我！

克里斯特：我笑的是安德斯，因为他……

多丽丝：我受不了别人嘲笑我，你是白痴！

克里斯特：你是女神！

马丁：够了，够了！

多丽丝：好在你就是个小屁孩儿，不然我会结结实实地揍你一顿。

克里斯特：要我解开裤子吗？

多丽丝：闭嘴！

克里斯特：玛丽有只小白羊……

马丁：都给我住嘴，全是小孩子啊！

克里斯特：我笑的是安德斯，他的戏就是他自己。

多丽丝：我不跟你计较。

马丁：就该这样。

多丽丝：敢当着我的面嘲笑我。

马丁：还没说你想扮演什么角色呢。

多丽丝：我什么角色都不演，都是克里斯特这个白痴在捣乱。

马丁：克里斯特，站起来道歉！

克里斯特：女士，由于我显然无辜且绝非针对您的一个微笑给您带来的不便，请允许我以在场的女士们和先生们的名义，向您表达我最谦卑的歉意，以及痛心疾首的悔意！

马丁：我相信多丽丝女士一定能够接受这番如此真诚的道歉。现在该安德斯来讲他的剧本了，上来，年轻的诗人。

安德斯：多丽丝还没有角色呢。

马丁：那得怨她自己了，开始吧！

安德斯：女士们，先生们，如果我没数错的话，我剧中的主人公是两位：我和我自己。他们是一对双胞胎，但性格迥异，可以称他们为 A 先生和一先生，因为他们俩都想当老大，都想做更高、更大、更老的那一位。这两个人在我心中永远不停地辩论，两人都是大嗓门儿，都在竭尽全力地劝我听他们的话，而且他们俩永远都没有意见一致的时候。如果 A 先生去斯德哥尔摩，一先生就要去马尔默；A 要去看电影，一就想在待家里；如果一想洗个冷水澡，那么 A 就要洗热水澡；如果 A 觉得艾丽萨漂亮，一就会选波阿塔；有时候 A 成功地说服了右腿向左迈步，但随后一就立刻骗我的左腿向右走。这样搞得我走起路来就像一个开瓶器，两腿要不然一齐朝后，要不然走成顺拐，有时我感觉胸脯要自下而上直接裂开。自我出生起，这场战争就在我胸膛里持续不停地进行着，使我在做任何重大决策时都陷入两难。说起来，我发现我可怜的身体里还住着第三个人，这人话不多，长着冷酷的眼睛。他看看A和一，再看看我和我的无助，然后发出冷冰冰的笑声，他的笑声就像是香槟酒冰桶里的冰块。假如A和一能够有一次达成共识，他能笑得背过气去。

现在我已经厌倦透了这些人，我无数次向他们祈求，赶他们走，我已经受够了，但谁都不想离开。大家可想而知，来剧院演戏对我来说是多么大的解脱，在这里，我可以走进别人的精神生活，不管是A还是一或是我自己，全都没有发言权。顺便说一下，当我牙疼或胃疼时，他们也保持沉默，或是所有人一齐抱怨。所以，有时我真希望自己牙疼或是胃疼，至少我可以获得一丝清静。你们是不是觉得我疯了？但你们不觉得我的疯癫够有趣吗？

多丽丝：我要演一名醉酒的妓女。

马丁：那可不行，学校教学中是绝对不允许醉酒的妓女存在的。说来也怪，每一个女演员，无论是有天赋的还是没本事的，都能笑得像个喝醉的妓女，模仿力和敏锐度都惊人。

多丽丝：那我就演圣母马利亚。

马丁：那很好。抱歉，刚才我们打断了安德斯。

安德斯：没事，我都说完了，我要演一名铁匠：全身黝黑，性情狂野，用尽全力一声不吭地打铁，太爽了。

马丁：各位朋友，感谢大家，现在我们每个人都轮到了一次，做了自我介绍。大家对各自的角色清楚吗？要不要克拉拉给大家重复一遍?

克拉拉:安德斯演铁匠,本特演小丑,克里斯特演……这是什么?

莎拉:一个发克斯巴斯克,对吗?

马丁:哦,没错。

莎拉:什么乱七八糟的。

克拉拉:多丽丝演圣母马利亚,伊娃扮演一个出轨的妻子,弗朗斯是一个从战场归家、准备去死的人,最后,格蕾塔演女巫,对不对?

莎拉:没错。

马丁:可怜的作家,你们可没一个手下留情的。朋友们,今天的课就上到这里,谢谢大家,下周见。

木版画
1954年

与《表演练习》一样，这也是伯格曼为马尔默剧团表演的学员们编写的表演练习作品，1955年伯格曼将其搬上舞台。该剧本也曾发表在1954年瑞典广播公司出版的《瑞典广播剧》杂志上。这个剧本可以看作是电影《第七封印》的前奏，伯格曼的早期剧本中经常包含强烈的道德观和隐喻（伯格曼有三部类似的戏剧被冠以"伯尼尔出版社的道德篇"，在1948年出版）。

马丁：斯莫兰省南部的一座教堂，从大门进去向右，在通往教堂军械库的走道墙上，画着我们的故事。画中展示的是十三世纪末期的情景，当时这片土地上瘟疫肆虐。画家身份不详，我称之为"木版画"。按照画面的顺序，从军械库的小窗开始，画中有太阳，照在依旧充满生机的大地上，一直到四米外的黑暗角落里，画的最后一幕结束在一个阴雨霏霏的灰暗黎明。

女孩：请止步，谁都不许朝前走了。

延斯：既然你连我们是谁都没认出来，我就原谅你吧。

女孩：不是我的问题，禁止跨越边界，违者风险自负。

延斯：为什么不是你的父亲、兄弟或是丈夫来和我们说话呢？

女孩：我哥哥病了，父亲去打仗还没有回来，我丈夫三天前死了。

延斯：让我去和你哥哥谈谈，他会认识我和我的主人的。

女孩：不许去！

延斯：我理解你的担忧。我们浑身上下又脏又破，而且也没有骑马，但这并不能说明我们是坏人。

女孩：我们有瘟疫。

延斯：哎哟，哎哟，太糟糕了，太吓人了，简直太难受了，哎哟哟。

（骑士低声向延斯示意。）

延斯：我的主人想知道你们的庄园是否受到了影响。

女孩：我什么都不知道，我们会死的。

延斯：反正我不会死。

女孩：你也会的，还有你的主人。谁也逃脱不了，没有救援，没有逃路。你闻到烟味了吗？打早上起树林里就是这个味。

延斯：嗯，你这么一说，我还真感觉到鼻子里有股呛人的味道。

女孩：他们今天早上在十字路口烧死了一个女巫，他们说是她带来的瘟疫，她承认了，她还承认了她与黑色魔鬼有肉体之交。

延斯：听到了吧，亲爱的！那一切都好了！总是那些该死的女巫，一会儿变出来瘟疫，一会儿又不知搞出些什么魔法。

（骑士对延斯做手势。）

延斯：我的主人希望我们继续。

女孩：你的主人叫什么名字？

延斯：他的名字叫安东尼斯·布洛克，他是我的主人，同样也是你的主人。十年了，我们驻扎在圣地，蛇咬我们，飞蝇叮我们，野兽吃我们，异教徒屠杀我们，毒酒想害死我们，女人想做垮我们，虱子吞噬我们，发烧腐蚀我们……一切都是为了上帝的荣耀。

（骑士威胁延斯。）

延斯：主人，你向我扔树枝，可我所说的没错啊，我们的十字军东征有多愚蠢，恐怕只有真正的理想主义者才能参与其中。（骑士摇头）看看我们可怜的主人！他不会说话，那些肮脏的异教徒狗腿子们在一个美丽的星期天早上抓住了他，就在他正要做礼拜的时候，他们把他的舌头割了下来。多亏有我……（骑士不耐烦了）瘟疫！瘟疫！能比我们所经历过的更糟糕、更残忍、更侮辱人吗？我不相信。（颤抖地）瘟疫，看我怎么整治它！

马丁：他们应该服从，转身低头从那些还没有被瘟疫占据的健康土地上离去。你没有见过瘟疫感染者的眼睛，他们的手，他们淌血的鼻子和嘴；你没有见过病人脖子下的疖子，早上变得比头天晚上更大，向外流脓血，有的比婴儿的头都要大；那些病人紧绷的臃肿的身体，毒瘤将他们的四肢变得像疯狂的绳索，他们试图在床上撕开疖子、咬手指，用指甲剜开血管；他们的嘶喊声直上云霄，他们在地上、床上、草地上乱舞，跌倒、变得腐朽，最后死在水沟边、羊圈里、农庄中、河岸上，死在家里的炉子旁。人们纷纷逃离那些被瘟疫感染的村庄，向上游搬迁，可严厉的主像影子一样尾随在他们身后。新的土地被污染，末日审判在黄昏时开启，你可以看到启示录的狂野骑士。

（骑士向延斯示意。）

延斯：现在，我的主人命令我们继续前行，我是一只属于死亡、瘟疫和永生的小鸟，这里的新鲜空气已经耗尽了，再没有安静的夜晚、甜美的早晨和阳光的日子,这里散发着被烧焦的女巫、停尸房和所有死亡的气息。再见了,我的姑娘,我和骑士本该奖励你一枚勋章,感谢你告知我们信息,不过你可以先记着账,等我们在天国见面时给你兑现,前提是你得到那里。

(他们走进森林,天黑了。)

可怜的小延斯,太阳还没落山,森林里已是一片黑暗。我的肋骨之间盘踞着一只螃蟹,紧紧地钳着我的心。如果我还能试着唱一首小曲儿:"鱼儿游在水中,船儿庄严驶过。"人如蝼蚁,命如草芥,你害怕吗,延斯?你害怕吗,延斯?你一点儿都不害怕吗,我可怜的小延斯?是的,我害怕了,要不是我的肚子像永恒一样空荡荡,我很担心随时都可能发生意外。(停顿)你是谁,美丽的姑娘,难道你不怕黑暗吗?

女巫:我们可以结伴同行吗?

延斯:我和我的主人正打算休息,我们从圣地一路跋涉到这里,现在有点儿累了。

女巫:那我也一起休息。

延斯:没关系,你想和我一起去那边的灌木丛吗?

女巫:为什么?

延斯:比如可以采点蓝莓,好久没有采过了。

女巫:要是你知道我是谁,你就不会建议去采蓝莓了。

延斯:我可以问你是谁吗?

女巫:我就是他们今早上在十字路口烧死的女巫。

延斯:那你真不该坐在这里,因为你已经死了。

女巫：我当然死了。

延斯：那你就是个鬼魂，而我不信鬼，所以你就不存在，你就不能坐在这里让我和我的主人难堪。除非我们也死了，也变成了鬼魂。如果真是这样，我就不明白了。我他妈的才不管这些，你最好闭嘴，在审判日到来之前一句话也别说。

女巫：审判日可能来得比你想的要快。

延斯：那我可以向你保证我必须发表演说，我得从我被造出来那一刻开始一直讲到我可怜的手臂骨头上的最后一道裂缝，然后我要高呼：这公平吗？然后左边的山羊和右边的绵羊（或者顺序是反过来的）都会齐声哀号：不公平，不公平！我们的主被搞得晕头转向，只好迅速地完成审判，把我们都放回田园。你是在说什么吗？

女巫：我问你是否参与了我的处决。

延斯：没有，很不幸！我刚从国外回来。

女巫：直到清晨我才入睡，但很快就被监狱外的喧闹声吵醒了。我害怕极了，痛哭不已，但无济于事，因为一切早已决定。我爬上窗台，低头望向庭院，他们已经把用来捆绑我的柱子放好了。牧师也来了，但我看不见刽子手。太阳渐渐升起，天空万里无云，一切都是空的。我站在那里看着下面的人群，我开始能够辨认出他们的脸和声音，嘈杂的叫喊传入我耳，就像邪恶的鸟叫声……然后我看着自己紧抓着窗台的手，指甲断了，被血染成黑色，但指节惨白，我在用尽全力握住窗栏。接着，走廊里传来响声，门开了，我从窗台摔下来，头倒在散发着腐烂稻草气味的粗糙的木地板上。他们弯下身，抓住我的腰，拉起我的肩膀，在我的脖子上套上铁枷锁。我全身僵硬，说不出话来，也喊不出来，腿脚僵硬得走不了路。但他们拉着枷锁拖着我走，我被拉下石阶，拉进一个很长的走廊，我不断摔倒，每摔倒一次都感觉要窒息而死，他们就拽着枷锁把我拉起来。这些人不像另外的那些警卫，他们根本不触摸我的身体，也不像那些一边剪我头发，一边拿我取乐的士兵。这些人沉默、焦灼，他们紧紧拉着套在我脖子上的枷锁，他们很害怕。他们相信"他"跟随着我，把我护在袍子里。接着，门被打开了，阳光打着我的脸，就像一声太阳下的嘶叫，清晨的风刮来，把地上的砂石刮到我们脸上。我背朝里坐在马车后面的囚笼里，尽量把头靠在胸口上，因为我抬不起头。车身摇晃时，枷锁的铁刺扎进脖子很疼。但我一声不吭。疼痛能帮助我，路上的沙石能帮助我，摇晃的车轮能帮助我，除此之外，天地不应，前后无助。我闭上眼睛，阳光在我眼前形成燃烧的红色波浪，我听得到几百人的脚步声在道路上卷起尘烟，我能感觉到周围的人呼吸的节奏、脉搏的跳动和他们睁得大大的眼睛，但所有人都沉默不语。

当我们到达十字路口时，他们给我解开了枷锁，我终于能够仰起头。在松树之上，在万物之上，天空飘着一条条像手一样的薄云。然后，我闻到了烟雾的味道，他们把一个高高的草堆推进火里，人人开始咳嗽。火势越来越猛，大家的脸开始发热。我转过头，看见在我身后站着的"他"……他的嘴角上扬，眼睛变得浑圆，眼神清澈，他走近我，我能感觉到他的呼吸直抵我的脸颊，他把手放在我的屁股上。

于是我把头转向火堆和火堆后面的人群，我把手举过头顶，张开手掌，踮起脚尖，努力朝远方伸展，我开始笑，但笑声像是出自一个小孩儿。我开始喊，语言突然充斥了我的头脑，就像游进激流中的鱼儿不可阻挠地涌出："车轮已经开始运转，沙漏在坍塌，夜莺在号叫，各自寻求慰藉。大树轰然倒地，毒蛇不住地颤抖，现在，轮盘静止了，神圣的双手升起，他们走了，车轮静止了，一切都安静了。到了飞跃的时辰了，沙漏空了……现在……山在咆哮……现在，河流呼啸……就在现在……他们到了……"

于是他们开始用棍子抽打我的胳膊，我摔倒了。之后，他们把我绑在梯子上，将梯子举上火堆。火苗扑向我，抓住我的衣服，我像一支火炬一样脸朝下倒进火堆中。就在这时，他们开始唱歌，他们在唱"但我从此不再害怕"的赞美诗。"他"用他巨大的身体挡在我前面，我们一同跌入一潭深水，他用身体包裹住我，我不再感到冷。

铁匠：很抱歉打扰了，你们有谁见过我的妻子吗？

延斯：真没有，这一路我们最多见过一只猫。

铁匠：那没关系了。

延斯：她迷路了吗？

铁匠：跑了，和一个小丑跑了。

延斯：老天爷，一个戏子！照我说，她这么差的品位，你就任由她跑去吧，不至于为她在森林中乱折腾。

铁匠：你说得太对了，我的想法就是找到她，杀了她。

延斯：哎哟，那可是另一码事。

铁匠：连那狗屁戏子一起杀了。

延斯：那种人太多了，就算不为这事杀了他，单凭他做三流演员这事也该杀。

铁匠：嗯，我老婆一直迷恋演戏的艺术。

延斯：那可是她的不幸。

铁匠：是她的不幸，不是我的，对于出生本身就是不幸的人，还有什么更大的不幸呢？顺便问一下，你结婚了吗？

延斯：我！结了一百多次总有吧，我都数不过来我到底有多少老婆，人在江湖行，难免的。

铁匠：我可以向你担保，有一个老婆比有一百个更糟糕，除非这该死的世界上还有哪个可怜的家伙比我更倒霉。（倒也不是不可能。）

延斯：是啊，有女人倒霉，没女人也倒霉，所以不管你怎么看，在最好玩儿的时候杀掉她们该是最合乎逻辑的。

铁匠：婆娘们说话唠叨，吃饭邋遢，小娃哭喊闹人，湿答答的尿布，尖溜溜的指甲，嘶喊抓挠，家里还供着个魔鬼一样的丈母娘。到了晚上，挨过一天的男人终于可以上床睡觉了，婆娘又想出新招儿：一哭二叫三上吊。

延斯和铁匠：（异口同声）你为什么不吻我说晚安？你为什么不为我唱歌？你为什么不像我们初恋时那样爱我？你为什么

不看看我的新衣服？为什么就知道转过身打鼾！

铁匠：是，是的！

延斯：对，对的！

铁匠：于是那个喷喷香的小丑出现了，一肚子骗人的花花肠子，手里拿个破胡琴，唱啊，哭啊，叹息啊，蓝眼睛在粉嫩嫩的脸上呼啦呼啦闪着，撅着屁股在我们家里进进出出，就像发情的野猫。结果，有次我需要打理一只特别大的鹿角，来不及去教堂礼拜，就让我老妈帮我盯梢。

延斯：结果他们就跑了？

铁匠：我要用我的铁钳夹住他们，用小锤子敲断他们的肋骨，用大锤子砸扁他们的脑袋瓜儿（哭泣）。

延斯：老天爷，看在天上所有圣人的面子上，你哭哭啼啼是为什么啊？

铁匠：好吧，看看这个铁匠，像一只被尿淹了的兔子，哭啊闹啊！

延斯：我现在真是一点儿都不明白了，你刚刚处理掉一堆垃圾，你自由了。

铁匠：你还是不理解我。

延斯：啊哈！你的自尊心受到伤害了？

铁匠：那还可以忍受。

延斯：那你就不是个真男人！当然不是！

女巫：也许他爱她。

延斯：哈哈！听这鬼话：也许他爱她。你这个该下油锅的妖怪，你懂什么是爱情？

女巫：你懂吗？什么是爱情？

延斯：该懂的我都了如指掌，爱情就是淫欲加淫欲再加一堆欺骗、伪装、谎言和各类综合骗术的代名词。爱情是所有瘟疫中最可怕的一种，如果一个人死于爱情，其中倒也会有几分乐趣，但大多数时候这病会过去的，所有爱情迟早都会结束的，只是偶尔有几个倒霉蛋会死于爱情。爱情就像感冒一样容易传染，它会偷走你的血，让你四肢无力，消融你的独立性，瓦解你的道德——如果你还有任何道德的话。爱情是一个令人疲惫的面部表情，最终结束在一个哈欠上。如果说这个不完美的世界上的一切都是不完美的，那么爱情就以它完美的不完美堪称一切不完美中最完美的。哎呀呀，说了这么多话。我的嗓子好干，有酒吗？我看你口袋鼓鼓的。

铁匠：请拿去喝吧。

女巫：我也想喝一口。

延斯：主人要尝一尝吗？

（骑士摇头。）

铁匠：不，我不赞美爱情，我从头到脚，用身上的每一根汗毛憎恨它。

延斯：对，憎恨是对的，真实可信的情感属于坚强的人。憎恨和仇杀，这是真实的情感，我甚至主张仇恨是一种美丽且理想化的灭绝手段，因为被伤害的不仅是对方，最主要的是那个受折磨的自己。

铁匠：你可真是个快活的人，油嘴滑舌，连你自己都信了你的胡言乱语。

延斯：我尊敬的先生，请允许我告诉你，我可是读过书的人，听过也经历过我们讲述的大多数故事，包括鬼故事，即使是关于上帝、天使、耶稣基督和圣灵的故事，也不会让我大惊小怪的。

铁匠：当心，森林里很黑，天也快黑了，你说话要当心。

延斯：（喊道）这就是我的福音书，我的小肚子是我的地球，脑袋是永恒，我的双臂是两轮灿烂的太阳，腿是时间的无情转轮，而两只脏兮兮的脚丫子就是我的人生哲学的辉煌起点。这就是我延斯的世界，除我自己以外没人相信的世界，就连我也觉得它可笑，在天堂里毫无意义，在地狱中无所用心。所有这一切就像打个哈欠一样毫无价值，唯一区别是至少打哈欠会给人带来些快感。

铁匠：哎哟，我又受不了了。

延斯：这个人根本就不听我的，你又吵吵什么呢？

铁匠：我想起了我的妻子，你懂吗？她那么美，美得无法用语言描述，美得需要音乐伴奏！

延斯：这不就是那个戏子干的！

铁匠：她的笑容像美酒，她的眼睛像蓝莓，她的屁股就像一只水灵灵的大鸭梨。啊，这个女人就是一片草莓地，向我伸出她黄瓜一样可爱的双臂。

延斯：打住！你可真是个糟糕的诗人，尽管你喝醉了，你的蔬菜地真让我恶心。

（骑士站起来，示意继续前进。）

铁匠：我能跟你们走一段吗？

延斯：那就不许再哭哭啼啼了，不然我就叫你立刻滚蛋。女巫在吗？瞧咱们这队伍。

（他们一起前进，此刻，月亮升起来了。）

铁匠：月亮冲出云层了。

延斯：我们能看清楚道路了。

女巫：我不喜欢月亮。

铁匠：今晚的林子很安静。

延斯：风止则树静。

铁匠：我的意思是树都站得很稳。

延斯：哦！那是什么？

女巫：蝙蝠，它们总是在路上飞，打到人脸上。

铁匠：太安静了，连一声狐狸叫都听不到。

延斯：或者猫头鹰。

铁匠：或者一条狗。

延斯：或者一个人，除我们之外的一个人。

女巫：月光照在眼睛上，几乎看不见路。

延斯：站在月光下不安全，你们不知道吗？

（大家沉默地前进。）

玛丽亚：你们谁能告诉我去边境怎么走？我在这条小路上怕是迷路了。

延斯：如果你跟着我们走，你会遇到瘟疫；朝我们的反方向走，如果瘟疫没有先找到你，你迟早也会遇上它。

玛丽亚：我们怕的就是瘟疫啊，我把孩子从摇篮里抱出来，我们已经走了一整天了，一个人都没遇到，你们谁有一口吃的？

延斯：这是我最后的一块面包，你要能嚼得动，算你比我厉害。当然了，我只剩下两颗牙。

玛丽亚：谢谢！

铁匠：时机到了，瞧，大树后面闪过的那两个人，岂不就是我最亲爱的妻子和那个该死的戏子吗！各位请坐好，审判的时刻到了。晚上好，我的妻，晚上出来遛弯儿吗？身边跟着的是条哈巴狗还是个什么？

演员：你就是那个肮脏的铁匠吧？竟敢如此侮辱我心爱的贵妇，美丽的库尼贡达。

铁匠：她的名字叫丽莎！傻子丽莎，毒蛇丽莎，婊子丽莎，淫荡丽莎，肥臀丽莎……你自己去想还有什么词来形容荡妇吧，你这个挨千刀的小瘪三。

演员：别听他的，我尊贵的库尼贡达，躲在可怜的地底下放屁打嗝儿，瞧他刘海儿下赤红的小眼睛，看我不拔剑把他一劈两半。

铁匠：你给我当心点儿，你这个一身骚气、游手好闲的懒蛋，看我不一个屁把你立马崩到你们恶俗演员大本营的熔炉里，那里你们可以尽情地互相念台词，一直念到魔鬼的耳朵生茧子。

演员：你这个恶狗养的令人作呕的秃头混蛋，要是我长成你这副倒霉样，我早就被自己的喘气、动作、声音，对，我全部的存在恨不得羞愧地一头撞死。

延斯：说得好！

铁匠：这一拳让你给我住嘴，以后就连食人族和异教徒都别想再骗了。

延斯：打得棒！

演员：看我这一脚，不把你踢得肥肠从耳朵里飞出来。

延斯：这不太好！

丽莎：看着我，先生们，看看这个绝望后悔的女人，再听听他们都在说什么，看看演员，仔细听他的声音。

演员：我的声音，对呀，我的声音，我的管风琴！

丽莎：你还有声音啊，太不可思议了，对呀，你还有两个鸡眼，就这些，你还不能叫自己是人类。

延斯：他就是个戏子，咱们别争了，把铁匠的酒喝了，然后干掉演戏的。

丽莎：先生们，请理解我！当他在我耳边甜言蜜语时，我不知道他是在念台词；当他第一次拥抱我时，我不知道他是在给严厉的剧院导演表演，或是对着镜子练习；当他的胡子甜蜜地骚扰我时，我哪里知道那竟然是演戏用的假胡须；他笑起来露出的是一排越往后越破的假牙。香水是他偷来的，歌也不是他写的，他的动作都是在模仿别人。亲爱的先生们，这样一个叫作演员的人，能和我们一样是活生生的人吗？

延斯：给这混蛋身上打个洞，看他会不会流血。

演员：哎哟！

延斯：他肯定吃饭、睡觉、打鼾、打嗝儿、坠入爱河，和任何一个蠢货一样吧。

丽莎：迷惑我的不是吃饭、打嗝儿和睡觉，而是其他不存在的东西。

演员：要是你们认为我会为自己所谓的真相辩护的话，那你们真是看错人了。我是演员，但没有剧场；我是玩偶，但没有舞台；一个没有诗的诗人，没有爱的情人，就连跳蚤都鄙视我。好吧，先生们，我把木剑扔掉，我不会自卫的。

铁匠：什么！你必须和我决斗，要不然我没法儿杀死你，你至少得惹我发火，就像刚才那样惹怒我。

演员：看，我把匕首放在心脏上，你只要过来碰一下，我的幻想就会立刻兑现为一个坚不可摧的现实：尸体的绝对物质性。

丽莎：动手啊！还愣着干吗？他的存在对你和对他自己都是耻辱，抽刀断水，让痛苦终结吧。他在祈求你，（停顿）你要是不敢，我来，吓到你了吗？

（演员摇晃着倒地。）

（停顿）

铁匠：这是我娶的那个女人吗？

丽莎：走，我们走吧，没什么好理论的。

延斯：我们道别吧，我感到不舒服。

231

铁匠：也许吃错东西了。

延斯：我什么都没吃。

玛丽亚：我冷。

延斯：你们看骑士，他站在那里看着小丑。然后突然笑了。我看不出一个死了的小丑有什么好笑的，就是活着的也没什么好笑的。

（他们走开，小丑站了起来。）

马丁：小丑站起来看着手中的匕首，他感到很羞愧，这是一把演戏用的匕首，他为自己没有死而感到羞愧。同时，他为他们相信他的死自鸣得意。他站在那里，同时感受着羞愧和得意，尽管他的观众早已消失在林木后面。突然间，他的羞愧和得意让他感觉不适，然而，这感觉让他满足，即便如此，站在那里感受着羞愧和得意的难受所带来的满足感也是值得骄傲的。当他开始思考骄傲时，头疼起来。突然间，独自站在黑暗森林中的他意识到，他的头疼是由骄傲引起的，正是自己对羞愧和得意做出的不适反应令他感到骄傲。于是，他迅速关上让生命流入小丑的脑袋瓜儿的龙头，朝向东方大大地跨出一步。

女孩：我来接你去见一位严厉的黑先生，他说他需要你的琴，今晚界碑边的舞会请你来伴奏。

演员：我没有时间。

女孩：严厉的黑先生说你会这样回答的，他说你在撒谎。

演员：我有演出。

女孩：演出取消了。

演员：我有合同……

女孩：合同终止了。

演员：我的孩子，家人……

女孩：没有你，他们会过得更好。

演员：没有别的逃避方法吗？

女孩：没有。

演员：无地藏身，别无例外？

女孩：对，无藏身之处。

演员：这么严厉的先生。

女孩：就是一位严厉的先生。

演员：好吧，我们去找他，免得他生气。

女孩：你叹什么气？

演员：我就是叹口气，不行吗？

（他们走着，起风了，月亮在云间时隐时现。）

马丁：旅行者们累了，他们来到一片林中空地，在苔藓上静静地躺下，静听自己的呼吸、脉搏和树顶的风声。玛丽亚和孩子坐在离大伙儿远一点儿的地方，月光在他们眼中不再静止不动，而像具有生命一般神秘而多变。

玛丽亚：一天早晨，圣母马利亚到井边汲水。几只蜥蜴趴在岩石上，它们中的大半趴在阳光下，一小半躲在阴凉处。马利亚靠近井边，看着深井中自己的倒影，她的脸颊瘦了，眼睛也变大了许多。就在那天早上，马利亚在炽热的阳光下想着自己越发沉重的身体，不禁难过起来，眼泪滴到了井中。但她很快止住泪水,感觉轻松了一些,甚至高兴起来。她抬起水桶,阳光照进水井边上阴凉的水沟,水洒出来,溅在她的红裙和光脚上。她捧起清水擦洗脸颊上滚烫的泪痕,又捧起桶中的清水,大口地喝着。就在这时,她感到腹中的孩子动了一下,她独自开心地笑了。她双手护在腰上,挺直背站起来,用晒成棕色的胳膊费劲地提起水桶,沿着山路朝木匠家走去。清晨明亮的阳光照着她,而她脚步轻盈如在跳舞。一路上,她听到羊群的叫唤和牧羊人的呐喊,他们正在把羊群赶到山里、橄榄树林的阴凉处。

这就是我的圣母马利亚之歌。

马丁:大家起身了,再转最后一圈,我们就到了。

延斯:终于到了。

马丁:你们回到了起点,那里是界碑。你们转了一个圆圈,现在,你们在清晨瑟瑟发抖地等待着。起风了,云层如黎明中的松柏树,堆积在地平线。

铁匠:那边坐着的女人是谁?

卡琳:我是骑士安东尼斯·布洛克的妻子。我从农庄逃出来,为逃离瘟疫,我是最后一位……

铁匠:您来这里干什么?

卡琳:看到那边的篝火了吗?听到音乐了吗?那边的士兵为全国的边境都筑起了高高的封锁线,到处都是士兵,任何一个从瘟疫肆虐的国家来的人都别想进入,我们只能等待。

铁匠:等待什么?

卡琳：没有什么可等待的，除了瘟疫。可怜的安东尼斯·布洛克，可怜的人儿，你认得出我吗？亲爱的。在你的眼睛里，在你隐藏着恐惧的脸上的某个部位，还有那个多年前离家的男孩儿。十字军东征有意义吗？你杀死过许多异教徒吗？你在飞驰的马背上折断过许多利剑和长矛吗？你在圣墓前祈祷了吗？你可强暴过许多妇女……

（骑士倒地，喃喃地发声。）

卡琳：你冷吗？要我的披肩吗？

延斯：（唱起来）鱼儿游在水中，船儿庄严驶过。（打哈欠）

卡琳：安静，你没听见吗？

延斯：听见什么？

卡琳：国境线对面的雄鸡开始打鸣儿了，黎明已抵达地平线，篝火灭了，风停树止，雨点静悄悄地、轻柔地落下。我们紧紧相拥等待这个时刻，等待从那边来营救我们的人。他是位神奇的绅士，一名骑士，跟随他的是一个年轻姑娘和一名背着琴的小丑。他们来了，他们穿越黎明寂静的雨向我们走来了。（长时间的沉默。）

延斯：早上好，大人，我们都在这里等你。我的名字是延斯，这一路上我可是没少说话。那边站着的那位清瘦、痛苦的骑士，他帽子下面的脑袋里转悠着很多想法。

卡琳：我是骑士的妻子，我们都是十字军东征的牺牲品。那边的小女巫据说是投向了黑暗力量，被处以火刑，如今她后悔不已。

铁匠：我是一名铁匠，不谦虚地说我自认为技术相当高超。那边给大人行礼的女人是丽莎，我的妻子。最近我们俩之间闹了一点儿别扭，不过也就是和大多数平常人一样，没坏到哪里去。

丽莎：都是那个戏子的错，他在那边，你去问他。

铁匠：住嘴，丽莎。那边坐的女人叫玛丽亚，她一路逃出来，不是为自己，是为了她的孩子。她安静地坐在那里等待。

（骑士跪地，发出奇怪的声音。）

女孩：让我来告诉你们，被割掉舌头的骑士用喉咙在说什么。骑士安东尼斯·布洛克对严厉的主这样说：我每天早晚都向圣人和上帝伸出双臂，冲着圣人的耳朵呼喊，希望他们能听到我的声音。我一次又一次地确信，在精神萎靡的迷雾中，接近上帝的感受就像一口强有力的钟在我心中敲击。突然间，我的空虚被几乎没有曲调的音乐填满，我在黑暗中的无数呐喊变为细语：上帝啊，为了您的荣耀，我的生命是为了您的荣耀，您的荣耀！我在黑暗中呐喊，身体被一种异常可怕的感觉袭击，我的确信像被吹走般一刹那熄灭，心中那口强有力的大钟沉默了。黑暗变得愈加黑暗，它穿透我的喉咙，从我的口中飞驰而过，诅咒像一群野兽，像银光闪闪的小蛇，像声音沙哑的恶鸟从我的肚子、头发、眼睛中被挤压出来，我的黑暗被鲜血浸透，伤口重新开裂。

延斯：看在严厉的主的面子上，请你住嘴吧。在那你声称造访过的黑暗中，在那我们终将都要像蝼蚁一样前往的黑暗中，没有人听你的哀怨或感受你的痛苦。擦掉眼泪照照镜子，看看自己的无知吧。我本该送你一剂草药，帮你排除对永恒的困扰，现在看来为时已晚。时辰已到，感觉到自己的眼珠子还能转，脚趾头还能动，就是最大的胜利了。

卡琳：安静，安静。

延斯：好吧，我就违心地保持沉默吧，我承认刚才的话有点儿多，我尊重对我们严厉的主，看在他的面子上，除非被逼迫我一定不再重犯。

卡琳：安静，安静，小丑在调音，严厉的主邀请我们跳舞，他要我们手牵手排成行，严厉的主走在队伍最前面，最后是弹琴的音乐家。告别黎明，向着黑暗之地前进，雨水冲刷着我们的面孔。（轻声细语）准备好跳舞吧，我的孩子们，我的朋友们。严厉的主的耐心有限，音乐！

（她沉默了，琴声响起，所有人开始庄严地跳舞。）

假戏

1955年

这是英格玛·伯格曼未曾拍摄的一部电影。剧本于1966年到1967年在《阿勒思家庭杂志》上连载,伯格曼在剧本初刊时接受了杂志采访。他说:"出于种种原因,我不愿放弃这部电影。我是在拍完《夏夜的微笑》之后写出这部剧本的,那次拍摄对我来说感觉很糟糕。有种情绪很难释怀,电影背后的故事让我一度陷入忧郁。重读这个剧本让我有了别样的感受,这上面发表的每一期都该是一部独立的电影。"

演员阿克塞尔·安德森失眠了。床头柜上的时钟嘀嘀嗒嗒,时针指在3上,除了钟表的嘀嗒声,屋里一片寂静。阿克塞尔·安德森试着翻了个身,接着又翻一次,但依旧毫无睡意。时钟嘀嗒作响,心咚咚乱跳,屋里的黑暗压在他的眼睛上,被子下似乎有几个营的昆虫在蠕动着、嬉闹着、不停地叮咬他。

他决心放弃抗争,打开夜灯,白光一闪,直刺他的大脑皮层,令他感到疲劳、恶心。桌上放着一页电报,他又仔细读了一遍,"明日16点5分到达,爱你,艾尔莎"。他用手把灰色的电报纸抚平,放回台灯下。"明日16点5分到达,爱你,艾尔莎。"

床头柜上的时钟越来越大声了,他点上一支烟,尽管烟也是索然无味。他伸手把电话拉近自己,拨了一个号码。可以听到电话接通的信号,一个女人的声音:3点2分50秒,3点3分0秒,3点3分10秒,3点3分20秒……

他扔掉电话,把香烟按进烟灰缸,起身,光脚走进浴室。他打开灯,拧开水龙头,洗脸,擦脸,脸从毛巾里露出来,他盯着镜子里自己疲惫的脸。他打开浴室柜,拿出一瓶安眠药,把胶囊全倒进手中,留出来两粒,又把其余的倒回瓶里。他把安眠药吞下去,喝水,刷牙。

他对着镜子露出一个吓人的笑脸，上下两排的虎牙都露出来。他转身走出浴池，没有关灯，踮着脚走进客厅，打开屋里所有的灯。他走到一个大留声机前放了一张唱片，肖邦的《船歌》开始演奏。他站着听了一会儿，按下一个按钮，另一张唱片掉下来，封面是吹银色小号的路易斯·阿姆斯特朗。此刻，阿克塞尔·安德森感觉稍微舒服了一点儿。

阿克塞尔：我是有点儿饿了。

阿克塞尔把厨房里所有的灯点亮，音乐像裹在身上的安全睡衣，他开始吹口哨。他打开冰箱，里面空无一物，打开储藏室，也是空的，掀开面包罐，空的。他在炉子上方的架子上找到一盒硬面包，他掰了一大块面包，在杯子里倒满水。

他对仅有的这点食物倒没有不满意，反倒是急切地走回客厅，走向路易斯·阿姆斯特朗的音乐。他坐进屋子中央一张略显破旧的大沙发里，伸手拿起茶几上放着的一本打开的书。

阿克塞尔：（低声念出来）你孤独地诅咒，你是你自己的护卫，囚犯的同伴、爱人；是的，你是你自己的食物、床、死亡和腐朽。空寂的房间里，你只能嗅到自己的气息，听到自己的声音。你的思想就像这被遗弃的街区，你在人流如织的街道上不断迷路，却只是不断地与你自己相遇。你很清醒，你在迷路。

阿克塞尔·安德森满怀憎恶地把书扔掉，路易斯·阿姆斯特朗刚刚开始演奏一首布鲁斯。演员阿克塞尔一遍又一遍地抚摸着自己的脸，抓挠自己的双手内侧，从椅子上站起来，走进妻子的房间。

他点亮屋里的顶灯和台灯,打开她的浴室门,嗅着她的香水瓶,看着浴室里的瓶瓶罐罐。她的洗旧了的白浴袍挂在衣柜门上,他拿起来穿在自己的睡衣外。他打开她的衣柜,翻她的衣服,从中取出一件长裙,伸出胳膊在自己身上比试,之后把长裙横放在床上。他在屋里转圈,面朝下躺在凉爽的被单上。

他从床上爬起来,撞到了窗前的小梳妆台柜。柜子锁着,钥匙挂在上面,他犹豫了一下,但诱惑很快征服了他。他打开锁,放下柜子的台面,在柜子前的小凳上坐下。

他首先看到一本大相册,里面全是照片,有的散落着,有的贴在相册里。相册的主人钟情于在每一页都贴上自己的照片。

舞蹈演员,穿着练功服,表演吉赛尔、奥罗拉、黑天鹅、仙女[1]。突然,出现了一张他的照片,显然是一张抓拍:他的头刚刚转向镜头,脸上露着笑容。接下去又是她的照片,夏天,她穿着泳衣站在帆船旁边,一条长腿伸向岸边,身后是夏天明媚的阳光。

然后是一张被撕碎的照片,碎片夹在相册里。那是他们女儿的照片,她坐在洒满阳光的楼梯上,脸朝向一边,手伸向远方……

他接着看下去,几张空页,夹着撕碎的照片,然后是一组剧照,有几张是对舞蹈动作的研究,充满动感的照片。

他把相册放在一边,开始一个接一个地打开化妆柜的小抽

---

1 以上皆为古典芭蕾舞剧目中的女角。

屉，最底层的抽屉里放着一捆用绳子系起来的信，他拿起来在手上掂了掂。

阿克塞尔：至少她还保存了我的信。

他把信扔回抽屉，突然停了下来。在那捆信下面放着一张棕色的纸，纸的下面露出一个信封。

他感到一阵恶心，但眼前的诱惑太强了，他伸出手取出那个陌生的信封。

他审视着信封，上面的笔迹很陌生，邮票是西班牙的，地址是：瑞典斯德哥尔摩，艾尔莎·安德森。日期看不清楚，信很短：

亲爱的艾尔莎，你一定要来，这里温暖宜人，一切都安排好了。发电报给你，你的……

"你的"之后的名字看不清楚，他手里拿着信封，眼睛盯着信，坐了很久。他感觉口渴唇干：亲爱的艾尔莎，你一定要来，这里温暖宜人，一切都安排好了。发电报给你，你的……

还有无法辨认的名字。

窗外晨风徐徐，他站起身看着外面的街道，清洁工和他们的大卡车已经来了，冒着白气的金属车厢开过去；有人在吹口哨，有人在启动汽车，引擎轰鸣，停车灯外罩着霜气。

演员阿克塞尔·安德森面色苍白，感觉难受。他从妻子床上拿起一条毛毯，摇摇晃晃打着哈欠走进客厅。客厅里灯火通明，路易斯·阿姆斯特朗的音乐已经沉默了，巨大的落地钟摇摆着，窗外隐藏着一个残酷的清晨。他躺在沙发上，顺手拿了一个绣花抱枕枕在头下。他闭上自己酸涩的眼睛，没过一会儿便睡着了。

教堂的钟敲了四下。

七点半，演播室附近仍然很安静。车子徐徐开进停车场，餐厅里技术工人已经开始一天中的第一次休息，大演播厅依旧在等待中。

化妆间灯光明亮，尽管有很多人，但一切都很平静。水龙头冲水的声音，吹风机在嗡嗡作响。

阿克塞尔朝自己的休息室走去，耐莉穿过黑暗的长廊，朝他走去，她穿着一条旧牛仔裤。

耐莉：嗨，亲爱的。

阿克塞尔：嗨，亲爱的。

耐莉：你看着很憔悴。

他们已经进到阿克塞尔的休息室，小房间里有桌子、沙发、屏风、窗户、镜子、橱柜、洗手台，没有个人风格的标准配置。

阿克塞尔：我的化妆外套到底在哪里？

耐莉：在柜子里。

耐莉表情忧伤，她看着窗外，手里把玩着一只打火机。

耐莉：艾尔莎今天到。

阿克塞尔：和我一起去接她吗？

耐莉：不了，谢谢。

阿克塞尔：我们来过一遍戏吧。

耐莉：先喝咖啡。

阿克塞尔：好的。

他们正要一起走出去。

耐莉：让我看一下你。

阿克塞尔：体检吗？

耐莉：你肯定哭过。

阿克塞尔：没有，但我脑袋里有两片还没过劲儿的安眠药。

他们一起走进灯光明亮的化妆间，坐到椅子上。佩尔森用白色面纱裹住阿克塞尔，通过镜子看着他。

佩尔森：瞧您的脸。

阿克塞尔：我的脸招谁惹谁了？

佩尔森：好吧，好吧，放松点。你有你的忧虑：你的妻子，你的事业，你和女人们的风流事，你的平庸，你的一把年纪，你的倒霉事，等等，等等。

阿克塞尔：（和蔼地）请闭嘴吧。

佩尔森：加一起简直就别活了，所以，还是不要加在一起。

阿克塞尔：哦，你剪到我了。

佩尔森刚刚开始给阿克塞尔·安德森修剪胡子，他手上有剪刀、乳胶和一绺毛发。

佩尔森：这胡子这几个月把我搞得好紧张，我恨不得戳破你的脸，你都不流血。

耐莉坐在旁边的椅子上，一直没有吭声，发型师强健的双手遮住了她。此刻,她一下子活跃起来。

耐莉:阿克塞尔·安德森先生不会流血。

佩尔森:你怎么那么肯定?

耐莉:因为他是演员。

阿克塞尔:你不也是演员吗?

耐莉:是的,但我首先是女人,这有天壤之别。

耐莉的话没有说完,化妆间突然安静下来了,所有人都注意到屋里走进来一个陌生人,人们止住了谈话,来人是一名二十来岁的女孩儿。

佩尔森:你干什么的?

女孩:我来试镜的。

佩尔森:(故意地)那要到十一点钟。

女孩:他们说要我准时到。

佩尔森:坐那边去。

女孩儿犹豫不决地四处张望,佩尔森的命令不容商量,女孩儿走到最远处的一张化妆椅旁,轻轻坐下,努力想让自己显得不存在。

阿克塞尔:嗯,你是来试镜的,第一次吗?谁的片子,是霍尔斯特吗?他人很好,你不必害怕。不过你怎能不害怕呢?你多大了?等一下,十九岁吗?哦,你又割着我了。

佩尔森:你的头动来动去的,怨谁啊。来,小朋友,坐这边,这样他就可以好好地看着你了。

女孩儿吓得一动不动。

佩尔森：我说坐这里。

女孩儿站起来，照他说的做。

阿克塞尔：别理他，他在生我的胡子的气呢……

佩尔森：你的胡子和你的大蒜。你知道你这张当演员的脸让我有多受罪吗？你所谓的容光焕发，和你那吃大蒜的生活方式。

阿克塞尔：佩尔森今天心情不好。

佩尔森：（叹气）这是真的。

佩尔森不是在辩解，语气平和，没有让谁感觉不舒服。

导演霍尔斯特走进门来，他个子很高，脸上棱角分明，目光犀利。他的鼻子有点儿弯，像拳击运动员，但声音像演员一样很好听。

霍尔斯特：你好，阿克塞尔。嗨，耐莉。你好，老佩尔森，早上好，（对发型师）早上好，早上好。

女孩儿站起来，认真地朝导演行了一个真正的屈膝礼。霍尔斯特看了她很长时间，什么也没说。

霍尔斯特：嗯嗯，佩尔森，不要太多，只是常规的化妆，不要做发型。你知道哪出戏吗？

女孩：知道。

霍尔斯特：十点钟到我房间找我。试镜是十一点，对吧？

女孩：是的。

霍尔斯特：你叫什么名字？

女孩：安妮·斯文森。

霍尔斯特：安妮·斯文森，好，现在我得去干活儿了。

他的声音和气，在桌子上敲了敲烟斗，走出去。走到楼梯口他开始唱歌，声音洪亮，歌声渐渐远去后，四周安静下来。

佩尔森：都是你。

阿克塞尔：（打哈欠）霍尔斯特很好，他好起来没人能超越他，这是真的。

他对自己的慷慨感到非常满意，身体向后仰了仰，期待着佩尔森的照料。

阿克塞尔·安德森在拍摄现场。他手里拿着一面镜子，身边一个穿着白大褂儿的女人正用一个脏兮兮的粉饼扑他的脸。这是电影拍摄片场，一个由有组织的混乱构建的世界，美工正在安置一个十七世纪的小亭子，离开拍就不剩几分钟了。耐莉坐在角落，四周都是道具，另一个穿白衣的化妆师正在整理她的胳膊肘，那人眼神中充满忧伤，脸上长着粉刺。

摄影师：（喊道）开灯！

一声哨响，灯光渐亮，刺眼的光线照在人和物体上，几乎吞噬了一切。光线跳跃着，闪烁着，抹去角角落落的阴影，将整个空间淹没在毁灭性的白光中。

耐莉朝化妆师说了些什么，一只手拉着她身上的低胸裙。场记女孩儿仰着头像是在召唤隐秘的上帝，摄影机像长了手脚的黑匣子，紧贴着人的肢体。

导演：安静！开机！

巨大黑暗的摄影棚突然安静下来，摄影机像闪亮的眼睛照着现场。

阿克塞尔·安德森闭上眼睛，深叹一口气。耐莉站着陷入沉思，脸转向一边，摄影机又大又方的镜头像眼睛一样紧紧盯着她。

导演：耐莉，朝这里看，闭上眼睛，好的，你肩膀上有点儿脏。

耐莉把灰尘掸去。

导演：安静，请保持安静。

他的声音不高，更像是在念一句咒语，双臂松松垮垮地垂在两膝之间，像是快要睡着的样子，他转过头。

导演：预备。

黑匣子上两个金属纽被按下去，机器旋转声微弱地响起。

摄影师：开机。

场记伸过场记板。

场记：电影五，第五十五幕，镜头二三〇到二三八。

摄影师：打板。

场记板轻轻地合在一起，发出短暂干脆的一声，场记动作灵敏地撤到后面。

导演：开始。

耐莉站在暮色中的亭子前，眼睛闪亮，她慢慢地朝面对摄影机的阿克塞尔走去。

演员阿克塞尔·安德森转过身，化过妆的脸有些暗淡，场灯正好打在他眼睛上。从他身后的灰暗背景中出现了一张脸，安妮·斯文森已经换好衣服，准备试镜。

阿克塞尔：试镜怎么样？

安妮：现在正要进去呢，可我找不到地方。

阿克塞尔：我带你去。

他站起来，踩灭香烟，用拳头抵在眼睛上用力揉了几下。周围都是走来走去的为下一场戏做准备的人。阿克塞尔转向此刻手中正拿着剧本站着出神的导演。

阿克塞尔：我出去一会儿可以吗？

导演像受到了惊吓，从沉思中抬起头，看着女孩儿和阿克塞尔。

导演：可以，不过不要走太远。

阿克塞尔默许了导演的迟疑，两人走到摄影棚大门前，他为女孩儿开门。

摄影棚中央的地板上放着几面被强光打亮的矮墙或是屏风，人们正在安装摄影机，灯架被推近，倾斜的麦克风长杆抖动着。

霍尔斯特深陷在一把老旧的扶手椅中，椅子的位置刚被安置好，他在笔记本上写着什么。

阿克塞尔：过去和他说你准备好了。

安妮：可以这样做吗？

阿克塞尔：当然，祝你好运。

阿克塞尔从女孩儿背后推了她一把，女孩儿胆怯地走上前，霍尔斯特没有注意到她，继续写着。

安妮静静地站在霍尔斯特的扶手椅旁，再次看看试镜头需要做的准备事项，然后弄出一些声响。

霍尔斯特立即抬起头，和蔼地笑了笑，站起身来。

霍尔斯特：欢迎，斯文森小姐，我正想着您去哪儿了呢。来，坐下，我们谈谈。等等，这是给您的椅子。

霍尔斯特为安妮拿了一把折叠椅，自己在扶手椅上坐下。

霍尔斯特：这样一搞很美啊，头发好看，口红是他们给你涂的吗？哎，不是吧，我看出来了。您多大了？

安妮：二十岁。

霍尔斯特：您以前从来没有拍过电影？

安妮：没有。

霍尔斯特：有人和我说这姑娘很棒，你一定要让她试镜，她真的很不错。

安妮：那太让您失望了。

霍尔斯特：可不是吗？

他笑了一下，看着女孩儿，突然变得严肃起来。他拉了拉领带，跷起二郎腿。

霍尔斯特：嗯，请问斯文森小姐，您会什么呢？

安妮：不会什么。

霍尔斯特：我是说，你有哪方面的经验呢？

安妮：经验？

霍尔斯特又笑了一下，看着对方。

霍尔斯特：真有意思，您的腿或许很美。

安妮：嗯，也还好吧。

霍尔斯特：嗯，这不是最重要的。

安妮：我想问问您让我试镜的那场戏。

霍尔斯特：您觉得我太粗鲁吗？

安妮：嗯。

霍尔斯特：（笑）他们叫你当心我，是吗？告诉过你我啥样，是不是？

安妮没有回答，看着他。

摄影师站在不远处，导演对他做了个手势。

摄影师：可以试镜了。

霍尔斯特：谢谢，来吧，欢迎来到疯子们的世界。

他拉起她的手，故作庄重地将她带到被炙热的白光照亮的帷幕前。

阿克塞尔·安德森站在一旁，看着强光下发生的一切。从他的位置，他可以看到导演和女孩儿，听到他们之间的对话。霍尔斯特把女孩儿带到镜头正下方，让她手持一个电话听筒站在灯光下，摄影机镜头像眼睛一样看着她的脸，霍尔斯特围着她转了几圈，嘴里喃喃自语。

艾尔莎从口袋里拿出钥匙，打开大门。她将电梯按钮按下去，费劲地将她的大行李箱提进屋里。她跨过门槛，气喘吁吁地进到屋里，随手将门关上。终于到家了，她一动不动地原地站了一会儿，环顾四周。

一切都和往常一样，甚至连房间的寂静也是。

她脱下皮草大衣,挂在衣架上,走进客厅。

与此同时,她几乎撞到了博格夫人身上。博格夫人是一位四肢干瘦,嗅觉敏锐,充满好奇心的老太太。她穿着外套,手里提着购物袋。她被这突然的相遇吓到了,小声地叫了出来。

博格夫人:哦,老天爷啊,吓死我了,我还以为是撞到鬼了,没想到是太太回来了。欢迎回家,这里一如既往,我尽心尽力地照顾先生,煮饭、洗衣,没打一点儿折扣。我希望您能满意,反正安德森生先生从来没有抱怨过……

艾尔莎:谢谢,博格夫人,谢谢,我真的很感激你。

博格夫人:是啊,是啊,我一直都说,太太您有这么一个好丈夫。可我真为他担心,夫人,您不在家的时候,先生过得很不开心。我可不是爱管闲事的人,可情况真的不对劲,我不用费力都看得出。

艾尔莎:真是太过意不去了。

博格夫人:先生晚上睡不着觉,安德森太太。他四处走动,这里躺躺,那里躺躺,他可真是想夫人啊。

艾尔莎:太可怜了。

博格夫人:现在好了,太太回来了,一切都恢复正常了。您刚才进门的时候真是吓坏我了,我知道太太今天回来,但不知道什么时候到,真是吓死我了,我还以为撞到鬼了。

她兴奋地笑着,转身进了厨房,拿着一个装满玫瑰花的花瓶回来。她举起花瓶。

博格夫人:(用胜利者的口吻)先生买了玫瑰花,瞧他多有心，欢迎太太回家的玫瑰花，这上面还有张卡片。

她把卡片递给艾尔莎，把花放在钢琴上。

博格夫人：我把花放在钢琴上，这样太太随时能看得到。我得赶紧走了，不然误了汽车。我明天中午十二点来好吗？还是太太需要我做午饭？先生觉得十二点来就好了。

艾尔莎：很好，谢谢。

博格夫人安静下来，她冰冷的蓝眼睛中露出厌恶，甚至鄙夷。

博格夫人：好呀，太太回来了。瞧把我吓得，以为撞到鬼了。再见了，太太。先生晚上可能五点半到家，他今天要拍戏。再见了，太太。

艾尔莎：再见，再见，博格夫人。

艾尔莎手里拿着卡片站在那里，转向博格夫人。博格夫人嘴角带着笑，消失在门口的黑暗中，门随即关上。

四周安静下来，留下艾尔莎独自一人在屋里。

她打开卡片，飞快地读着。卡片上只用大写字母写着："欢迎回家，想念你，我爱你。"她若有所思地看着玫瑰，看到其中有几朵花已经有些蔫了，她果断地拿起花瓶，走到厨房，把花从花瓶中拿出来，找到一把锋利的小刀，开始切割花茎。这一番操作让她平静下来。

突然，刀子切进了她的食指，鲜血立刻涌出，她不由自主地把手指放到嘴里吸吮，把小刀扔到厨房的大理石桌面上。

她走进浴室，打开浴室镜子后面的小柜子找创可贴，手指依旧含在嘴里,她看到了一个装创可贴的小纸袋。

她把手指从嘴里拿出,饶有兴趣地看着伤口。她打开冷水龙头,冲洗伤口。

血还没有止住,她关掉水,让沉重的红色水滴落在水槽的白瓷上。她静静地看着伤口上的血聚拢成沉重的血滴,再一滴一滴离开手指,跌入水槽。

终于,她用一大块创可贴将伤口包住,她感到血管撞击的咚咚声,额头上渗出了冷汗。

她一眼看到梳妆桌的柜门打开着,她立刻看到那封贴着外国邮票的信,马上明白信已经被读过了。她伸出手把信撕碎,手拿纸片站在屋里。

她在地板上快步走了几步,来回搓着手,摇了摇头,但泪水涌上了她的眼睛,她无法摆脱这一切。

她合手坐在床边,双手疯狂地拍打膝盖,像在惩罚自己。

艾尔莎:我真害怕,我什么都不懂,不明白,该如何度过啊。怎么生活下去,怎么忘记过去,如何对付沉闷无聊的日子啊。斩断一切,结束一切,重新开始不是更好的选择吗?我们彼此没有负担,互不牵挂,不,我们本应该相互照顾,但我们不知该如何负责。为什么只有沉默?为什么无解啊!

她安静下来,没有人提问,也没有人回答。一只小钟不知从何处传来微弱的一声响,接下去又是宁静。

演员阿克塞尔·安德森正在接受一名女记者的采访。女记者固执地追问他各种问题，从生活、女性、宗教到最爱吃什么菜等。

阿克塞尔：就写我最爱吃血布丁。

（女记者张口说话，但听不到说的是什么。）

阿克塞尔：没错，我同意你的观点，就按你说的写，谨慎为好。

女记者：安德森先生，您一定误解我了，您可能没听清我的问题。

阿克塞尔：没关系，无所谓的。

有人跑着过来，是安妮。她突然在阿克塞尔面前停下，看上去很高兴。

安妮：你好啊！霍尔斯特对我非常满意，他可真是个好人，他说我很有趣，我和他成了真正的好朋友。

阿克塞尔：这很重要，你过来一下，姑娘，（对记者）对不起。

女记者：（抱歉地）没关系，我有的是时间。

阿克塞尔拉着安妮的手，他们打开远处的一扇门，进入一个酒店的房间，里面放着几张大床。四周是安静的，天色接近黄昏，一切都显得有些遥远。

阿克塞尔：开心吗？

安妮：（轻声说）开心，你能明白吗？我开始好害怕，一切都很陌生、奇怪。可之后一点儿问题都没有，大家都很善良，没人使坏。我觉得这一切都太美好了，真的，很有趣，非常有趣。我从未想过会是这样。真的就是这样吗？

阿克塞尔：是的，就是这样的。

她迅速地瞥了他一眼，欢乐中带着一丝谨慎的怀疑。

安妮：今天，我懂的。

阿克塞尔：在你身边真好。

安妮：您是不是觉得，我这样一股脑儿地把我的快乐抛向您不太好？

阿克塞尔：没有，没有。

安妮：您看起来一点儿都不高兴。

阿克塞尔：没什么。

安妮：您看起来特别伤心，我真是太不懂事了。

阿克塞尔：没有，没有，不是的。

安妮：是什么让您这么伤心？

阿克塞尔：要我告诉你吗？

安妮：说出来总会舒服些，这是一个心理学的事实。

阿克塞尔笑了，安妮也跟着笑了。

阿克塞尔：你有烟吗？

安妮：等着我。

安妮开始在书包里狂翻，终于拿出一盒被压扁了的香烟。他们默默地点上烟，安妮蜷缩在一张床上，阿克塞尔仰面躺在另一张床上。他看着天花板，拿着烟的手不时地在空中做着手势。

阿克塞尔：我很紧张，真神经。

安妮：您一定有原因。

阿克塞尔：一个奇怪的原因：我爱我的妻子。

安妮：（悄悄地）我懂。

阿克塞尔：我们结婚这么多年，大多数时候都没有问题，可以说是一点儿问题都没有。她很漂亮，我敢说她是你能想象得到的最漂亮的女人之一。

安妮：我在舞台上见过她。

阿克塞尔：我们就像两个通情达理的成年人一样生活在一起，你懂我的意思吗？

安妮：这听起来有点儿奇怪。

阿克塞尔：也是。我总是制造点小麻烦，时不时地说点谎话来美化我们的婚姻，但也不会有大碍，我们都是这么想的。

他沉默地笑了一下，那笑容很是怪异，像是毫无喜悦的肌肉抽动。

阿克塞尔：然后我们的小女儿死了，这之后我们就像两个毫无关联的陌生人，生活在同一屋檐下。

安妮：应该是相反才对啊。

阿克塞尔：你是这么认为的？（又笑了）

他起身坐在床上，掸掉烟灰，化过妆的脸看上去颇为阴沉。

阿克塞尔：后来她拿到一个基金会的奖金就离开我了，走的时候我们几乎都没有道别。对我们来说这是一种解脱，最后那段时间我们天天吵架，不能说是吵架——是放毒，我们相互折磨，毫不留情地伤害对方。

安妮：能这样对待自己爱的人吗？

阿克塞尔：一个月，我没收到她的任何消息，突然她写信给我，乞求我的原谅。

安妮：原谅？

阿克塞尔：对，原谅，她乞求我原谅她，说我们应该重新开始，互相帮助重新开始。

安妮：这不是很好？

阿克塞尔：我根本没有理会她。

安妮：为什么？

阿克塞尔：我认为这都是她在作乱。

安妮：但你说你爱她。

阿克塞尔：是的，我爱她。

安妮：（抱怨地）那我就不懂了。

阿克塞尔：我和女演员耐莉·布罗正在外地一起巡演，你认识她吧，一天晚上，我们住在北方小镇的一间小旅馆里。

耐莉和阿克塞尔走入酒店房间，他们穿着雨衣，脸上湿漉漉的。阿克塞尔点亮房间的顶灯，耐莉脱下雨衣和帽子，她面色苍白，身体感觉不舒服。

耐莉：噢，我的胃，又开始了。

她躺倒在床上，痛苦地蜷缩着，呻吟着。

阿克塞尔：冷静一下，不要那么歇斯底里。

耐莉：演出当中就开始了，我都不知道是怎样演完最后一幕的……

她大声呻吟着,阿克塞尔走到窗口,拉下窗帘。

阿克塞尔:这酒店怎么不供暖啊,冷得简直像座坟墓。

耐莉:你要是能受得了十分之一我的痛,我给你鼓掌。

阿克塞尔:你得怨自己,明明有胃病怎么还胡吃海塞。

耐莉:闭嘴。

阿克塞尔:好吧,就当我什么都没说。

耐莉:胃溃疡会死人的,你知道吗?

阿克塞尔:你不会死的。

耐莉:好冷啊,我快要冻僵了。

阿克塞尔从床上拿过一条毯子盖在耐莉身上,她一把就把毯子掀开,扔在地板上。

阿克塞尔:怎么了?

耐莉:这毯子闻起来真恶心。

阿克塞尔拿起毯子闻了闻。

阿克塞尔:还真是,好像有人把咸鱼罐头洒在上面了。

耐莉:我觉得我也发烧了。

阿克塞尔走过去,把手放在她的额头上,再摸了摸她的脉搏,他的语调镇静。

阿克塞尔:你的心跳平稳。

耐莉:你又不会把脉。

阿克塞尔:是的,可你没有发烧。

耐莉:怎么办啊,怎么办啊?一想到明天我们得坐那该死的汽车，有两百多公里的路要走，我就受不了，（哭着）受不了。

阿克塞尔：我和你说了，不要想那么多。

耐莉突然从床上跳起来，愤怒地打他，抓他的脸。他先是后退着自卫，但突然间朝她的脸打去，她摇晃地倒在床上，用双臂护着自己。

耐莉：该死的，我恨你。

阿克塞尔：你小心点，不然我会打得更重。

耐莉：流血了，我流鼻血了。

阿克塞尔：别忘了，你不是胃疼吗？

耐莉：（开始哭泣）我想死。

她低下头想要止住鼻血，几块染了血迹的纸巾落到地上。

阿克塞尔：耐莉，咱们睡吧。

耐莉：我睡不着。

阿克塞尔：给你一片我的安眠药。

耐莉：我不要。

阿克塞尔：别傻了。

耐莉：我的胃受不了你的安眠药。

阿克塞尔：睡着了胃就不疼了。

耐莉：我说了，不要。

阿克塞尔：别废话了，拿着。

耐莉：不要，不要，我说了（尖叫）不，不，不。

阿克塞尔：耐莉，我们别闹了。

耐莉：我就是不想要你那该死的安眠药，我不要，就是不要。

阿克塞尔：有时我想知道，我到底做了什么坏事，要和你拴在一起。

耐莉：你可爱的妻子呢？你为什么要离开她？不该怪你自己吗？

阿克塞尔：（怒不可遏地）离开的不是我。

耐莉：你该有自知之明，哪个女人能和一个不是真正的男人的家伙长久地生活在一起呢？

阿克塞尔：在你眼里，哪里有所谓真正的男人呢？

耐莉：当然有，就比如昨天。

阿克塞尔：你说什么？

耐莉：哦，怎么了，语气都变了。

阿克塞尔：昨天有什么？

耐莉：没什么，你嫉妒了？

阿克塞尔：你突然消失了五个多小时，你做什么去了？

耐莉：寻开心去了。

阿克塞尔：和谁？

耐莉：不告诉你。

阿克塞尔：你做了什么？

耐莉：你要动手吗？

阿克塞尔：你这么说只是为了折磨我。

耐莉：那我就告诉你。昨天我们到酒店时，我遇到了一个老熟人，一名工程师，长得一表人才。见到他让我很开心，我们一起去他住的酒店喝了一杯，我和你说我去逛街，你还记得吗？我们真的擦出了火花，我们一起进了他的房间，他脱了我的衣服，有点儿像是开玩笑。那一刻，我觉得自己像个小孩儿，只是在一旁傻笑。我可能真的渴望一个真正的男人，一个不是演员的男人。我和他一起度过了几个小时的时光，我们俩都像发疯一样，让彼此的身体得到莫大的享受，我从来没有体验过这样的感觉。我什么都不想，不想你，也不想这该死的巡演。我感觉他好像能要我的命。我都没有意识到，他让我，一次又一次地失去知觉……

她屏住呼吸沉默下来，神情紧张地看着阿克塞尔。他一动不动，用疯狂的眼神凝视着她。

阿克塞尔：你在撒谎。

耐莉：我撒谎吗？看看这里，这该是证据吧，还有耳朵后面的印痕，这是你给搞的吗？想起来了吗？你不舒服了？你爱我吗？真是不敢恭维。看着我，好好看着我，你要睡我吗？你有欲望吗？还是办不到？难道这一切都是我编造出的谎话来逗你玩吗？

阿克塞尔：你这个疯子，我只能一遍又一遍地告诉自己，你真是个疯子。

耐莉：我疯了吗？你搞过一个疯子吗？等你妻子回家，你可有好说的了，还是哭出来好吧。

她举起桌上的水瓶，用尽力朝他脸上扔去。他来不及下蹲或是用手遮挡，瓶子砸到他了。他惊愕地站了一会儿，然后一头倒在地板中央的玻璃碎片当中。

大约过了几刻钟——也可能是一个小时后，他被不断的电话铃声叫醒。他跪在地上起身，把头靠在床头，鞋子四周是碎玻璃。

阿克塞尔：是的，汉堡打来的？

他摇了摇头，努力清醒过来，一遍遍地用手抚摸着被水瓶砸出伤疤的太阳穴。长时间的沉默。

阿克塞尔：是我，是我，听不清楚，是艾尔莎吗？你怎么把电话打到这里了？你怎么知道我在这儿？听不到我跟你说什么吗？

他不出声坐在地上，电话听筒挂在耳边。

阿克塞尔：我不想……就这样吧。

他挂断电话，用手拍打着脸，手肘撑在桌子上，双手捂住脸，蒙住眼睛。

安妮毫不掩饰地看着演员，她把身体缩在床上，像是怕冷。阿克塞尔又点上一支烟。

阿克塞尔：艾尔莎打电话说她一整天都在想我，担心我，她还重复了信中的一些话，让我觉得很可笑，所以我就挂了电话。

安妮：可你说你……

阿克塞尔：就是这样开始的吧，先是对孤独的无尽恐惧，然后是空虚，回想我们在一起的那些年，每个细节、小事、语气、她的面孔，她的动作，她的微笑。我给她写信，她给我回信，我们就像一对刚刚陷入爱河的恋人相互写情书。今天，她回来了，我害怕面对她。

安妮：为什么？

阿克塞尔：我害怕我们终究还是会失败。

门突然被推开，一个人风风火火地闯进来，当他看到躺在床上的阿克塞尔和年轻姑娘时，脸上露出就像大人对被宠坏的小孩儿说话时的温和表情。

卡拉普：很抱歉打扰你们了，但事情很重要。

阿克塞尔：你态度这么好，肯定不会是好事。

卡拉普：摄影机出故障了。

阿克塞尔：不能换一部吗？

卡拉普：（平静地）换机器这一招，我们也想到了。

阿克塞尔：那不就好了。

卡拉普：但不幸的是……

阿克塞尔：瞧，我怎么说的。

卡拉普：今天拍的全都作废了。

阿克塞尔：怎么可能？

卡拉普：所以今晚可能要加班。

阿克塞尔：我不能加班。

卡拉普：阿克塞尔，你别跟我抱怨。

阿克塞尔：我妻子在外出差三个月，今天刚到家，我可不想误了她回家的第一个晚上。

卡拉普：十一点前一定会做完的。

阿克塞尔：是吗？多谢，可我还是不想待着。

卡拉普：理解，理解。

阿克塞尔：改明天加班吧。

卡拉普：那不行。

阿克塞尔：那你去想别的办法。

卡拉普：先别急着做决定，想想看。

他拍了拍阿克塞尔的手臂，微笑着鼓励道："你是好孩子，我也是一个好孩子，我们要友好相处，我本来可以强迫你的，你懂的，但我们不这么做。这个游戏我们一起玩，重要的是大家都开心，没有人丢面子。"

一辆出租车开进摄影棚外的院子，艾尔莎付钱下车，第一眼见到的是卡拉普，她露出快乐的表情。

卡拉普：天啊，是你啊，亲爱的艾尔莎，好久没见，你到底走了多久啊？

艾尔莎：你好，哈里，有三个月吧。

卡拉普：对呀，你拿到了基金会的奖学金，对吧？留下来吗，还是又要出去？

艾尔莎：再说吧，阿克塞尔在吗？

卡拉普：他在摄影棚，看到你来他一定很开心。

卡拉普风度翩翩地为艾尔莎拉开门，艾尔莎在摄影棚外停顿了一下。屋里传出警报声，艾尔莎转向卡拉普，用一双焦虑的眼睛看着他。

艾尔莎：我想单独见他，你可以告诉他我在更衣室等他吗？

卡拉普：（小声说）好的，你去吧，等这一幕拍完我马上告诉他。

导演：（声音从远处传来）请保持片场安静。

艾尔莎偷偷溜出门外，小跑着穿过走廊，上了楼。有人在叫她，但她没有转身，径直来到更衣室，随即关上门。她喘着气，站在门口。

摄影棚里安静下来，有颤动的白光和像眼睛一样的摄影机镜头。

导演：谢谢。

摄影师关机，满意地点头，结束的信号灯亮起，人们放松了。卡拉普走到阿克塞尔身边，像兄弟一样拉住他的手。

卡拉普：现在可以告诉你艾尔莎在这儿。

阿克塞尔：什么？

卡拉普：艾尔莎来了，在你的更衣室里等你，她让我等你拍完了告诉你。

阿克塞尔没有回答，看起来有些困惑地离开了卡拉普。

导演：他怎么了，上午不是蛮精神的？

卡拉普：艾尔莎回来了。

导演：不太妙吧。

卡拉普：你怎么知道？

导演：哦，他俩的事我之前听说过一些。

阿克塞尔快速穿过走廊来到化妆间,他打开门走进去。艾尔莎正对着梳妆台上的镜子梳头,她右手拿着梳子转过身来,露出不确定的微笑。阿克塞尔向前迈出一步想要拥抱妻子,但又停了下来。

艾尔莎的笑容突然变得放松了,她向他伸出手,她的声音柔和,几乎是在低语。

艾尔莎:来。

他向她迈出一步,两人猛烈地、无声地拥抱在一起,似乎在放弃自我的同时,试图爬进彼此的身体。演员阿克塞尔失去了理智和镇定,全身开始颤抖,继而转为干涩、无声的啜泣,直至将头埋在妻子的脖子上抽搐。他的哭泣没有眼泪,只有急促的喘息,他们像两个焊接在一起的人,紧紧地拥抱在一起。他无泪的哭声突然让她清醒和冷却下来,她维持着眼下不舒服的站姿,试图抚摸他的脖子和后背。过了一会儿,阿克塞尔平静下来,他退后几步,略显尴尬。

阿克塞尔:瞧我这是怎么了。

艾尔莎:阿克塞尔!别傻了。

她温柔的音调又回来了,向他伸手开始亲吻他的唇。他没有回应,将头转向一边。

艾尔莎笑了笑,退后一步,友好地看着他。

艾尔莎:你这妆容、发型和胡子都很好看。

阿克塞尔:抱歉,我没法儿恭维你,你为什么剪头发?

艾尔莎:你不喜欢?

阿克塞尔：不喜欢，你知道我喜欢你的长发。

艾尔莎：我就知道，我到巴黎的第一件事就是剪了头发。

阿克塞尔：你瘦了。

艾尔莎：你没瘦。

阿克塞尔：真的，我可能还胖了几斤。

他们安静下来，两人看起来都很紧张，不知道该说什么，不知接下来会发生什么。

阿克塞尔：你刚到？

艾尔莎：是的，我就回家换了一下衣服。

阿克塞尔：你受伤了？

艾尔莎：哦，没什么，谢谢你的玫瑰。

阿克塞尔：不客气。

两人再次安静下来。他们的目光相遇，彼此的对视中毫无怜悯和温情，曾经的反感、恐惧和痛苦重新涌现出来。灰色日光灯映照着化妆间雪白的墙壁。

艾尔莎：我们好愚蠢啊，无情地折磨彼此，为什么啊？

阿克塞尔：我们都太紧张，都想表现出自己最好的一面。

艾尔莎：来，坐下。

她将身子蜷到沙发上，示意他在自己身边坐下。她将脚上的高跟鞋踢开，右脚优雅地挑起一只鞋。

阿克塞尔：漂亮。

艾尔莎：你不喜欢吧？我在巴黎买的。

阿克塞尔：真的特别好看。

艾尔莎：我还买了一些其他东西，你可能会觉得我太浪费了，但有时候浪费是为了让人开心。

阿克塞尔：那边的好东西很多。

他们笑着看着对方，开始谨慎地、温柔地亲吻。

阿克塞尔：这次好一些。

艾尔莎：你看着很累。

阿克塞尔：我总是失眠。

艾尔莎：我回来了，都会好起来的。

阿克塞尔：希望如此。

艾尔莎：谢谢你的来信。

阿克塞尔：谢谢你。

艾尔莎：真正的情书。

阿克塞尔：我好想你。

艾尔莎：有吗？

阿克塞尔：你一点儿都不想我吗？

艾尔莎：我一直很害怕。

阿克塞尔：我明白。

艾尔莎：你觉得我们会好吗？

阿克塞尔：不知道，但我能肯定，孤独比任何事情都糟糕。

艾尔莎：那你是一个人吗？

阿克塞尔：什么意思？

艾尔莎：别傻了。

阿克塞尔：我有外遇吗？有，但只有一个，你呢？

艾尔莎：我也是。

阿克塞尔：这么巧。

艾尔莎：我没什么抱怨的。

阿克塞尔：要来聊聊细节吗？

艾尔莎：不，看在上帝的分上，不要。

阿克塞尔：来，告诉我，艾尔莎，你为什么想继续我们的婚姻？

艾尔莎：你真的想知道吗？

阿克塞尔：我不是在问你吗？

艾尔莎：你会笑我的。

阿克塞尔：不会。

艾尔莎：我现在相信上帝了。

阿克塞尔：噢，见鬼了！

艾尔莎：我这么说太蠢了吧。

阿克塞尔：不，不，对不起，我只是有点儿惊讶。

艾尔莎：我能理解。

阿克塞尔：你是天主教徒吗？现在兴这个。

艾尔莎：不是。

阿克塞尔：所以你就是信信而已。

艾尔莎：别那么嘲讽。

阿克塞尔：我不是嘲讽，我是受伤了。这么说你回家不是为了我，而是受了什么上帝的启迪？听起来不错，但我没那个兴致。你回家是为了对我说教吗？让我皈依吗？你打算在我们家开展传教工作吗？

艾尔莎：阿克塞尔，你在犯傻。

阿克塞尔：是的。

艾尔莎：我可不想改变你的信仰。

阿克塞尔：不想吗？

艾尔莎：但我的恐惧得到了疏解。

阿克塞尔：什么恐惧？

艾尔莎：你没有意识到生命正从我们身边溜走，最终没有任何重要的东西留得下来，面对自我和周遭世界，只有越来越强烈的厌恶，突然间，只有两条路可走。

阿克塞尔：我可以问问是哪两条路吗？

艾尔莎：自杀或是上帝。

阿克塞尔：耸人听闻。

艾尔莎：就是耸人听闻。

阿克塞尔：普通人可以不信上帝，也不会自杀。

艾尔莎：你了解多少"普通人"？

阿克塞尔：不少啊，我是一名演员。

艾尔莎欲言又止，默默地、久久地凝视着他。她的眼神变得悲伤深邃，她摇了摇头。

艾尔莎：我那么渴望和你谈这事。

阿克塞尔：艾尔莎，你白费工夫。

艾尔莎：我真傻！

阿克塞尔：为什么？我尊重你的感受，如果上帝能帮你过上更体面的生活，岂不更好，但我已经放弃了。

艾尔莎：可怜的阿克塞尔。

阿克塞尔：你不用怜悯我，有生就有死，这两头当中充满了挫折，和偶尔一丁点儿的亮光。我觉得，把自己想成是随机凑在一起的一堆细胞，在短时间内执行一些机械运动，倒让我心宽一些。

艾尔莎：你这么咄咄逼人，那肯定是你在乎这些事。

阿克塞尔：我说出来当然是因为这事和我有关系。

艾尔莎：你可真是一个可笑的令人信服的演员。

阿克塞尔：这就是我们的区别，因为我的表演是真实的，因此也是令人信服的；而你的演技是业余的，也就没有可信的地方。

艾尔莎：所以你觉得我是在演戏。

阿克塞尔：对，一定程度上是的。你其实根本不想回来继续我们的失败婚姻，你根本不想再见到我，因为在你不恨我的时候，就是在厌恶我。你想有自己的活法，找个情人满足你的特殊要求。你的事业不想受到打扰，你不希望有我，我最好从来没有存在过，你内心深处在庆幸我们的孩子没有了，因为你和我一样，都是无耻的自私鬼。

艾尔莎：住口，阿克塞尔！

阿克塞尔：不，你的演技太差了，来这里给我讲什么自杀、上帝、重新开始，告诉你，你的谎言只能骗你自己，别想来欺骗我。

艾尔莎：（困惑地）可你渴望我。

阿克塞尔：那有什么奇怪的？我和耐莉有一腿，我们俩彼此都明白，你和我在床上很和谐，哪怕我们多么讨厌彼此。我不想再在女人面前装了，可对我这个年龄和职业的人来说，这真不容易，我所渴望的就这么简单。

两人安静下来，带着悲伤和怨恨的眼神看着对方，艾尔莎的眼里含着泪水。

艾尔莎：你把一切都撕碎了。

阿克塞尔：是的，感谢上帝。

艾尔莎：这样很好，不是吗？

阿克塞尔死死地盯着她，悲伤令他眼球突出，双唇紧闭，如一道白色的伤疤。突然间他身体前倾跪倒在地，额头撞到艾尔莎的胸部。他一动不动地跪在那里，艾尔莎先是伸手抚摸他的脖子、耳朵，但她马上又停了下来，手像被重物压垮了一样沉下去。

他们就这样保持着沉默和静止，彼此靠近，又无限遥远。走廊里传来说话声和脚步声，有人重重地敲门。阿克塞尔还没来得及站起来，卡拉普已经打开了门。

卡拉普：抱歉，抱歉，打扰了。

阿克塞尔慢慢地站起来，他的眼睛四周有深深的印痕，艾尔莎的裙子上留下了一片他的妆痕。他看着妻子，笑了笑，想要说什么，又沉默了。

艾尔莎：我回家了。

阿克塞尔：卡拉普说我今晚十一点前会收工。

卡拉普：对，肯定不会更晚。

卡拉普笑嘻嘻的，像是说了什么好玩儿的笑话，他用充满爱意的目光看着演员阿克塞尔·安德森。阿克塞尔和喜剧演员格蕾塔一起走进摄影棚，他们都穿着晚礼服，脸上化着漂亮的妆。安妮朝边上挪了几步，恰好赶上阿克塞尔转过头看她。他的眼神迷茫、空洞，瞳孔大得像一个黑洞。安妮笑了笑，又挪出几步，避开摄影棚里的灯光。在她身后站着手提化妆箱的化妆师佩尔森，他的助手，一个丰满的中年女人正摆弄着他的化妆箱。

助手：阿克塞尔看上去太糟糕了。

佩尔森：我给他冲了两杯巨浓的咖啡，还给了他一袋药，可怜的家伙，他生病了。

助手：胃病？还是感冒了？

佩尔森：他的灵魂受伤了，如果你真想知道。

助手：灵魂？

佩尔森：对，灵魂，不过你不知道那是什么。

佩尔森推开安妮，走向摄影棚中心搭建的片场。阿克塞尔和喜剧演员开门进来，他们身上挂着五彩纸屑，阿克塞尔把手里的彩色纸条朝上扔去，他和格蕾塔都笑得很开心。

卡拉普出现在安妮身边。

卡拉普：我听说霍尔斯特对你很满意，我也很高兴。你来这里看阿克塞尔拍戏,有道理。阿克塞尔·安德森可是技艺精湛,格蕾塔是最棒的喜剧演员,这场戏一定精彩。

安妮:看着就很棒。

卡拉普:可不是吗,如果把戏的背景再考虑进去,那更出彩。不过单是这样看也很棒啦。

场外开始吹哨:"肃静,预备!"

霍尔斯特呼叫摄像机,场记出来打板,导演说"开始"。格蕾塔开始大笑,紧接着是阿克塞尔的笑声,两人摇摇晃晃从门里出来。阿克塞尔向格蕾塔扔了一条彩带,格蕾塔向阿克塞尔回敬了一条,两人笑得前仰后合。

阿克塞尔:我说那个彼得可太好玩儿了,我问他老婆去哪儿了,他回答说我应该更清楚。

格蕾塔:可怜的彼得,他也太老实了。

阿克塞尔:喝点什么?香槟、威士忌、雪利酒、波特酒、鸡尾酒……

一阵沉默后,霍尔斯特叫停,场记冲向阿克塞尔。阿克塞尔向导演道歉,霍尔斯特要求重拍。肃静的信号再次发出,格蕾塔和阿克塞尔返回原位。

卡拉普:(对安妮)阿克塞尔出错了,这可真罕见,他总是绝对准确的。

霍尔斯特呼叫摄像机,场记打板。格蕾塔开始大笑,紧接着是阿克塞尔的笑声,两人摇摇晃晃从门里出来。阿克塞尔向格蕾塔扔了一条彩带,格蕾塔向阿克塞尔回敬了一条,两人笑得前仰后合。

阿克塞尔：我说那个彼得可太好玩儿了，我问他老婆去哪儿了，他回答说我应该更清楚。

格蕾塔：可怜的彼得，他也太老实了。

阿克塞尔：喝点什么？香槟、威士忌、雪利酒、波特酒……

片场再次沉默，霍尔斯特叫停拍摄，在阿克塞尔的肩上拍了一下。

阿克塞尔：（咆哮着）香槟、威士忌、雪利酒、波特酒、鸡尾酒、烧酒、啤酒还是燕麦粥，瞧，我会。

霍尔斯特：再来一次！

肃静的信号再次亮起，霍尔斯特呼叫摄像机，场记打板。格蕾塔和阿克塞尔大笑着从门里出来，相互扔着彩带。

阿克塞尔：我说那个彼得可太好玩儿了，我问他老婆去哪儿了，他回答说我应该更清楚。

格蕾塔：可怜的彼得，他也太老实了。

阿克塞尔：喝点什么？香槟……

一切都静止了，霍尔斯特好心地叫停，佩尔森过去给阿克塞尔擦去额头的冷汗，格蕾塔拍了拍他的胳膊，说了些什么。

霍尔斯特：别紧张，阿克塞尔。

阿克塞尔：我不紧张。

霍尔斯特：好呀，没问题，我们有一整天的时间，不急。准备，（咆哮着）肃静！

肃静的信号灯转起来,导演指挥着摄像机,接着是场记干巴巴的打板声,霍尔斯特说"开始"。

安妮朝卡拉普投去焦虑的一瞥,原本满怀期待的脸现在面无表情。

格蕾塔和阿克塞尔大笑着从门里出来,相互扔着彩带。

阿克塞尔:我说那个彼得可太好玩儿了,我问他老婆去哪儿了,他回答说我应该知道那事。

霍尔斯特:停!

阿克塞尔:老天,我刚才说的什么?

霍尔斯特:你说"知道那事"。

阿克塞尔:嗯,糟糕。格蕾塔,你摸摸我心脏。

格蕾塔:天啊,好吓人。

阿克塞尔:拜托,霍尔斯特,我们都冷静一下吧。

霍尔斯特:还是继续吧。

肃静的信号灯再次亮起。卡拉普换了一下站立的姿势。阿克塞尔站在门后,双手掩面,格蕾塔拍了拍他的脸颊。

霍尔斯特指挥摄像机,场记打板。霍尔斯特用绝对平静,不带任何情感的声音说:"开始。"

阿克塞尔和格蕾塔大笑着从门里出来,相互扔彩带,开怀大笑。阿克塞尔亮出一根食指。

阿克塞尔:我说那个彼得可太好玩儿了,我问他老婆去哪儿了,他回答说我应该知道,了解那事。

格蕾塔：可怜的彼得，他也太老实了。

阿克塞尔：喝点什么？香槟，威士忌，雪利酒，鸡尾酒……烧酒，我不知道该说什么了，让我抽根烟吧，霍尔斯特，求你了。

摄像机停下来，霍尔斯特想了一会儿，点了点头。摄影师喊关灯，大家都在原地坐下。摄影棚被黄灰色的暮色笼罩着。

阿克塞尔瘫倒在一张沙发中，颤抖着手拿出一支香烟，半天点不着。安妮走近几步，但不敢凑上去。

卡拉普：瞧我，在这儿站着都忘记时间了。斯文森小姐，很高兴看到你试镜，我先走了，再见。

安妮：再见。

卡拉普消失了。

安妮茫然地看着坐在沙发里的演员阿克塞尔，他的手在颤抖，脖子和肩膀上还挂着彩纸。

霍尔斯特慢慢地绕着阿克塞尔转圈，圈子越转越窄，突然，他坐了下来，拍了拍阿克塞尔的后背。

霍尔斯特：我说，你到底怎么样啊？

阿克塞尔：我挺好啊。

霍尔斯特：出什么事了吗？

（阿克塞尔没有回答）

霍尔斯特：我听说你太太回来了。

（阿克塞尔看着他）

霍尔斯特：你看着我的眼神像一只受伤的梅花鹿。

（阿克塞尔闭上眼睛）

霍尔斯特：无论发生什么，你要相信自己都会挺过去的。

阿克塞尔：但总是有个极限。

霍尔斯特：你是说一个无法忍受的极限，胡说。

阿克塞尔：你可以选择走开。

霍尔斯特：自杀是少数人的解决方案，我们其他人大都在苦难中忍着。所以你和你太太表演了一场？

阿克塞尔：别折磨我了，求你了，让我清静一下。

霍尔斯特：你要歇斯底里地发作吗？

（阿克塞尔把手从脸上移开）

霍尔斯特：不，我的伙计，你不会歇斯底里地崩溃，也不会自杀。

阿克塞尔：你自以为什么都知道，但有种痛苦是你从来没有体验过的。

霍尔斯特：这我相信，但是，你所经历的痛苦对我来说再熟悉不过了。

阿克塞尔：真的吗？

霍尔斯特：对空虚的恐惧，对温柔的渴望，自我伤害。

阿克塞尔：（冷冷地）要不是因为我太喜欢你了，我会真同情你的。

霍尔斯特：咱们把这场戏拍完吧。

阿克塞尔看着导演，开始哈哈大笑，突然，他向前倾身，拍了拍导演的脸颊。

阿克塞尔：无论你多努力，你永远都说不到点子上。

霍尔斯特：（笑着）你现在肯定感觉好多了。

两人笑着起身，回到摄影棚。此刻，黄灰色的暮色变成刺眼的亮光。

在一旁听着两人对话的安妮此刻一动不动地站在原地。

肃静的信号灯响起，场记打板，霍尔斯特喊"开始"，演员们的笑声，刻板的台词。安妮听不清楚，时间漫长地度过，直到霍尔斯特喊"谢谢"，简短的信号，戏拍完了。

突然，阿克塞尔出现在她身边。他已经脱下了燕尾服，身上的衬衫被汗水浸透了。他的脸因紧张而颤抖，眼神空洞。

阿克塞尔：哦，你站在这里看着啊，可笑的一幕，不是吗？你该听烦了我说话吧。你有烟吗？

安妮从包里翻出一盒烟，递给阿克塞尔，帮他点上一支，他的手在打战。

阿克塞尔：你真好，谢谢你，回头我连本带息还你。再见了，小姐。

他用演员特有的轻快步伐走开。安妮听着周围嘈杂的声音，灯光熄灭了，工匠又开始忙碌地工作了。

阿克塞尔·安德森回到更衣室，他站在屋里看了一会儿窗外，打了个哈欠，身体像一条被拍上岸的鱼一样扭动着。他脱掉燕尾服，把湿漉漉的衬衫从身上扯下去，换上一件浴袍。他躺在沙发上，拉了一条毯子盖在身上。

阿克塞尔：（自言自语）喝点什么，香槟、威士忌、雪利酒、鸡尾酒……我又开小差了。

这时,他感到自己在经历一个完全真实的情境或是进入了梦境。

他梦见自己在更衣室里,一切都像在睡梦中一样。

有人在轻轻敲门。

阿克塞尔:进来。

艾尔莎打开门走进来。

艾尔莎:打搅你了吗?

阿克塞尔:一点儿没有。

艾尔莎:我想来告诉你一件事。你能把灯打开吗?这样我们可以互相看见。

椅子上放着一盏旧的阅读灯,他伸手把灯点亮。艾尔莎走过来,坐在沙发床边。

阿克塞尔:你想要什么?

艾尔莎:我想让我们做朋友。

她微笑着直视他的眼睛,他坐起身,拉起她的手。

阿克塞尔:真的吗?

艾尔莎:这是我们俩一直都恐惧的重逢,所以搞得一团糟。

阿克塞尔:真是这样吗?

艾尔莎:我们必须学会相互原谅。

阿克塞尔:我没什么要原谅你的。

艾尔莎:好吧,好吧,我伤害你太多。

阿克塞尔:艾尔莎,我是爱你的。

艾尔莎：我也爱你，你明白的。

阿克塞尔：所有这一切都像是一场噩梦。

艾尔莎：是啊，一场梦，现在梦结束了。

他向她靠近，两人用最强烈的激情亲吻起来。

阿克塞尔：这一切是多么可悲啊，我们一直在愚蠢地撒谎、欺骗，我们……

艾尔莎：是的，一场假戏。

他们抚摸着彼此，艾尔莎眼里噙着泪水，她把目光移开，脸转到背光处。

阿克塞尔：你伤心了？

艾尔莎：不，不，我是高兴，我们终于能够对话，一切都改变了，亲爱的。

她身体前倾，他将她拉入怀中，两人再次接吻。他伸出手关掉台灯，在黑暗中他感受到她的呼吸，听得到她的心跳。

阿克塞尔：我能听到你的心跳声，我是多么渴望和你在一起，在你怀中入睡。

艾尔莎：我也一直在渴望……渴望……

一阵猛烈的开门声将他惊醒，屋里光线昏暗，勾勒出门口的人影。

阿克塞尔：是谁？

艾尔莎：是我，艾尔莎。

阿克塞尔：好可怕，刚刚正梦到你。

艾尔莎：是吗？

阿克塞尔：你来干什么？真的好奇怪，我正梦到你。

艾尔莎：我是来跟你道别的。

阿克塞尔：你什么意思？

艾尔莎：我要乘夜班火车去哥本哈根了。

阿克塞尔：这不可能。

艾尔莎：我本来想不辞而别的，然后写了一封长信，向你解释，最后，我把信撕了，来这里见你。我要坐的火车一小时后出发。

阿克塞尔：这太过分了。

艾尔莎：阿克塞尔，你能冷静些吗？我们能像两个成年人一样谈话吗？哪怕就这一次。

阿克塞尔：你要走，去哪里？

艾尔莎：我今后几个月都有安排。

阿克塞尔：你没告诉过我。

艾尔莎：我没打算告诉你。

阿克塞尔：就这么突然。

艾尔莎：是的。

阿克塞尔：你还回来吗？

艾尔莎：不回来了。

阿克塞尔：永远？

（艾尔莎摇头）

阿克塞尔：你不许离开我。

艾尔莎：我必须。

阿克塞尔：为什么？

艾尔莎：为了能活下去。

阿克塞尔：没有你我活不下去。

艾尔莎：你听听你自己有多夸张。

阿克塞尔：你不能再一次离开我。

艾尔莎：你我之间的一切早已死去，不妨睁开眼面对现实吧。

阿克塞尔：可是你回来了。

艾尔莎：是的。

艾尔莎原本平静的声音开始颤抖,她转过头,使劲咬着嘴唇,努力不让自己哭出来。

阿克塞尔：你不能离开我。

艾尔莎：离开你越久,你在我意识中就被改变得越多。

阿克塞尔：我能帮上忙吗？

艾尔莎：不能。

阿克塞尔：说出来你可能不信,可我真的知道自己成了一个什么样的家伙。

艾尔莎：不仅如此。

阿克塞尔：人要有怜悯之心。

艾尔莎：如果你真的改变了。

阿克塞尔：别难为情了。

艾尔莎：每次我向你吐露真情,我才意识到自己是多么虚伪。

阿克塞尔：你终于承认了！你是真相的囚徒,艾尔莎,承认吧!

艾尔莎:(快速地)那就和盘托出吧:我害怕变老,害怕一无所有,害怕被你困在这段无始无终又毫无意义的关系中。我不能,也不想和你在一起了,因为有太多的回忆,关于过去的,关于未来的。还记得我们共同的梦想吗?未来的规划?如此美丽但又愚蠢之至。每次我回家时都在想:一切都会改变,就在现在,就在眼前,一切终于要发生了。然而就在见到你说出两句话后,我就知道一切如旧,从来没有改变过,也永远不可能……看看我们吧,你和我,伸出互助的双手,到头来却是相杀相斗。因为我们无法走出自己的圈子,无法给予对方,因为我们做不到。阿克塞尔,我们早已死去,我们无能为力。你有没有想过,我们一直在拒绝生活,生活已经从我们身边溜走了。我们抗拒痛苦,竭力自保,以至于刀枪不入。我祈求上帝给我们一个新生的机会,这愿望让我感到幸福,我好像有了安全感,找到了人生的使命。于是我回家,见到你,我都忘记了你的模样,我把你想象成那个与众不同的、我爱的人。然而,当你抱着我痛哭的时候,我脑子里只有两个念头:你那一身臭汗,你在逢场作戏。我不是在揭露你的假戏,而是因为你根本就没有其他本领。我恨透你了,恨不得揍你。我满心希望,满怀温柔,现在都哪里去了?

阿克塞尔:(突然地)我感到身体都被你震撼了。

艾尔莎:这就是你要说的话?

阿克塞尔:亲爱的艾尔莎,当你在和上帝排练的时候,你不也同时忙着和一个人间情人打交道吗？

艾尔莎：算了，我们无法交流。

阿克塞尔：算了。

艾尔莎：我现在就走。

阿克塞尔：也好，一切都结束了。不再渴望，不要忧虑，所有的痛苦全都终结。

艾尔莎：再见了，阿克塞尔。

他没有回答，又回到沙发上躺下来，双手枕在头下，抬头望着天花板，眼里闪着光，艾尔莎还站在门口。

艾尔莎：（低声说）再见。

阿克塞尔：如果我祈求你留下，试着暂时忽略我在演戏，艾尔莎！试着接受我的本来面目，试着理解我的真心。

艾尔莎：我要走了。

阿克塞尔：再等一会儿，不能坐下吗？求你了，请坐在那边的椅子上，艾尔莎，求你再听我一次。

她在屋角的藤圈椅上坐下，屋子里安静了下来。过了半晌。

艾尔莎：好吧，你有什么要说的？

阿克塞尔：如果我全力改正，如果你看得到我真实的改变，你能留下吗？

（艾尔莎没有回应）

阿克塞尔：人生需要忍耐，每一天都有不同的痛苦，每一刻都要提防着被伤害，可当一天结束，人还是要回家睡觉。如果在黑暗中伸出手，能够握住另一只手，那你就不是孤单的。

艾尔莎,你听到我在说什么吗?

艾尔莎:我听到你在说什么了。

阿克塞尔:我没有更多要求。

艾尔莎:没有人帮助你,我不想成为那个握住你手的人。

阿克塞尔:你能受得了孤独吗?

艾尔莎:我不知道。

阿克塞尔:难道不能把我们俩的孤独合在一起,看看会成为什么吗?难道就不能给我们彼此一个机会吗?

艾尔莎:你还有什么要说的吗?

阿克塞尔:你为什么如此冷酷?

艾尔莎:我必须这样,因为我知道你在演戏,而且演得很好。

阿克塞尔:如果像你说的我是在演戏,那一定有什么在驱使我表演。

艾尔莎:是吗?会是什么呢?

阿克塞尔:我不要和你分开。

艾尔莎:如果我答应你呢?

阿克塞尔:那一切都会改变。

艾尔莎:我不信。

阿克塞尔:为什么?

艾尔莎:因为你没有能力改变你自己。

阿克塞尔:你怎么知道?

艾尔莎:你全身上下没有一处能够改变的,你在自己的赛道上越跑越窄。

阿克塞尔：你就不能帮我吗？

艾尔莎：不能，我得为我自己着想。

阿克塞尔：如果你能帮我，也是在帮你自己。

艾尔莎：你会把死亡传染给我。

原本已经坐起来的阿克塞尔再次躺下去，眼泪夺眶而出，但他全然不理会。

艾尔莎站了起来。

阿克塞尔：那么我们现在就离婚吗？

艾尔莎：头一两天会痛苦的，然后就感觉轻松了，你甚至会发现自己在偷着乐。没有什么痛苦是无限的，突然间，一切都变得好遥远，像是另外一种存在。

阿克塞尔：对于我不是。

艾尔莎：对于你尤其是，阿克塞尔。

阿克塞尔：你这么肯定？

艾尔莎：对，因为我和你一样。

她伤心地笑了笑，突然走开了。阿克塞尔坐起来正想大喊，但又止住了，伸出去的手悬在空中。

卡拉普在找道具，他转到一边消失了一会儿，又转身出来，安妮有点儿吃惊地看着他，和他打招呼。

卡拉普：你还在啊，小姑娘。多看多学，很好。对了，你要不要看你的试片?

安妮:哇!可以看吗?

卡拉普:当然当然,我们这里向来不偷懒,来吧,不要害怕。

安妮:卡拉普先生看过了吗?

卡拉普:瞧,你好奇了吧,我看过,霍尔斯特导演和其他重要人物也都看过。

安妮:怎么样呢?他们怎么说?

卡拉普:哎呀,我的小姑娘,别这么急。

他用轻松且坚定的步伐一路小跑,跑在安妮前面,他愉快地同安妮说着话。他们来到影棚里的电影院,更确切地说,这是一个用纸箱围起来挂着银幕的角落,里面放着五把椅子。卡拉普给放映室打电话。

卡拉普:是我,卡拉普,麻烦你再放一下我们刚才看过的试片,非常感谢。

他挂断电话,点了一支烟。

安妮:就不能告诉我吗?

卡拉普:等一下,小姐。

安妮:嗯,可我真等不了了。

四周暗下来,银幕上闪过几个数字,之后,画面上出现了安妮,她手里拿着电话听筒。安妮面带惊恐地盯着银幕上的那个自己。

安妮:(银幕上)喂,喂,是你吗?哈哈哈(空洞的笑声)。

好开心听到你的声音，你还爱我吗？哈哈哈，真的吗？真好，你还爱我，亲亲。（开心地）晚上在家吗？我们去看电影吧，看一部绝对严肃的电影。哈哈哈哈！（再次发出像小学生一样的笑声）我爸不让我和你在一起，但我都十九岁了。亲亲，（开心地）我爱你，约克，你知道吗，我愿意跟你到天涯海角。今晚我爸走之后，你来我家，我们可以像结婚一样来真的。亲爱的，我爱你，七点钟？

片子结束了。

灯亮起。

安妮不吭声，头埋得很低，卡拉普抽着烟。

卡拉普：你觉得怎样呢？

安妮：太糟糕了。

卡拉普突然友好地笑了笑，倾身拍了拍安妮的肩膀。

卡拉普：说老实话，这个角色相当难，你从来没有在摄像机前站过，毫无经验，你也没有天生的喜剧气质，但我相信你是有才气的，我们都这么想。

安妮：所以我落选了。

卡拉普：要知道试片可是相当费钱的，正因为我们相信你，所以才让你试片。看来我们没有看错，真的没有，至少我们看到了你的潜力。你千万不要乱想，霍尔斯特有他的想法。

安妮：他对我那么满意？

卡拉普：他很会鼓励人，小姑娘，这可是有区别的。霍尔斯特觉得应该找个更有喜剧天赋的女孩儿。

安妮：我理解。

卡拉普：不要太难过，不值得，再说以后还有机会。

安妮：我怎么会那么差？

卡拉普：不，不，不！

这时电话响了，卡拉普去接电话，用友好耐心的语气讲话。他已经把安妮忘在一边了。

安妮坐了一会儿，然后安静地站起来，走过摄影棚里的玻璃门，来到院子。黄昏下的街灯已经亮起来了，停车场上停着一辆出租车，发动机开着。一串急促的钟声响起，像是喘不过气来。摄影棚的大门打开，艾尔莎走出来，迅速走到出租车旁，低声说了一个地址。艾尔莎正要上车，看到了站在那里发呆的安妮。

艾尔莎：你想和我一起进城吗？

安妮：可以吗？谢谢。

安妮上车，坐在艾尔莎旁边。汽车朝电影厂大门开去。

两个女人安静地坐在后座。

突然，艾尔莎哭起来，紧张感、挫败感、被抛弃的悲伤一股脑儿涌上心头，她无法抑制情绪，大声痛哭起来。

安妮惊讶又不解地看着她。

化妆间黑着灯，阿克塞尔·安德森躺在黑暗中，手捂在脸上，像是在寻求庇护。佩尔森没有敲门就把头伸了进来。

佩尔森：很抱歉打扰你了，可我们需要给你今晚的戏化妆了。其实我都等了很久了，我给你来一杯浓咖啡，绝对让你清醒。

阿克塞尔没有抱怨，起身站在房间中，佩尔森从门口消失了，可以听到他在隔壁化妆间说话。化妆台镜子上方和四周的灯光很亮，阿克塞尔在化妆桌前坐下，沉着脸，表情严肃。佩尔森在他身后静静地忙碌着，咖啡杯端过来，里面的咖啡黑得几乎发绿。耐莉过来，趴在阿克塞尔的肩上，吻了一下他的耳朵。

耐莉：嘿，我的小猪，咱们上午演得真不错，现在还得再来一次。

阿克塞尔：上午是排练。

耐莉：说到排练，你见了艾尔莎吗？

阿克塞尔：见了。

耐莉：都很好？

阿克塞尔：是的，都很好。

耐莉：我为你们开心。

耐莉透过镜子看他，在他身边的化妆椅上坐下，发型师在她身后忙碌起来，佩尔森带着剪刀，开始耐心地给阿克塞尔贴假胡子。

出租车停在中心火车站外，艾尔莎仍然坐着，双手捂着脸。司机和安妮竭力装出无所谓的样子，谁都没有说话。最后，安妮把手放在艾尔莎的手上。

安妮：我们到火车站了。

艾尔莎：知道，对不起。

安妮：谢谢你让我搭车。

艾尔莎：不必客气。

安妮：再见了。

艾尔莎：再见。

安妮下车，朝着她的方向走去。艾尔莎拿着手提箱，消失在人群中。

阿克塞尔·安德森化了妆，他从椅子上站起来，默默地向佩尔森点头，走进更衣室。佩尔森看护着他。

佩尔森：这家伙好像随时都会自杀似的。

耐莉：别紧张，晚上我去他家，不会让他轻易逃脱的。

她露出一个令人无奈的笑脸，冲着镜子龇了龇牙，查看有没有沾上唇膏。她停了一会儿，从化妆台前站起身，朝佩尔森点了点头后离开。佩尔森又往阿克塞尔的杯子里倒了些超浓的咖啡，在牙齿间含了一块方糖，举杯大口地将咖啡喝下去。

摄影棚里，一切都恢复了正常。灯光亮起，摄像机的长臂在摇，麦克风悄悄地靠近阿克塞尔的脸。导演手中拿着一杯牛奶和一块硬面包，在向卡拉普和他自己解释着什么。

耐莉已经准备好，她伸出手，摸了摸阿克塞尔的脸颊。阿克塞尔转过头，嘴角上翘。

导演：安静了，安静。

（摄影棚里响起铃声）

导演：预备!

（铃声还在响）

导演：摄影机。

（场记上来打板）

场记：影片第五幕，第五十五场，镜头二百三十到二百三十八，重拍，第一次。

（打板声音）

导演：开拍。

与瑞贝卡的六十四分钟

1969年

这是伯格曼为20世纪60年代流行的"系列电影"创作的剧本。该项目原本召集了费里尼、黑泽明和伯格曼,由三人各写一部剧本,但因费里尼和黑泽明均未完成剧本,项目夭折。伯格曼完成的剧本一直保存在他的工作笔记中,从未发表和排演过,直至瑞典著名导演苏珊·奥斯滕(Suzanne Osten)将剧本改编为广播剧,2016年11月6日在瑞典国家电台全球首播。

1. 婚姻对话

在一个类似希尔顿酒店的房间里，大卫和他的妻子瑞贝卡裸体躺在大床上。冬日下午的光线透进房间，远处传来城里教堂的钟声。

瑞贝卡：把手给我，放在我胸口，我感觉好慌，一早就这样。可能和我怀孕有关吧，你说是吗？我在一本书里读到过，尤其是怀孕三四个月时会这样。我不想和你再分开了，总是这样的见少离多，虽说是够浪漫的。你听我说，那天我醒得特别早，房间里和大街上全都很安静。我起身，脚踩在地板上，感觉有点儿冷，对，冰冷的地板。天刚蒙蒙亮，四周都笼罩在模糊的微光中，就在这时，我有了一种感受，该怎么形容呢，那一刻我感受到了某种对我来说非常重要的东西。你不懂？当然，我称它是感受，其实也很牵强。我伸出手，我能感受到桌子和我的睡袍，我能感受到桌子的坚硬，睡袍的柔软，还有地板的冰冷。屋里很暗，几乎看不清楚什么。我怎么说才能让你明白我呢？我听到自己用平静的声音说：我在外面，我被关进去了。

没有人把我关进去啊，这不重要。等等，什么都别说，不然我又乱了，没有空气了，感觉一切都在变小，变弱，越来越远，你说这都是因为怀孕吗？想想那个可怜的小孩儿在肚子里变弱，太诡异了。我在给你说的时候，就已经觉得这太不真实了，好像是发生在别人身上的事，可又那么让人印象深刻，就像是我在哪里读到的故事一样。你不高兴了吧，我说了这么多，你是不是紧张了？你明天几点走？你饿不饿？要不要我来点餐？明天我开车送你去机场，等你到了伦敦，晚上我们打电话。

2. 一堂课

听力受损儿童研究所，一间十六平方米的教室，四面的白墙上没有任何装饰，简单的家具，墙上的窗向外面开，窗外是深色的植物。太阳光很亮，瑞贝卡老师正在给十四岁的安娜辅导发声。安娜的态度傲慢挑衅，她在用口红画嘴，照镜子，梳头发，手上玩着一个可乐瓶子。瑞贝卡像往常一样耐心地劝女孩儿合作，但未果。安娜开始故意表演，把手伸向衬衣里面发育明显的乳房……

安娜：疼。

瑞贝卡：那就住手，别再玩这种愚蠢的游戏了。（缓慢地，清晰地）住手！

安娜：听不懂。

瑞贝卡：住手！别犯傻了。而且，你听得清清楚楚。

安娜：好爽，可又有点儿疼。

瑞贝卡：我们好好上课，好吗？

安娜：没劲。

安娜把可乐倒在桌上，瓶子掉到地上摔碎了。安娜惊讶地看着老师，老师回敬她一个微笑。

瑞贝卡：现在来把桌子上的可乐擦干净，把地上的玻璃碴儿收拾起来，用那边的报纸。

安娜：我们看电视吧。

瑞贝卡：我们才不看电视呢，你先把桌子和地板收拾干净，然后我们继续上课。

安娜被激怒了，她立刻坐下，两条结实的大腿使劲向外岔。她咬着小手指的指甲，盯着老师看。瑞贝卡弯下腰，拾起碎玻璃瓶扔进垃圾桶，她撕了一张报纸擦地板和桌子。安娜用脚尖晃着一只鞋，之后把鞋踹掉，她开始用一种间断的、缓慢的、机械性的尖声说话。

安娜：有股味道，我能闻到，我经历过，你不信吗？那味道，我能闻得到。你不喜欢我，你不能不喜欢我，我是残疾人，不健全。爽，你以为我不懂爽的感觉？我懂得爽。

瑞贝卡任她表演，不再理会。她拿起一本书假装读起来。

安娜：你聋了吗？（讪笑着）
瑞贝卡：我等你想明白了，我有的是时间。

安娜不怀好意地沉默了。她冲过去，夺过瑞贝卡手中的书，撕下几页，扔出去。她大笑起来，手捂在嘴上，笑声越来越大，最后发出奇怪的声音。安娜停下来，看着瑞贝卡。她将双手举过肩，抱住脖子。她抬头看钟表，离下课的时间还早。

瑞贝卡：我们再来试一次吧，就一小会儿。

此时安娜做出一个令人惊愕的举动，她噘起嘴，用涂着口红的潮湿的嘴唇发出亲吻的声音。她深蹲下来，一只手放在衬衣里面挤压着乳房，另一只手伸进自己厚实蓬乱的头发里。安娜眯着眼看着瑞贝卡，不时地发出湿漉漉的亲吻声，声音越来越密。瑞贝卡看着她，烦躁和愤怒不断升级。瑞贝卡起身准备夺门而出，安娜挑衅地跟过去，瑞贝卡转过身，奋力朝安娜的脸上扇了一个耳光。

3.耶德·绍波教授

一个大房间,家具简单高级。耶德·绍波教授坐在桌后,抽着烟。教授是一名中年妇女,保养得当,灰白头发,戴着深度近视眼镜。

瑞贝卡:我被她激怒了,控制不了自己,我打了她。我要先告诉你,免得你在别人那里听到流言。

教授:明白了。

瑞贝卡:您对我失望吗?

教授:没有,不过有点儿惊讶,你平时不是把这孩子掌控得很好吗?

瑞贝卡:这段时间她很烦人。

教授:你呢?

瑞贝卡:我?(笑着)

教授:对,你。(笑着)

瑞贝卡:我挺好啊,有点儿累,不过也没什么特别的。大卫问你下周末要不要一起吃饭,他从英国回来,他最近总是出差。我对自己有点儿失望。我拿到科林普敦奖学金来研究所工作的时候,我本想……我不知道。

教授:你想什么呢?

瑞贝卡:我想我是一个成熟的女人,一定程度上这份奖学金就是证明。

教授：你想换一个学生吗？

瑞贝卡：可能吧，还是不换吧，半途而废不好。

教授：今晚有场勃拉姆斯音乐会，我先生来不了，你有兴趣和我一起去吗？

瑞贝卡：好呀。

教授：我们听完音乐会可以去吃东西，他们会演奏勃拉姆斯的狂想曲，适合你，尤其是中间那几段。

瑞贝卡：那太好了。

瑞贝卡起身告辞，她走到门口时突然迟疑了。

教授：还有事吗？我还有个会，已经迟了五分钟。

瑞贝卡：您有信仰吗？

教授：当然有，怎么了？

瑞贝卡：您能告诉我您信仰什么吗？

教授：我让我自己相信奇迹，不是那种宗教里的天国戏法儿，我说的是人，人类灵魂的奇迹，非常精彩，你不觉得吗？

瑞贝卡：我没朝这方面想过。

教授：要是不相信奇迹，人类怎么能够熬得下去啊！晚上见！

瑞贝卡点头告辞。

4. 一起交通事故

瑞贝卡和安娜走在交通繁忙的市中心商业区，这里的街道狭窄，两旁商铺的橱窗里摆满了琳琅满目的东西。现在是午餐时间，路上人很多，冬日的阳光温柔地照亮街道上每一张表情封闭的脸，照着那些回避的目光。安娜和瑞贝卡走得比较慢，安娜兴趣十足地认真研究每一扇橱窗。

接着，一场可怕的交通事故就在她们眼前发生了，一切都很快，连声音都没有发出。一位老人被一辆汽车撞倒了，有可能是老人不当心，他倒在路边，费力地朝人行道爬。瑞贝卡还没得及叫住安娜，她已经跑向了老人，跪在老人身边将他扶起来。他们身边很快围起一圈人，老人一言不发地坐起身，看上去很迷茫。老人尝试站起来，想去找回自己的帽子，他的耳朵受了伤，流了很多血。安娜用自己的手帕摁在老人的伤口上，右手搂着他的肩膀。瑞贝卡不知所措地站在路边，又莫名地感到恐惧。街上的人们愤怒地交流着，车里的司机已经吓瘫了，每当有人把头伸进车里或是用手敲车窗时，他都会尖叫自己是无辜的，是老人自己跳到他车前，他根本无法及时刹车。这时候警察来了，他开始做笔录，把肇事者从他的藏身处揪出来，双方激烈地争吵着。安娜蹲在街道上的水沟旁，单膝跪地，她的袜子破了，衣服和手上都有血迹，她的嘴唇一直在动，好像在和老人说话，瑞贝卡听不清她在说什么。救护车来了，缓缓拨开人群，堵塞的汽车开始鸣笛，人群慢慢疏散。安娜把老人交给救护人员，把老人的帽子和雨伞放进救护车。救护车关上门，拉响警笛开了出去。安娜转身找瑞贝卡，看到她正站在道路中央，人变得慌张起来。有一部车向瑞贝卡打灯示意，她完全没有反应，有人拉了拉她的胳膊，对她说了些什么，瑞贝卡才跳到人行道上。

5. 一通电话

瑞贝卡在一个狭窄的白色电话亭里。

瑞贝卡：我听不清（一片杂音），好乱。（突然传来大卫的声音）亲爱的，你在哪儿呢？一点儿也听不清，（一个尖细的声音，说的不知是哪种语言）听不到。别挂断，（现在可以听清大卫的声音，他担心瑞贝卡，所以给她打电话，他觉得她听上去不开心）我没有不开心，对，我是不开心，我想你（大卫的声音突然被一个生气的声音打断）。喂，喂，（话筒传出清楚的一句话：如今的价值观完全不同了）大卫，不可救药，我们晚上打电话好吗？我打给你，你在酒店吧？我十一点后打给你（话筒里的声音乱糟糟的），再见！

6. 瑞贝卡的母亲

瑞贝卡走进一个空旷的音乐厅,舞台昏黄的灯光下一名女钢琴家正在排练勃拉姆斯的曲目(第五乐章)。瑞贝卡在观众席上坐下来,钢琴家在全身心地排练,突然她停下来,音乐发生了变化,她盯着自己的左手食指。钢琴家给自己倒了一杯矿泉水,这时,她看到了舞台下观众席上有人。

钢琴家:谁啊?

瑞贝卡:是我,妈妈。

钢琴家:瑞贝卡呀,太惊喜了。

瑞贝卡:学校放假,我在报纸上看到您在这里的演出信息,就开车过来了。我去酒店找过您,他们说您需要排练几个小时。

钢琴家:几个小时?开玩笑,他们才给我四十分钟,我还得调音,连过一遍勃拉姆斯的时间都不够。

瑞贝卡:妈,见到你真好,都好吗?

钢琴家:谢谢,可我糟透了,我手指又出问题了,指甲的问题。

瑞贝卡:我不打扰了,我去酒店等你。

钢琴家:问题是音乐会三点开始,我还得去理发店做头发,开演前我还需要睡一小时,我都没时间吃午饭。

瑞贝卡:演出完了一起吃饭吗?我们可以过个温馨的晚上,我请你。

钢琴家：可我演出一结束就得赶去汉堡，亲爱的，航班时间特别不好（灯光亮起来）。你可以开车送我去机场，那可帮大忙了，省得我坐出租。你听了很久吗？

瑞贝卡：没有，我刚进来。

钢琴家：可以劳你驾吗？

瑞贝卡：当然。

钢琴家：那演出结束后见。

瑞贝卡：好呀。

钢琴家：这首奏鸣曲真是太棒了，听这儿，听到了吗？真不是闹着玩儿的。

瑞贝卡：是吧。

瑞贝卡回到观众席的座位上，钢琴家继续排练，黑暗的大厅里回荡着琴声。瑞贝卡起身离开了音乐厅。

7. 失业的妇女们

清晨，瑞贝卡开车去研究院。车子行驶在空旷的街道上，驶过一个小广场，一辆老式公共汽车停在那里，冬日的阳光布满房子的墙壁，不知从何处传来了钟声。在靠近大路的地方有一个小工厂，门外站着一群人，将近百人的样子，有各个年龄的妇女，还有人带着孩子。瑞贝卡停下车坐在车里，等着看会发生什么事。人群里没有人走动，也没有人交谈，女人们的表情清醒、疲惫又恼怒。车外微风吹过，阳光没有暖意。瑞贝卡下车朝人群走去，一些女人带着惊讶或不服的表情看着她。当她穿过街道走到工厂一侧时，四周响起轰轰的马达声，四辆警车疾驰到工厂大门口，二十多名警察不慌不忙地走下车，包围了工厂大门外的妇女，开始有条不紊地清理街道。突然，瑞贝卡被人使劲地撞了一下，几乎失去了平衡。她还没来得反应，胳膊就被紧紧地抓住，她被拉向其中的一辆警车。现场开始混乱，女人们尖叫、厮打，一个小孩儿摔倒在人行道上，膝盖受伤。有人拿手上的包包砸向警察的头，警察有时叫喊，有时大笑，渐渐控制了局面。街对面的房子有一些窗户打开着，人们从窗口里发出怒吼。警车里已经有五六个女人了，瑞贝卡被扔进车，她愤怒地反抗，一只胳膊肘撞到她嘴上，她倒在座位上，落到一个又高又瘦的女人的怀里，女人说着她听不懂的语言不停地争论。车很快满了，几名警察上来，坐在后座，猛地把车门关上。

一个很大的空房间，十几个女人站在角落里。房间中心的一张桌子后面坐着一位女官员和她的秘书，门前的警卫也都是女性。女人们被依次带到桌前，接受审问，语气平和，之后由警卫带到身后左边或右边的门里，一切进展得很快。轮到瑞贝卡了。女官员有点儿惊讶地看看她的胳膊和着装，但几乎立即转而向她提问。

警察：名字？出生地点？时间？

瑞贝卡：瑞贝卡·劳伦斯，洛杉矶，1943年6月15日。

警察：职业？

瑞贝卡：我是听力障碍研究所的老师，我到那边工作就是为了长期留下来，你可以联系研究所所长绍波教授。

警察：我不明白她在说什么，我们需要请一名翻译。（此时警察开始用英语提问）

瑞贝卡：没有这个必要吧，我说得很清楚。这是个误会，我是美国公民，我没有政治诉求。

警察：我们得请翻译，我不明白她在说什么，抱歉，请您等一下。（此处警察开始用英语提问）

两个女人面面相觑。瑞贝卡对面的警察目光平静、冷漠。

瑞贝卡：简直太荒唐了。

秘书喃喃地说了些什么，女官员点了点头，向其中一名警卫示意，警卫立即要求瑞贝卡跟上。她们从右边的门进去，走入一个长廊，上台阶，接着又是一个长廊，警卫打开一扇门，示意瑞贝卡进去。房间狭长窄小，天花板很高。白色的墙壁粉刷得参差不齐，短的一面墙上有一扇铁窗，沿着长的那一面墙边放着一张狭窄的床和一个马桶，对面有一张折叠桌和一把椅子。门被锁上，房间里面很安静，非常非常安静。她可能在房间里等了一个小时，或许没有这么久。（她的手表在争斗中弄坏了。）门开了，走进来一个女人，瑞贝卡被告知跟着女警卫出去。瑞贝卡没时间看清同屋女人的脸，只看到她的脸非常苍白，眼窝凹陷下去，嘴巴很大但没有形状。瑞贝卡被带到一个洗浴区，女警卫要她脱去衣服，洗澡、换衣。她想抗议，但她太累了也太害怕了。瑞贝卡洗浴时，女警卫一直用平静又冷漠的眼神观察她，瑞贝卡不时地试图和她说话，但得到的都是简短、礼貌、回避的回答。瑞贝卡的衣服被搜查了一遍，包被掏空，所有物品在瑞贝卡的注视下被一一登记，之后，她被带回到之前狭窄的房间。又过了几个小时，一辆送饭车停在门前，两个放着汤、肉和面包的托盘被送进房间，门再次被锁上。同屋的女人狼吞虎咽地吃起来，瑞贝卡努力试了几次，但实在吃不下去。过了一会儿，女警卫走进来，她突然对瑞贝卡友好起来。

女警卫：您什么都没吃。

瑞贝卡：我不饿。

女警卫：要不要给您找点别的能吃的东西？

瑞贝卡：多谢了，不需要。

女警卫：我可以问问病号，他们的伙食通常会好吃一些。

瑞贝卡还没来得及回答，女警卫就拿着另一个囚犯吃完的托盘消失了。屋子里很安静，同屋的女人突然问瑞贝卡，她是否可以吃瑞贝卡的食物。瑞贝卡点点头，把托盘放在小床上，女人大声地喝汤。过了一会儿,女警卫带着一盘三明治和一杯葡萄酒回来了。

女警卫:我给您做了几个三明治。
瑞贝卡:谢谢。
女警卫:您要看书吗?
瑞贝卡:要。
女警卫:我看看我们有什么。

女警卫拿起另一个托盘,关上门走了。瑞贝卡的同屋倒在床上,几乎立刻就睡着了,开始发出轻轻的鼾声。这个女人散发着难闻的味道,一股内衣很久没有洗的酸臭气。她长着不整齐的牙齿,嘴巴上有一些小伤口,油腻的头发纠缠在一起;她的鞋子不知何故根本不匹配,袜子破着洞,膝盖上有个伤口,还在渗血。她的手很大很美,但指甲肮脏。这个女人好像病得不轻,此刻她突然醒来,开始呻吟。女人坐起身,双手捂在肚子上,还没来得及够到马桶便开始呕吐,她跪在马桶边使劲地呕吐。等她好了,转身看着瑞贝卡,歉意地拿卫生纸清理四周。整个过程中,瑞贝卡因厌恶而一动不动。女警卫带着一本关于米开朗琪罗的书回来了,她叫来清扫员打扫房间。同时,她请瑞贝卡和她走。她们走过一条闻起来像被化学洗涤剂清扫过的走廊,来到接待处。女警卫叫瑞贝卡坐下,把书递给她,问她要不要抽烟。瑞贝卡感激地接过烟,她终于可以单独待几分钟了。

房间里突然挤满了人，一位穿着军装、方脸厚嘴唇、戴着宽边眼镜的军官和她讲话，一个译员为她翻译，尽管这完全没有必要。军官解释这是场误会，为此他深表遗憾，抱歉让她久等，抱歉各部门之间缺乏合作，军官表达了各种歉意，说之后他们可以提供一部车子，把劳伦斯小姐送到她想去的任何地方。最后，他请求她在一张纸上签字，确认她得到了良好的接待，且今后不会就此提出任何有关赔偿损失的诉求。瑞贝卡签了字，然后在几个说笑的女警卫的陪护下来到一间整洁的医务室，她的私人物品已经在那里等着她。半小时后，她发动了自己的车子。此刻是下午，下起了小雨。

8. 镜子

时装店的更衣室。这里的装潢讲究，有镜子，漂亮的手，缓缓的对话。

瑞贝卡在试穿礼服，从外地来访的女友和她一起。瑞贝卡喝着茶，小心地指出胸部好像比上次试衣的时候感觉更宽松了一些。这是为了增强礼服的舒适度，让她显得更加端庄（据某些女性专家的意见）。为礼服定制的鞋子也到了，还有一些其他的配饰，她们一起讨论着什么首饰合适。

女友：马丁在伦敦看到一对十七世纪的耳环，他花八千英镑买了下来，你知道就是河边靠近萨伏依酒店的那家珠宝拍卖行。最近马丁花了好多钱买珠宝，当然大部分买了就直接放银行保险柜，但这件他让我戴着，他喜欢看我被漂亮的珠宝冲昏头脑的样子，他自己倒是一点也不在乎。

瑞贝卡：我有一串加拿大淡水珍珠项链，是我的生日礼物，戴它行吗？

华伦媞娜：您下次带来，太太，我们好给您搭配合适的戒指。

瑞贝卡：头发是扎高还是放低？

华伦媞娜：当然是高，太太。

女友：（同时说）当然是低。

三个女人开心地笑起来，她们都很美，一起大笑代表她们的共识和理解。

华伦媞娜：太太要是想试那条绿裙子，这就给您拿来。

瑞贝卡：好呀。

华伦媞娜和身边的年轻助手低语，助手走开，很快华伦媞娜说了声抱歉也走开了。

女友：说到绿色，你知道玛丽埃塔要离婚了吗？弗雷德真是……

瑞贝卡：啊，我不知道。

瑞贝卡在一旁的椅子上坐下，那张椅子很大，但不是很舒服。华伦媞娜给她端来一杯茶，她自己点上一支烟。

女友：玛丽埃塔有一个交往了八年的情人，全世界都知道。
瑞贝卡：你说的是那个……他叫什么名字来着？
女友：对呀，就那个总是带把雨伞还是什么的。好了，上周晚上，玛丽埃塔和弗雷德摊牌了，他简直了，完全……我只能一个劲儿地安慰他。等等，今天星期几？对，整整一周前。弗雷德真是乖巧，可玛丽埃塔是怎么了，你能懂吗？弗雷德说她是遭遇了灵魂危机，但要有灵魂危机，你得先有灵魂啊……

瑞贝卡若有所思，华伦媞娜和助手回来了，拿着一件绿色的长裙，她们帮着瑞贝卡换上。

女友：弗雷德今早打电话来，问你丈夫下次什么时候回。
瑞贝卡：下周六吧，如果他来得及。
女友：马丁也计划周末回来，他也很想见大卫。天啊，太好看了，还有这种布料吗？怀孕真是改变了你，瑞贝卡，什么时候生啊？
瑞贝卡：四月初。

女友：你真的开心吗？

瑞贝卡：（笑起来）不知道，好像还没开始。

女友：我想要十一个孩子，但是是和不同的男人生。我可想象不出，还有什么比十一个小马丁全都不可理喻地用信任你的蓝眼睛盯着你看更可怕的事了。马丁是个好人，大卫怎么说？他特别喜欢孩子。

瑞贝卡：（笑着）他当然开心。

女友：头几个月不好过，亲爱的，等过去了，之后都是好日子。

瑞贝卡：我也希望如此。

瑞贝卡不再听女友在说什么了，也不理会华伦媞娜怎么小心翼翼地打理那件闪闪发光的绿色礼服。她看着镜子里的自己，镜子，镜子，她陷入长久的沉默。突然间传来沉闷的爆炸声，头顶的水晶灯叮当作响。

女友：天啊，这是打仗吗？

华伦媞娜：不是，太太，他们在做地下爆破，整个房子都在震动，好吓人。

一个蓝头发的老妇人走进来，向华伦媞娜耳语。

华伦媞娜：罗伯特先生到了，如果考林斯太太想要试衣，请您到这边来，先生在隔壁试衣间等候。我带您过去，太太。

女友和华伦媞娜离开了试衣间，新来的助手问瑞贝卡要不要再来点热茶，瑞贝卡默默地点点头，若有所思。助手拿起茶壶走开，屋里只剩瑞贝卡一人。她看着墙上大镜子里的自己，走近研究自己的脸。又传来爆破声，房子在摇晃。突然，挂在白墙上的大镜子裂开了，先是底部的玻璃，然后是侧边的玻璃，就像发生了一场爆炸。瑞贝卡惊讶地盯着自己的手，并没有害怕，一块碎玻璃扎进她的手，一小片血开始向外渗。镜子后面露出粗糙的砖面。

9. 关于爱情

一个普通的白房间，屋里堆满东西。贝蒂娜·卢阿尔迪是一位四十多岁的女性，她长着一张劳累、憔悴的脸，但仍不失姿色。房间里有耶德·绍波教授、一名女助理和瑞贝卡。这是一个阴冷的冬日下午。

教授：这是安娜第三次从研究所逃跑了，前两次我们都在您这里找到她。希望您讲点道理，女士，不然我们得找警察帮忙。

贝蒂娜：我发誓她不在这儿。

教授：您难道不知道这样做对她没有一点儿好处吗？而且，

您还有可能被起诉。

贝蒂娜：不可能。

教授：您经营一个女同性恋俱乐部，彻夜营业。

贝蒂娜：这里的一切都是合法的。

教授：但对于一个十四岁的少女未必合适。

贝蒂娜：你们懂什么？

屋里安静下来，教授点上一支烟。瑞贝卡直视着眼前被她们羞辱和审问的女人，她坐在靠墙的一把高脚椅上，双手紧握在一起，目光来回漂移，宽宽的黑色眼镜框掩住了她的眼睛，但看得到她的嘴巴在颤抖。

贝蒂娜：她在里面，睡着了，我整夜都看护着她。她不想回研究所，她想和我在一起，我爱她。这么说是不是很丢人？但我没有别的办法。我爱她，她也爱我，我们在一起，这是她心甘情愿的，她和我在一起很快乐。我需要和你们这样解释，真是很丢人，你们像法官一样站在这儿，但我的良心清白，我不可能有坏心眼儿。她和我在一起一直都很平静、很快乐，我照顾她快四年了，我们一起成长。（对瑞贝卡）您是她的老师，她总是说您对她很好，她也想继续学说话。但她想和我在一起，这是她的家，您不明白吗？

她转向瑞贝卡，瑞贝卡发现自己被这个女人的痛苦和内疚打动了。

瑞贝卡：我无话可说。

贝蒂娜：您无话可说？您自己也是女人，您一定知道被一个紧紧黏着自己身体的人抱住是什么感觉，您想去保护她，去爱她，您也会得到温情的回报，就像血液一样，我无法用其他方式解释。警察和这有什么关系？我不明白，我可以给安娜她需要的一切，我可以养活她，我甚至可以收养她。

教授：您可以讲点道理吗？

贝蒂娜：哈，不要太侮辱人吧！我知道您懂的，我知道您是赞同我的。

教授：（笑道）我不赞同您，我认为您对女孩儿的狂热感情，会给这个年龄段的她带来伤害。

贝蒂娜：爱是不会带来伤害的。

教授：在所谓的爱之名下发生过很多事，女士，很多事……（她让自己平静下来）可怕的，残酷的，令人愤慨的事（她咬住嘴唇不让自己再说下去）。

贝蒂娜：您会带走我的一切。

教授：我觉得您夸张了，如果爱真像您说的那么强烈，您只需再等几年，您可以尽情地去和女孩儿做您想做的一切。

贝蒂娜：（转向瑞贝卡）试着理解一下可以吗？您不能试着理解一下吗？

瑞贝卡：（摇头）不能。

贝蒂娜：（停顿一下后）让我自己和安娜说吧，（语气平静）你们在外面等好吗？你们进去会吓着她的，我会小心地叫醒她，告诉她。

贝蒂娜走进里屋，教授站起身在屋里走了几个来回，她把烟掐灭在烟灰缸里。女助理在一旁看着自己的手。

瑞贝卡：我们有可能做错了。

教授：很有可能，甚至确实如此。

瑞贝卡：为什么还要做呢？

教授：你想想，如果研究所卷入一场公共丑闻，我们该怎么辩护呢？让我告诉公众我相信爱情吗？要我去解释卢阿尔迪夫人是为了保护孩子免遭罪恶吗？那大家不是把我当傻子看？

瑞贝卡：（情绪激动地）那你是相信这是……

教授：（平静地）这是爱情，我想爱情大概就是这样吧，但谁能肯定呢，不是吗？

瑞贝卡：（情绪激动地）太无助了。

门后可以听到贝蒂娜在和女孩儿说话，她们一起走出来。安娜穿着一条红裙子，她脸色苍白，浑身颤抖，但表现得很克制。贝蒂娜给她梳头发，低声对她说话。此刻贝蒂娜也变得和刚才很不一样了，她的情绪是克制、温柔、友善的。女孩儿一直看着她，贝蒂娜把她交给瑞贝卡。

贝蒂娜：晚上我可以打电话问情况吗？（转向瑞贝卡）怎么称呼您呢？

瑞贝卡：我叫瑞贝卡·劳伦斯，您可以随时给我打电话。

10. 有关温情

当晚瑞贝卡已经在床上睡下，外面有人敲门。瑞贝卡打开门，来人是安娜的室友。这是一位高个子的成熟的十六岁女孩儿，因为刚进入研究所没多久，所以仍然用手语交流。她告诉瑞贝卡，同屋的安娜一直在哭，她无法安慰她，需要成年人的帮助。瑞贝卡穿上衣服——一条旧牛仔裤、毛衣和布鞋，然后她们一起走到位于大楼另一端的学生宿舍区。学生宿舍是两人共用一间，房间并不宽敞，装修也很简朴。安娜面对墙，躲在墙角，看起来像一只受惊的动物，她穿着一件洗得缩水的旧睡衣。瑞贝卡用手语向安娜的同屋表示，她可以先去旁边的房间休息。瑞贝卡为她打开门，让她在一张空床上躺下。她为女孩儿披好被子，让她不要担心，然后回到安娜身边。

瑞贝卡在对面床上坐下，打开屋里的小灯。安娜做出对光线的反应（屋里一直没有开灯，只有外面路灯的光间接照进屋里）。安娜稍稍转过头，把手放下来，注意到坐在床上的是瑞贝卡。

过了一会儿，安娜开始脱衣服，瑞贝卡任她折腾，两人对峙了一阵子，瑞贝卡背对门坐到地板上。长时间紧张的静止。安娜开始尖叫，她在狭窄的房间里走来走去，像一只受伤的动物一样不停地尖叫。瑞贝卡无计可施，只能等着风暴过去。安娜趴在地上，不断用胳膊肘推开身边的东西，张大嘴号啕大哭。她不时撞到墙上，或是被她扔到地上的东西绊住。

这时，她们俩几乎同时看到了剪刀。

安娜的室友常坐在小桌子旁做剪纸作品，此刻，大剪刀就放在桌上。安娜抓起剪刀，四周变得异常安静。瑞贝卡站起身，仍然背对着门，她非常害怕，尽可能用平静的语气，祈求安娜把剪刀放回去。当她被拒绝后，瑞贝卡决定放弃，她将房门打开。

安娜把剪刀扔在地板上，穿上外套，没有朝瑞贝卡再看一眼，就走进了黑暗的走廊。

一切都安静了。

瑞贝卡走到另一张床上坐下，她突然感觉很累。几分钟后，安娜回来了。她淋了雨，浑身都湿透了。她身体僵硬，失落地站在门口，面带悔意，似乎在恳求。瑞贝卡朝她做了个手势：过来！

安娜走向她，将外套丢在地上。她蜷缩在地板上，把头枕在瑞贝卡的膝盖上。瑞贝卡拉过一张毯子盖在安娜身上，局促地抚摸安娜的头发和脸颊。

谨慎，不安，小心翼翼的温情。

只有和男人在床上时瑞贝卡才会去抚摸对方，否则她很少表现温情。她不习惯接触别人的身体，现在却不知不觉地做到了。过了一会儿安娜睡着了，瑞贝卡保持着当前的姿势，直到天亮。中途她也许睡着了几次。

她正在经历某种事情。

11. 在夜总会

一天晚上，瑞贝卡和她的几个同龄的朋友一起去了一家夜总会。这里的楼上楼下拥挤地排列着很多小房间，人们在刺耳高亢的音乐声和奇异的灯光里跳着舞。瑞贝卡站在墙边看着，突然，一个男人转向她。

皮姆：跳舞吗？

瑞贝卡：我不跳舞。

皮姆：为什么不跳啊？

瑞贝卡：我觉得跳舞没意思。

皮姆：那你干吗来这儿？

瑞贝卡：和好朋友一起。

皮姆：我给你看看我们在这里玩什么吧。

瑞贝卡：为什么？

皮姆：没什么，就是好玩儿呗，这是我的地方，我和好朋友一起开的，他在酒吧那边。

瑞贝卡：哦,是他啊。

皮姆:(笑)不是你想的那样,喝点什么吗?你的杯子空了。

瑞贝卡：好吧,谢谢。

皮姆：答应我别走开。

瑞贝卡：我保证。

皮姆转身穿过挤满跳舞的客人的舞厅,走到酒吧。

女友：嘿,你在这儿!

瑞贝卡：奇怪吗?

女友：你丈夫呢?

瑞贝卡：他今晚本该在这儿的,可阿姆斯特丹有雾,他被耽搁了,所以,他在阿姆斯特丹。

女友莫名其妙地笑了笑,走开了。皮姆端着两杯酒出现,递了一杯给瑞贝卡。

皮姆：我叫皮姆,我都不记得我的真名了,你想知道吗?反正也无所谓。

瑞贝卡：我叫阿尔伯特。

皮姆：这里很大,我本想装修一下,想想还是算了,反正都一样。这里有酒吧,有音乐,房子够大。

瑞贝卡：是啊。

皮姆：来这边，我带你转转。

他拉起她的手，穿越充满房间的咆哮和气味，挤到一个半楼梯，下到楼下的一个小房间。这里也有人在跳舞，屋内灯光昏暗，街上的灯光透过彩色的百叶窗漏进屋内。

皮姆：小心点，别踩到人。

他们又下了一个半楼梯，她看到黑暗中地板上有人坐着，也有人躺着。音乐从远处传来，墙上在播放投影，她来不及辨认画面上的图像和动作。

旁边有一个舞台，幽暗的灯光下两个裸体女人正在做色情表演，沿着墙的是一圈横躺竖卧的观众，屋里烟雾缭绕，不知什么地方传来甜美的东方音乐。皮姆在黑暗中站在低矮的门前，瑞贝卡看到人们的动作，苍白的脸，阴影中的目光，嘴唇，偶尔发出的笑声，一句讽刺的话飘来。

皮姆带着瑞贝卡穿过走廊，打开一扇门，拉灯，把灯转了个方向。房间很小，没有家具，墙上砌着白瓷砖，地板上铺着厚厚的地毯。

皮姆：我打算慢慢地在这里置办些家具，这里绝对隔音，还有空调。喝点什么？

皮姆：瞧这个，是不是很灵光，你肯定没看到这里还有个小窗台吧？喝点威士忌吗？来，请坐。

瑞贝卡：天花板很低。

皮姆：我觉得很好，够花哨吧。我要说什么来着，对了，我以前是个拳击手，本来职业生涯很光明，谁知有一次我差点儿被打死，总算是保住了命，唯一的毛病是记性变得很糟糕。你叫什么名字？我忘了。

瑞贝卡：玛德莲娜。

皮姆：你很有钱，对吧？或者你嫁了个有钱人。你一看就是有教养的人，对吧？混得不错，我看出来了。不过没什么，我又不是革命派，不用害怕。你要走吗？

瑞贝卡：不。

皮姆：你叫什么名字？

瑞贝卡：安娜。

皮姆：对呀，安娜，我记起来了。安娜，安娜，安娜，安娜。要是你问我我是谁，我还真不知道呢。我是我自己的创世主，大街上捡的，可能还不如在大街上捡的。你的脸怎么发白了，不舒服吗？

瑞贝卡：没什么，有点儿醉了。

皮姆：开心。

瑞贝卡：开心。

皮姆：把衣服脱了，我要看你光着。

瑞贝卡看了他一会儿，把杯子放在地板上。她靠着墙站起来，慢慢地开始脱衣服。当她脱光后，跪下来把头发放下来，然后她举起杯子猛地喝了一大口。

瑞贝卡：你也脱。

他脱下衣服，把衣服踢到墙角，顺手喝干了杯里的酒。他走到瑞贝卡面前，瑞贝卡靠在对面的墙上等着，他在她面前跪下。

瑞贝卡：我要你弄疼我。

他伸出手，一把抓住她浓密的头发。她开始尖叫，一种揭示，一种发现，她尖叫着尝试去适应这一切。他开始打她，她想回击但根本是徒劳。他太硬了，太重了，太近了。现实在她眼前敞开，感知涌入她身体。她看到光，男人粗糙的皮肤，他的味道，男人冷酷施虐的眼神。

她的脸颊上重重地挨了一拳，她感觉嘴里有血的味道，又一拳打过来。他朝她吐口水，撬开她的身体。她无助地倒下，无处脱身。她的身体像在海浪间漂浮一样陶醉着，她下意识地紧紧抓住他。黑暗中，她发现小房间里到处是肉体，在她旁边，在她身上。她无力反抗，嘴角偷偷露出一丝笑意。她自己成为如此可怕的经历的一部分，挨打，受伤，被滥用。直到清晨，她筋疲力尽地睡去，皮姆把她叫醒，给她一杯提神的饮料。然后，一切一切都消失了。她慢慢地穿上衣服，男人坐在那里，一言不发地看着她。她看着镜子里的自己，她的嘴上有伤，一只眼睛旁有血痕。她双腿无力，努力靠墙支撑着站起来。

皮姆：你叫什么？

瑞贝卡：我叫什么？什么都不叫，我叫瑞贝卡，你为什么要问？

（皮姆摇摇头）

他起身亲吻她，手放在她的臀部，将她压在墙上。她任他摆弄她的身体。天花板上一只甲虫在爬。

皮姆：瑞贝卡。

瑞贝卡：是的。

皮姆：瑞贝卡。

（瑞贝卡不再回答）

皮姆：瑞贝卡，（尖叫）瑞贝卡！

瑞贝卡：你必须帮我，必须帮我，帮我叫出租车，我必须走，我还有很多事，你明白吗？必须。

皮姆：大星期天的有什么重要的事？

瑞贝卡：我要去见我丈夫。（笑）

皮姆走到门口,为她打开门。瑞贝卡感到头晕恶心。

12. 又一段婚姻的对话

酒店房间,周日上午。夫妇俩刚刚抵达房间,他在喝咖啡,看上去心情很愉快。瑞贝卡穿着白色套装,戴着墨镜,站在窗前抽烟。城市教堂的钟声响起,阳光很刺眼。

大卫:都十一月了,天气怎么还这么热。我想洗个澡,瑞贝卡,亲爱的,你介意我洗个澡吗?
瑞贝卡:有件事我想和你谈谈,不过也许不那么急。
大卫:我也有件事想和你谈谈,也没那么急。

他喝完咖啡,伸了个懒腰,吹着口哨进入浴室。浴池里开始放水,他转身回来,开始脱衣服,他把衬衫挂在椅子上,再去脱裤子。

大卫:昨晚的雾太扫兴了,害得我白高兴一场。下周六肯定不会出状况了,我星期五就回来。

他走到她身边,搂住她,温柔地看着她。

瑞贝卡：亲爱的大卫。

大卫：瑞贝卡，怎么了？你看起来很伤心，你受伤了，眼睛怎么了？

瑞贝卡：哦，我撞到东西上了。

大卫：出什么事了，告诉小爸爸。

他带着温柔关切的表情，微笑着把她拉到沙发上，不断地亲吻她，她应付着他的吻。

大卫：现在让我来告诉你我的安排：从十二月起我会有四个月的假期，公司有一些调查工作，需要我在这里完成。这样我们就可以租个公寓，过上正常的夫妻生活了。瑞贝卡，整个春天我们都可以在一起，等夏天我们再回去，怎么样？

瑞贝卡：快去关洗澡水。

大卫：哎哟，该死！

他冲进浴室，关上水龙头。当他再出来时，穿上了酒店的白浴袍。他坐下，给自己倒了一杯咖啡。

大卫：你来点咖啡吗？

瑞贝卡：不，谢谢，我抽烟。

大卫：你何时开始抽这么多烟了？

瑞贝卡：你不喜欢吗？

大卫：没有,没有,我不是这个意思。

他还是很担心,略显不安地笑了笑,伸手把她拉到身边。她挣脱出去。

瑞贝卡：我还是坐远点好。
大卫：你觉得我会生气吗?
瑞贝卡：(笑)在你怀里我无法告诉你我必须告诉你的事。
大卫：你没有生病吧,瑞贝卡?
瑞贝卡：没,我没病。
大卫：是孩子出问题了吗?
瑞贝卡：我想不会吧。
大卫：那就好,还有什么呢? 瑞贝卡,(笑)你出轨了吗?
瑞贝卡：是的。
大卫：你爱上别人了吗?
瑞贝卡：不是。
大卫：那是一夜情?
瑞贝卡：对,一夜情。

大卫静静地坐了一会儿,他突然看上去很累,很老。

大卫：什么时候的事?
瑞贝卡：昨晚。

大卫：和谁？

瑞贝卡：我不知道。

大卫：可怜的瑞贝卡，太难为你了。

男人温柔的语气，真诚的关心，他的担当，他的恐惧。面对这一切，瑞贝卡表现出充满厌恶的态度。

瑞贝卡：别这样。

大卫：如果你愿意，可以给我讲讲发生了什么，你若不愿意，不讲也行，我不需要知道细节，我们可以忘掉这一切。你一个人待太久了，也太频繁，再加上昨晚我的延误，你玩过头了，是吧？这也难怪。

瑞贝卡：我要讲。昨晚我和几个朋友去了一家新开的夜总会，里面人很多，很拥挤。来了一个叫皮姆的还是什么的人，他说他以前是名拳击手，夜总会是他开的。我和他去了私人房间，路上我才意识到这是家什么样的夜总会，但我没离开。我们喝了很多，我让他弄疼我，干我，他差点儿要了我的命。我们在一起待了几个小时，还是更长，我记不清了。后来屋里来了更多的女人和男人，我意识清醒，就是喝多了点，就一点点。然后来了一个男人和我做，又来了一个男人和我做，直到清晨我睡着了。我醒来时，只有我和皮姆，他帮我叫了辆车，我回家洗了个澡，然后就直接去机场接了你。

大卫的手碰到了她的手,她像被烫到了一样立马缩回去。屋里很安静,可以听到城市的钟声从远处传来。

大卫:不管发生了什么——什么都没有发生。

(瑞贝卡没有回答)

大卫:上次回来我们谈话时,我应该注意到你的恐惧,你害怕有什么东西接近你。我真是太蠢了,没能去理解你,我一点儿没上心。

(瑞贝卡没有回答,只是看着他)

大卫:我只能这么回答,你需要去看医生,做个检查,看看孩子有没有受伤,你有没有染上病。

(瑞贝卡没有回答,依旧看着他)

大卫:让我们忘掉这一切吧。我爱你,真的,我爱你,我会更加理解你。现在,让我们不要把自己埋在怀疑和内疚中吧。

大卫拿起打火机,打开,熄灭,时而没有火焰,时而火焰像一条小蛇一样发出嘶嘶声。瑞贝卡匆匆地看了他一眼,目光中突然显出一丝怜悯。她调整情绪,戴上墨镜,将脸转向明亮的窗户。

瑞贝卡:我不爱你,大卫,我从来没有爱过你,我从来都没有爱过任何人。我曾对你有过感情,但现在没有了。你就是一个陌生人。

大卫：你就不能让这个陌生人爱你吗？而且，你也不能阻止他爱你。

瑞贝卡：我不要和你在一起。

大卫深吸几口气，仿佛试图通过深呼吸来控制正在从深处涌上来的哭泣，他露出一个惨淡的微笑。

大卫：我们今天不必做任何决定，这完全不合理。如果你改变主意，你知道我在哪儿。

瑞贝卡：你说这些话是为了拯救你自己。

大卫：（笑）是吧，也许是。

瑞贝卡：我知道你在想什么。

大卫：（笑）你根本不知道。

瑞贝卡：（冷冰冰地）当初为了她，我和我生活了二十年的家庭决裂，而今，我在这里面对着一场灾难。

大卫：我怎样无所谓，现在是关于你，瑞贝卡。

瑞贝卡：我不想要你的怜悯，你的爱，你的原谅，你的理解。我不想通过你重生，我不想要你，大卫，无论是身体上，还是精神上。试着理解吧（停顿），如果你一定要知道的话，我感到一种难以形容的解脱。一种无与伦比的放松。

大卫把脸埋在手中，他穿着白色浴袍的身体浸在冰冷和难过中，浴袍让他的脖子显得很细，几乎像个孩子。瑞贝卡透过墨镜看着他。怒火让她全身发抖。她走进衣帽间，拿起皮草外套，站在门口等了一会儿。

大卫：别走，瑞贝卡！
瑞贝卡：不，我走了。

然后她就走了。

13. 忏悔

在回研究所的路上，一群来看体育比赛的观众将道路堵得水泄不通，瑞贝卡的车也夹在车队里。冬日的阳光刺痛了她的眼睛，不断传来刺耳的警报。她坐在自己的像蛋壳一样脆弱的白色小车里，看着人们遥不可及的脸。大教堂的高台阶上站着一群身穿白衣的人，教堂轰鸣的钟声一时间盖过了路上的汽车马达声。几个男人从车里出来，激烈地争吵着，瑞贝卡听不到他们在吵什么，只能看到他们挥动的手臂，他们的动作越来越激烈，相互攻击，瑞贝卡能看到他们的头在闪亮的车顶摇晃。浓重的汽车尾气喷出，汽车音响播放着交响乐。

她经过一座不起眼的小教堂，费劲地把车停下，她从车中走出，进入教堂冷漠的寂静中。一些皮肤黝黑、身着黑色衣服的女人，拖着沉重的行李箱，在一个简朴的圣母马利亚像前祈祷。在另一个小祭坛上，一位老者跪着祈祷，烛光在闪烁。刚才的交通乱象消失了，教堂里昏暗的光线让瑞贝卡的眼睛感到舒服了一些。忏悔室贴着一张告示，上面写着他们会讲瑞贝卡的语言。她走近，隔着忏悔室的门问她可否同牧师交谈，尽管她不是信徒。一个声音说："我在听。"她走进忏悔室，关上门，跪在地上。她穿着的白色套装一点儿也不保暖，她感到冷，周围是灰尘和眼泪的气味。牧师用浓重的口音重复说他在听，她现在后悔自己的举动了。

隔着门上的网格，她瞥见对面坐着的牧师长着一张苍白稚嫩的脸，薄嘴唇，戴着厚眼镜。

瑞贝卡：我想和一个陌生人说话，这要求可能有点儿怪，我也不知道为什么，总之我无法对我认识的人说实话。

她听到牧师在门后面的呼吸，他朝角落里挪了挪，现在她再也看不到他了。

瑞贝卡：我过着自私的人生，一切都理所当然。我从未被良心责备过，我也从未经历过令我激动或不解的事情。对我来说，我所经历的一切都以平静和合理的方式发生，我甚至对自己的生活状况非常满意。我一直被爱着，被温柔地对待着，我过着享有特权的人生（停顿），随心所欲，所欲必得。

她默默地听着,刚才祈祷的妇女们正在离开教堂。她们窃窃私语,提着大行李箱平静地朝外走。牧师咳嗽了一下,打了一个喷嚏,她的白色套装上落了点灰。

瑞贝卡:但我没向任何人施与过任何东西,我只为自己而活。现在我得到了报应,我感到害怕,美好的生活结束了。我担负着一笔我自己都不明白的债务,我也不知道。

她在等着牧师说话,但他沉默不言。外面有人缓慢地、悄悄地走过黑暗的教堂走道。

瑞贝卡:我很害怕,我总是犯错,我好像忘记去学新规矩了,或是没人告诉我应该怎样。时间过去了,一天,一小时,一分钟,我不断追问,但无人回应。我无法在无知、错误和惩罚中继续活下去了,太压抑了。

巨大的绝望充斥着她的内心,她把头靠在扶手上。

瑞贝卡:没有怜悯吗?
(牧师没有回答)
瑞贝卡:没有怜悯吗?
(牧师没有回答)
瑞贝卡:你为什么不回答?

牧师：对不起？

瑞贝卡：你为什么不回答？

牧师：夫人，对不起。我会六种语言，但都说得很差。我不明白您在说什么，您又说得很快，您能慢点说吗？

瑞贝卡：啊，这样很好，感谢您的倾听。

她笑起来，牧师说了些抱歉的话，从忏悔室里踉跄着走了出来。他脸色苍白，身形瘦削，露着尴尬的笑容，薄薄的嘴唇包着难看的牙齿。

她回到拥挤的大街上，找到她的车。天开始下雨了，她感觉到了寒冷。一家电影院刚刚开门，灯亮了起来，许多人聚在电影院门前安装的霓虹灯金属顶棚下，喇叭里传来舞曲。正当她打开车门的时候，一个男人朝她走来，他的脸因愤怒而扭曲，在他走过她身边时，朝她的腹部狠狠地砸了一拳。她忍着剧痛弯下腰，用手拉着车门，那男人消失在人群中。一个女人满脸关切，试图帮忙。瑞贝卡摇摇头说，没事，没关系。疼痛开始消退，紧接着又是一阵剧烈的疼痛。她打开车门，坐进车里，发动车。她把车倒进路中，后面的车紧急刹车，鸣笛抗议。

研究所给周日不被批准回家的孩子们放电影，大家聚在一个大活动室里，放映机在放一部卓别林的老片。（画面颤动模糊，情节跳跃。雨还下着，天灰蒙蒙的。）瑞贝卡老远就听到笑声和叫声，她站在活动室门口，面对着孩子们的脸，她看到了安娜。

她坐在前排,手肘放在膝盖上,嚼着口香糖,笑得前仰后合。

瑞贝卡站了很久,腹部的疼痛时起时落,一位新来的老师转向她,示意她坐下。她不安地坐了没多久,向同事挥挥手,悄悄地溜了出去,她听到笑声一直传进她的房间。

14. 一个奇迹

瑞贝卡回到房间后,在屋里走来走去,定不下心来。她的小腹隐隐作痛,像一种说不出的绝望蔓延至整个身体。她找到一瓶安眠药,把药片倒在书桌上数了数,一共有二十七片。她倒了一杯水,喝了几口,吃下第一片,之后是第二片、第三片。她看到了一个笔记本,拿过来,用细小的字体写下:

第一,我感觉我的存在只是一种形式,我生来没有目的,没有使命。

第二,直到现在我一直生活在自我封闭中,过去几周发生的事残酷地将我从庇护所中抛出。过去的几个小时,该怎么形容呢?我就如同在现实中重生。

第三,我没有信仰,奇迹不会发生。

一阵疼痛袭击她,她不断地自我安慰。然后把刚写过字的纸从笔记本上撕下来,撕成碎片,扔进垃圾桶。她的额头撞到桌上,她试图去拿玻璃杯,却将杯子打翻在地,她昏昏沉沉地睡着了。有人不停地摇晃她,拉扯她,她被叫醒,从深层的昏厥中慢慢浮到表面。唤醒她的人是安娜,她不断地叫她。瑞贝卡问她想要什么,出了什么事,安娜说她必须给瑞贝卡看一样东西,很紧急。

瑞贝卡突然感到害怕,她立刻清醒过来。安娜穿着漂亮的长裙,头发上缠着发带,但她的脸上和手臂上布满血红色的印痕。瑞贝卡焦急地问她这是什么,安娜笑着伸出手臂给她看,告诉她上面是颜料,这时瑞贝卡看到安娜的腿、头发和手上也都是颜料。

快来看,安娜用颤抖的声音说。瑞贝卡突然明白有重要的事情发生了,她意识到此刻已经是凌晨,尽管天还没有亮。两人通过走廊,走下楼梯,朝教室走去。

安娜打开教室门,站在地板中央,录音机里正在放披头士的歌,音量放到最大,屋里所有的灯都亮着,灯光明亮而洁白。现在瑞贝卡看到了安娜要她看的东西:墙壁、天花板、地板、窗户和门全都被画满了颜色,红色、绿色、黄色和橙色。这里有花朵、动物、人、花纹、云朵、手、山和脸,画里充满激情,凝聚着不可阻挡的生命力。一些画面完全是抽象的,有的画里看得到人的侧脸和用黏土雕塑的动物,原本粉刷过的墙壁,现在没有一处不被残暴地、无情地、充满快乐地画满了。瑞贝卡突然感到欣喜,问安娜这一切是否都是她做的。安娜得意扬扬地点点头——这些全是她画的。瑞贝卡接着问,什么时候画的？安娜回答说就是今晚，她画了整整一晚上，她感到自己生命的活力。对，她撬开锁，从材料室偷来了所有的颜料和黏土。这时安娜站在屋子中央，说还剩下窗户没有画。瑞贝卡突然笑起来，说那必须画上。她试着站起来，突然感到头晕，又忙坐下来，三片安眠药让她感觉迟钝。安娜笑着拿起刷子，奔向窗户。窗外露出灰蒙蒙的晨光，瑞贝卡的目光跟着安娜专注的手。她站到一张满是颜料的桌子上，安娜的手——拿刷子的手，手腕靠在窗户上的手，指甲破损的手，手上的血管、肌肉。她一直看着安娜的手。

法罗岛，1969 年 8 月 7 日

代后记
伯格曼的几个关键词：家庭、性别、艺术、死亡

玛瑞特·考斯肯讷（Maaret Koskinen）

二十一世纪初期，英格玛·伯格曼将他的私人笔记捐献出来，这成为日后创建伯格曼基金会的基础。在一个标着"1938年"的黑色漆面的文件夹里，装着写满了蓝色钢笔字迹的纸张，上面那些还流露着稚气的圆圆的笔迹，是一名年轻作者的第一部手稿。

如果不是因为这些手稿与伯格曼的电影和戏剧世界有着特殊关系，这样的发现通常无法保证具有太高的价值。这里有伯格曼关于父母、女孩儿和校园生活的文字，包括剧本《折磨》（由阿尔夫·斯约堡导演，1944年）的初稿，这是伯格曼第一部专业的电影剧本。这里还有一篇题为《故事奇谈》的小说，主人公之一是个皮条客，对他的外貌描写不禁令人心生不适：黑衣，白脸，面如死人，所到之处卷起一阵阴风。这个拟人化的"死神"形象半个世纪来一直跟随着伯格曼：1942年的《卡斯帕之死》，1957年的《第七封印》中本特·埃切罗特扮演的面孔涂着白粉的死神，1991年他在斯德哥尔摩歌剧院的《酒神的伴侣》中出演外貌可怕的白脸神，以及1997年他为电视

台拍摄的影片《在小丑面前》中阿格妮塔·埃克曼尔扮演的白脸人。

简言之,这个黑色漆面的文件夹里存放着所有成就了伯格曼的关键词:家庭、性别、艺术、死亡。这也是我在编辑本书时所遵循的取舍原则:未拍摄的、未上演的、未出版的,还应该加上一点——未知的。收入本书的文本有的也曾经发表过,但因年代太过久远,或发表时机不当,基本处于"未知"状态,有必要被重新认识。当然,文本的质量是另外一个取舍标准。

针对收入本书的文本的创作年代,我也需做出解释。很明显,开篇是几部创作于20世纪40年代初的剧本,随后是20世纪50年代中期的剧本,接下去出现了一个时间跨度,直接跳跃到1969年和1975年,再往后就结束了。其原因可以归结为几点:一、自20世纪50年代后期,"伯格曼"成了一个举世瞩目的名字,相比早期只停留在文本阶段的剧本,他在这一时期创作的剧本几乎全都被拍摄或上演;二、随着伯格曼名气攀升,自20世纪60年代初,他的许多剧本不仅被拍摄,而且还被发表了;三、在1982年伯格曼完成最后一部电影《芬妮与亚历山大》,以及在1987年其自传《魔灯》发表之后,伯格曼有意识地开始以作家身份从事创作,之后的文本几乎全都得以发表。

所以,可以这样说,这本文集里呈现的是成为"伯格曼"之前的"英格玛"。

卡斯帕、杰克、死神和嫉妒

1938年到1939年这段时间，对于二十一岁的伯格曼来说意味着改变。其间他经历了和父母争吵后的"出逃"，开始在奥洛夫大师花园剧院和斯德哥尔摩大学学生剧团做导演。同时他开始写作，按照《魔灯》中的说法，"突然间，我写出了十二个剧本和一部歌剧"。

《卡斯帕之死》（1942年）就是其中之一，伯格曼受《安瓦的古老游戏》启发，创造了卡斯帕这个"屠戮妇女儿童的杀人犯"。这个人物在这位年轻作家的想象中持续发酵，该剧在斯德哥尔摩城市剧院首演时，伯格曼为节目单撰写的介绍便印证了这一点。伯格曼让剧里的主人公采访作家本人（原文收录在《我们都是马戏团：伯格曼文集》中），对作家让卡斯帕在剧末死去的情节安排提出质疑，认为这简直是"太荒唐"了。

"那你想怎么样呢？"作家问。

卡斯帕回答："我也不知道，不过要是可以的话，让我把抬棺材的人踢出去，让晚会继续开下去。等姑娘们来了，我们好好乐一乐。我满地打滚儿，把死神杀掉，再揪一揪上帝的胡子，挠挠他的大脚板，没准儿连他也一起杀了，然后再干几个天使……"

年轻的作家通过卡斯帕之口，表达了对当时社会固有道德规范的挑衅。伯格曼感兴趣的自然不是创作一部坏人遭恶报的中规中矩的戏剧，他感兴趣的是罪恶本身。通过无节制的狂欢，再加入令人惊悚的幽默，一起抵达癫狂的戏剧情节高潮；直到卡斯帕坐在上帝的等候大厅，等待最后的审判时，伯格曼终于在道德缰绳的极限悬崖勒马。

今天的读者当读到卡斯帕的时辰已到，他与两个抬棺人苦苦周旋，拼命寻找退路，而且戏里还提到了"合同"时，无疑会联想到十五年后的《第七封印》里对于这出戏的复写。片中小丑斯卡特在黑夜里爬上树，突然听到下面有拉锯的声音，死神在行动。

——我在锯你的树，你的时辰到了。

——不行啊，我没时间，我还有演出呢。

——不用了，演出因死亡取消了。

——可我有合同。

——合同废止了。

——我还有家庭，孩子……

——斯卡特，你好不知耻，别开玩笑了。

——嗯……我真羞耻，羞耻，真的逃不掉了吗？没有给演员的特权吗？没有地方躲吗？没有例外吗？

1942年夏天，伯格曼又写了一篇所谓的"卡斯帕小说"，题为《关于黑帮老大为何写诗》，讲的是"当卡斯帕和花花公子被赶到乡下的故事"和《马修·曼德斯的第四个故事》。一个叫杰克的新人物出现了，他可能是伯格曼编出来的、贴近他自己的"第二自我"。杰克不仅出现在后来伯格曼出版的第一个剧本《演员中的杰克》（1946年）中，甚至还出现在伯格曼导演的第一部电影《危机》中，尽管这种复现或许正是因为《危机》的编剧并不是他本人，而是另一位作者。

死亡也是"卡斯帕小说"反复表现的主题，例如作品中有棺材盖被掀开、露出棺材里令人恐惧的内容物的描写。今天的读者自然会联想到十五年之后的《野草莓》中的情节：棺材从马车上掉下来，伯格老教授走上前去掀开棺材盖，看到了躺在里面的自己的尸体。

杰克还有一个别名叫"开膛手杰克"，请不要与臭名昭著的英国原型的名字混淆（一个真实的连环杀手，被英国媒体冠以"开膛手杰克"之名）。伯格曼在工作笔记中写到，《开膛手杰克》故事的可怕之处在于，每次演出杰克都得把自己的心脏剖出来，秀给观众看，因为人家付钱了。杰克无疑是艺术家自身的写照，他并非字面意义上的杀人犯，而是一个将匕首对着自己的剖析者。20世纪40年代后期，血气方刚的年轻人杰克开始蜕变为一个"真正的杀人犯"——约瓦金·诺肯。

杰克这个角色随着时间的推移渐渐从伯格曼的写作中淡出，或许是因为这个人物源自伯格曼的戏剧创作，他也赋予人物如此的认知。在伯格曼的第一部电影《危机》中，杰克变成一个"带着钥匙，越走越远"的人，一个"从木偶戏的舞台跨出来，随即隐入黑暗"的人。杰克不仅在伯格曼的电影中真实地离开，也从伯格曼的写作中离去。事实上，这一时期的伯格曼同时穿梭在电影和戏剧创作中，将自己的生活状态和思考投射在作品中，这一创作方式已经成为最典型的伯格曼风格。

除了死亡和艺术，最早的"卡斯帕小说"里还包括女人和嫉妒，后两者成为伯格曼的命运链条上的最后一环：首先是性欲，之后是强迫性的不忠，逼迫男女之间筑起重重怀疑。

1942年的《马修·曼德斯的第四个故事》中，运用象征性手法将嫉妒描写得淋漓尽致："一个白色的圆点从里面冲向他的眼睛，它越来越大，撞击到眼球后裂开。"嫉妒在伯格曼创作于20世纪40年代的文本中有着特殊的存在，一个典型的例子是1946年的剧本《爱神拼图》，该剧本次年由古斯塔夫·莫兰德拍成电影《没有面孔的女人》[1]（鉴于电影与剧本相差甚微，本书没有收录此剧本）。在剧本结尾处，伯格曼写道："这疾病叫什么名字？教科书上是怎样讲解的？有疫苗吗？电击对它有效吗？它到底是细菌还是身体自身的缺陷？嫉妒就是一种瘟疫啊。"

第一人称叙述：英格玛·伯格曼作为目击者

我们可以从伯格曼的早期文本中归纳出一种他惯用的叙述方式，例如使用"前言"和戏中戏的架构。这些方法或多或少

---

[1] 中文片名也被译为《长相思》(*Kvinna utan ansikte*)。

持续地影响着伯格曼后期的创作。例如在《马修·曼德斯的第四个故事》中，伯格曼写下"前言"，并署上了自己的名字。他写道："我被《折磨》的创作折腾得惶惶不可终日。如果这个剧本能够成立，我确实需要专心研究一下杀人犯的心理世界，这才是这部戏能够成立的理由。"之后，作家熟练地代入自己的经历，讲述他十八岁时离家出走的故事（伯格曼本人其实是二十一岁才离开家的）。不仅如此，鉴于曼德斯"厌烦了我和他"对讲故事的需求，作者决定"为读者贡献一个自己的故事，作为补偿"。

伴随着伯格曼越来越自主的作家身份，第一人称叙述方式不断出现在他的创作中，例如前面提到的《爱神拼图》剧本中，"我"是一个有特殊地位的叙事者（但是在莫兰德拍成的电影中，只保留为一个传统的画外音），这个叙事者戏剧性地描述了"我将自己的亲身经历写成这个真实的故事，一段我本想忘掉的经历……"

在这里，伯格曼用一句"而且还有机会把它拍成电影"，为那个虚构的"我"赋予了一个具体的、"一直努力想要塑造的形象"。在伯格曼早期剧本《折磨》《危机》《詹妮的喜剧》《瑞克和电影院看门人》中，都有这个态度谦虚且志向远大的业余作家的身影，包括在剧本《玛丽》中，男主角在剧中直接喊话"嗨，英格玛！"，并由他自己讲述那场深深折磨他的关于背叛爱情的事件。

伯格曼不露声色地将自己的声音与第一人称叙述者的声音合二为一，他用之前创作的作品作为引子，向读者和制片人表达他想要导演自己剧本的愿望。这种伯格曼式的处理方式一直深入到剧情中。例如在一场描写噩梦的戏中，突然加进去一段："这里给电影制片人提个醒：其实真没有必要这样写，不需要……这些苦兮兮盯着片场的制片人们一听就被吓得屁滚尿流了，除非——这么说吧，除非这个'第一人称叙述者'答应自己出演叙述者和观察者。"这样，"英格玛·伯格曼"的名字也就出现在演员表中了。

1948年创作的《真实故事》，在次年被改编成《监狱》，这是伯格曼第一次执导自己的剧本，剧中也有类似的情节。例如，在演员表中就有一个"我"的角色——三十岁，电影导演，证人，记录者。伯格曼为此写了一段注释："这又是一种拍廉价电影的方法，可以在确保不被过分打击到惨重的前提下，有能力继续坚持实验性。"与《爱神拼图》中一样，这个第一人称叙述者时不时地出现，而且他的名字也叫"伯格曼"。这人自言自语道："我拍了一部电影，叫《开往印度之船》，我自己很喜欢，不过评论家和观众的反应可能是另外一回事，我也不知道。"

渐渐地，这个激烈地反映自我的形象有了一个清晰的艺术家的内涵，这是我下面要谈的主题。

约瓦金·诺肯和艺术家身份

艺术家的主题在1949年创作的野心勃勃的《约瓦金·诺

肯，或者自杀》中体现得最为充分，这是伯格曼迄今为止最认真的一次成为作家的尝试。他写道："严肃地说，在创作了逃避责任的'卡斯帕'和'杰克'以及一批影射自我的电影剧本后，另一个自我化身开始出现了：约瓦金·诺肯。"

更具讽刺意味的是，这部剧本被邦尼尔出版社拒绝了。他后来表示："我从来没有融入过那群20世纪40年代的人，他们不带我玩，每每想起这事我还是很不爽。他们有他们的道理，这个剧本最终没有被纳入剧本选集。"维尔戈特·斯耶曼在《与英格玛·伯格曼的日记》中给出了理由：年轻的伯格曼总觉得手头得有一个现成的比喻，才能去创造抒情的画面，他这么做下去，全身关节都跟着作响。"这个扰动全身关节的人就是约瓦金·诺肯。这个人物内涵很丰富，不仅是思想观念上，包括文体上，描写他的文字总是过分修饰和刻意。"

好在对于这个约瓦金之后的出场，有了更可控的表达方式，例如，短篇小说《艾菲尔塔的故事》几乎是直接摘抄了《邦尼尔文学杂志》上发表的同名剧本。但这个人物最重要的出场，还是剧本《城》以及《鱼：一部闹剧电影》中。在《城》中，废墟中的城影射着一个被破坏的自我形象，这是一部充满梦幻色彩的剧。伯格曼在《无线电之声》杂志上发表的文章中写道："我决定出去转转，然而，毕竟这个城里有不少我的敌人，为了避免遭遇死亡，我将自己乔装在约瓦金·诺肯的外壳里，这样我可以置身事内，经历过去、现在和将来。"那个初始的"自我"是艺术本身（约瓦金在剧中是一名电影导演），也是坍塌的婚姻的代表，对于伯格曼，他的亲身经历与后者的联系更密切。

在剧本《鱼：一部闹剧电影》中，约瓦金也是一名导演，或者如伯格曼在《魔灯》中所写的，"继梅里爱开创了默片电影时代，紧跟其后的是在巴黎开设的摄影棚中担任摄影师"。剧本建立在戏中戏的框架结构上，伯格曼在开篇声称，主人公约瓦金的日记仍然保存于电影博物馆。和《城》一样，这部戏也是围绕嫉妒和不忠两个主题，可以说该剧本为1953的电影《小丑之夜》埋下了种子，例如其中的人物包括安妮和阿尔伯特，此外，约瓦金想要"成为一个胎儿，永远留在女人子宫里，不被生出来"，这也在《小丑之夜》结尾处小丑弗罗斯特的长篇独白得到了反映。

但《城》追求的是形而上的语言风格，在《鱼：一部闹剧电影》中则是喜剧色彩的滑稽打趣。更重要的是，这个剧本是各种风格的总汇聚：诗意的、虚幻的，以及电影性的，包括直接来自悲喜剧拍摄现场的桥段，或者演员自我修炼的教科书级的场景。

是的，在剧中，约瓦金被迫将他的个人经历撰写成悲喜交加的电影情节，这与伯格曼的工作方式很相像。这个剧本在许多地方表现出导演工作手册的性质，是多种素材的汇集。

写作还是仅演戏而已？

伯格曼是怀着做一名"真正的"（用他自己的话说）作家的

野心开始他的职业生涯的，但他还是在20世纪50年代中期停止了写作，他自称是因为受不了批评："每一次我写的戏上演，我就会读到有评论说剧本的作者是多么糟糕，多亏有个好导演来拯救这部烂戏，最后，我自然就厌倦了。"

尽管如此，伯格曼还是导演了几部他自己写的戏，其中第一部就是在学生剧院上演的《卡斯帕之死》。1945年到1947年，他还在马尔默的亲密剧院和哥德堡城市剧院的小剧场执导并上演了他自己的几部戏：《演员中的杰克》《瑞克和电影院看门人》《白日早终》《吓我一跳》。1952年到1958年是伯格曼在马尔默城市剧院最风光的时期，然而，他在此其间也只执导过几部自己写的戏。(事实上，直到1993年的独幕剧《最后的呐喊》，伯格曼才重返瑞典舞台，执导自己的戏。)

我们在本书中收录了《表演练习》，它是1951年伯格曼为马尔默剧院的戏剧学员写的排练材料。这确实就是一部关于表演的戏，但同时也是伯格曼用独特的自省方式讨论戏剧创作的作品，在他看来，剧本写作还不是"真正的"作家之所为。剧本中有一个叫马丁的角色，身为导演和剧作家，他用一段苦涩的独白表达了作家永远不需要像剧作家一样，不得不直面观众的评论，听观众席里的咳嗽声和翻报纸的噪声。

同《表演练习》一样，《木版画》——即电影《第七封印》的前身——也是伯格曼为剧院学员们编写的练习剧，1955年由伯格曼本人执导并在马尔默上演。我们将该剧本选入本书，是为了给这部被世界最著名的电影所掩盖的剧本一个被人读到的机会。其实，戏剧剧本和电影之间差异颇多。例如，戏剧剧本中的骑士安东尼斯·布洛克其实只是个小角色，但在电影中他却是男主角；而且在戏剧中他是一个哑巴，因为他的舌头被剪掉了，但电影中，由马克斯·冯·叙多夫扮演的骑士则是滔滔不绝。又如，电影中的哑巴是个小女孩儿，但在戏剧中她不仅说了开篇的第一句台词，她还有几场和骑士、延斯等人的对话。

不只是幕后花絮

和《鱼：一部闹剧电影》一样，1955年的《假戏》也从未被拍摄成片。伯格曼在《假戏》中再次回到电影棚，对拍摄电影做了自我反思，不同的是他将剧情搬到了现代（20世纪50年代中期）。最具典型性的是伯格曼把自己写进角色中，例如其中一个片段，女主角感觉自己被一个"消瘦的，穿着皮夹克的奇怪男人"注视着，在伯格曼的早期剧本中，他似乎很得意于用这样的手法创作。但同时也有新的想法涌入，比如剧中他第一次用到了"艺术的食人主义"和"食人"的概念。（我们相互吞噬，再将对方呕吐出来，我们交配和撕裂对方。）在《假面》（1966年）和《豺狼时刻》（1968年）中，这些概念得到强烈回归，这两部作品的临时标题就是"食人族"。

或许这种来自摄影棚的写作，在给伯格曼的工作发挥着一种安全阀的功能，或者这就是他对自己工作的沉思？总之这些想法源源不断地出现，直到在《假面》中发展到高潮：通过电影的意识流，以第一人称单数的形式，用一种既普遍又可识别的方式，伯格曼找到了他的自我反思主题中自我和身份转变的表达方式。

在《假面》问世三年后，伯格曼创作了《与瑞贝卡的六十四分钟》，这是他和费里尼、黑泽明共同受邀创作的所谓"系列电影"的剧本。影片从未被拍出来，但剧本和故事各有用途。例如剧本的主角是供职于听力受损儿童研究所的一位教师，呼应同年创作的剧本《激情》的主角。在瑞贝卡的第一段独白中，主角的情感世界被描述为"狭隘、空洞"，同样的词语也出现在《婚姻故事》（1973年）中，当女主角与律师谈论要和丈夫离婚时。最后，瑞贝卡的病人、探索性欲的少女安娜在她面前挑衅地抚摸自己的乳房，嘬着嘴唇做亲吻的动作，这些与几年后《面对面》中心理咨询师面对病人的情形很相似。

《与瑞贝卡的六十四分钟》也与创作剧本时20世纪60年代末的社会风云紧密相连：政治上的不安，性解放运动向色情的转向，警察武力和暴力冲突。值得一提的是，这一时期伯格曼不仅执导了彼得·魏斯[1]的政治剧《审讯》（1966年），还拍摄了呈现战争的《耻辱》（1968年），在之后没多久就上演的《婚姻生活》中，女主角也经历了女性主义的觉醒。

1　彼得·魏斯（Peter Weiss，1916—1982），瑞典剧作家，出生于德国犹太家庭，"二战"中逃亡至瑞典。剧本《审讯》以审讯纳粹战争罪犯为背景，对纳粹罪行、集体责任和人性做了深入思考，在文学界和戏剧界产生了广泛影响。

重返卡斯帕

1987年的回忆录《魔灯》和1990年的《图像》，是伯格曼分别以"纠正"和"抛光"的方式，对不同年龄段的自我所做的个人总结。在之后的创作中，他进一步巩固了这种写作方式：《善意的背叛》（1992年）、《礼拜天的孩子》（1993年）、《私人谈话》（1996年）都标志着伯格曼再次重返家庭，故事都围绕他的家庭历史展开。正如伯格曼所说："我看到了我父母的脸，但也许我是在看我自己的脸。"

这样看来，伯格曼构思了一个名为《从精子到鬼魂》的剧本就显得合情合理，他将这部戏称为"木偶戏"，有时也用"卡斯帕戏"来称呼它。本书虽然没有收录该剧本（很可能也是因为该剧本并不完整），但引用了里面的一些台词。从剧本的标题和内容上可以判断，想必伯格曼自认为这些台词滑稽地影射了他的自传。比如他在工作笔记中有这样一句话："我想他生下来，然后展开他的一生，这会是一部精彩的自传，伯格曼！"

在这些手稿中，还夹着一张黄色便条，由此引入了剧本的另一个角色，伯格曼叫她"Moran"[1]，不难判断这个人物指的是"Modern"（母亲）。情节很快就演变成一部典型的滑稽的"卡斯帕剧"：赫尔曼与姆然共舞，姆然要吃赫尔曼，然而，姆然显然还是赫尔曼的初恋，激烈的爱情之源。来看看伯格曼在黄色便

---

[1] 姆然（Moran），瑞典语口头语中对母亲的称呼。

条里怎么写的:

> 啊啊啊,现在,我出生了!还是?啊,不,不,现在,我存在了。
>
> 现在我是一个不可阻挡的存在,啊啊啊,这是什么?砰,砰。
>
> 我我我我我我我,姆然的心!

在"姆然"的旁边画着一个心形,"砰,砰"代表着母亲的心跳,也代表着婴儿对母亲的爱。总之,这个"我"的形成来自做爱的高潮和受孕的时刻,这个瞬间似乎对于胎儿/我,和对于母亲或者(缺席的)父亲一样重要。

在伯格曼记录他激烈紧张的生命历程的工作日记中,我们还可以找到证明:"这部戏的第一幕果真就叫'姆然和法然[1]',造就赫尔曼;最后一幕,也就是第十幕,是'死亡时刻,他死了,对,我死了,太奇怪了,焦虑的嘶喊再也听不到了,接受吧!'"

在这后面还有一张便条,言辞更加精练:

倒霉人传记,十幕卡斯帕剧

第一幕:受孕

---
[1] 法然(Faran),瑞典语口语中对父亲的称呼。

第二幕：堕胎的威胁

第三幕：出生

第四幕：姆然和赫尔曼

第五幕：十五岁的性欲

第六幕：职业生涯

第七幕：婚姻生活

第八幕：姆然死了

第九幕：暮年与狗

第十幕：死亡自身

剧终

在"卡斯帕剧"中，包含了母亲、父亲、孩子，紧接着是死亡，构成完美循环。

译后记
打开走进伯格曼的另一扇曼妙之门

2018年,为纪念伟大的电影导演英格玛·伯格曼百年冥寿,瑞典诺德斯德特出版社(Norstedts)联合英格玛·伯格曼基金会,围绕伯格曼丰富的文学、戏剧和电影导演创作生涯的整理和研究,出版了一系列纪念文集。其中收录伯格曼非剧本类写作的文集,由雅众文化方雨辰女士引进版权,由我从瑞典文直译为中文,并以伯格曼写于1953年的一篇短文《我们都是马戏团》为全书的标题,于2022年1月由中信出版社出版发行。对于热爱伯格曼的中国影迷来说,这本文集囊括了作者从青年到老年的六十年人生历程,形式包括论文、杂文、演讲稿等各类文体,不仅将伯格曼超人的艺术家天赋和审视自我的艺术家气质展现无余,更为广大影迷提供了了解伯格曼的艺术生涯、作品意蕴与人格魅力的重要一手资料,充分还原了一个心怀作家梦的年轻人成为一名史上最重量级的电影大师和戏剧家的勤奋的旅途。

深爱伯格曼的我,在完成了《我们都是马戏团》的翻译之后,仍然深深沉迷在思考伯格曼的情绪中,久久不能释怀。在阅览了伯格曼基金会百年冥寿的出版清单后，我被这本书的原文标题吸引了——"Ofilmat, ospelat, outgivet"（未发表，未上演，未上映），一位世界泰斗级的电影导演和剧作家，还会有未发表的剧本和未搬上舞台和荧幕的戏剧及电影等未完成的梦想？伯格曼专家玛瑞特·考斯肯讷在伯格曼捐献出的私人笔记中选择了成就伯格曼的几个关键词：家庭、性别、艺术、死亡。随后做出了她的专家选择：未拍摄的、未上演的、未出版的，还应该加上一点——未知的。今天，距离这位影响了无数电影大师的大师离开我们已经有十七个年头，他执导的最后一部电影《芬妮与亚历山大》于1982年完成，此后，直到他辞世的2007年，伯格曼将所有的精力都投身于戏剧导演和剧本创作中。晚年的伯格曼回归文字，仿佛是对他的那句颇为出名的引言的真实回应："电影是我的冒险情妇，而戏剧终是我的贤妻"。这就更让走进伯格曼的文学创作成为认识这位大师的重要路径。在我的建议下，雅众文化方雨辰女士再次引进版权，我也荣幸地承担了这本著作的翻译工作。

本书汇集的九部作品中，最早一部创作于1942年。对于时年刚满二十四岁的伯格曼来说，这是具有魔幻性的一年，按照他的自传《魔灯》中的说法，这一年"突然间，我写出了十二个剧本和一部歌剧"。收录于本书的前三部作品——《卡斯帕之死》《关于黑帮老大为何写诗》及《马修·曼德斯的第四个故事》——就是这位立志以文字为生的年轻人灵感喷涌的见证。也就是从这里开始，终将萦绕在伯格曼一生创作中的重要母题就已经立下了标杆：马戏团、小丑、死亡、男女关系的纠缠、爱情与嫉妒、忠诚与背叛。作为未曾实现的项目，这些作品中的人物设定和故事情节，不难在成就伯格曼的重要作品中找到他们的映射：卡斯帕与死神关于合同的讨价还价，在《第七封印》中发展成小丑与死神的对话；《关于黑帮老大为何写诗》中，女主人公因身为黑帮老大的丈夫与剧院戏子杰克和卡斯帕的亲密关系而扭曲、狂暴的嫉妒心；《马修·曼德斯的第四个故事》中性格变态的丈夫在伯格曼成功发表的第一部电影剧本中，成为虐待狂教师卡利古拉，直至1951年的《夏日插曲》还可以看到嫉妒心驱使下的癫狂爱情。更有一点，即使在像《关于黑帮老大为何写诗》这样剧情发展近乎荒诞的作品中，伯格曼也将自己的艺术家身份复刻在男主人公身上。伯格曼专家玛瑞特·考斯肯讷将这些作品中的小丑"卡斯帕"，戏子"杰克"，以及围绕他们的各类马戏团成员称作是伯格曼早期的"第二自我"(Alter Ego)，在《关于黑帮老大为何写诗》中，他是演员和诗人，在《马修·曼德斯的第四个故事》中，他的身份是音乐家。

创作于1950年的两部作品《城》以及《鱼：一部闹剧电影》的主人公约瓦金承担了伯格曼的另外一个化身，两部戏中的主人公不仅都是导演，在异托邦风景的"城"的废墟上游走的约瓦金，这一次更是走回了他童年的外祖母的老屋。伯格曼在多处写作中用到这个隐喻，包括他最广为流传的演讲《关于拍电影》中谈到，"拍电影还有另外一条很长的根茎，一直延伸到童年的世界"。而在1982年的收官之作《芬妮与亚历山大》

中，伯格曼更是将这一隐喻视觉化地呈现在银幕上，就连影片的实景拍摄都回到了伯格曼度过童年的乌普萨拉古城。而《鱼：一部闹剧电影》的一切都围绕着电影片场发生。在制片人"伯格曼，写点好玩儿的东西吧"的鼓励下，伯格曼创造了一个个结合了梦境、童话和闹剧的桥段，将主人公约瓦金对妻子无法遏制的嫉妒心带入愈演愈烈的终极后果。剧本中乱作一团的打闹场景在之后的影片《小丑之夜》（1953）中被搬上银幕，而约瓦金为女人献身，而终究又在女人身体中死而复生的荒诞结尾，实为成就伯格曼的复杂心理剧的多种演变。《城》中充满危险的毁灭之水，《鱼：一部闹剧电影》中电影厂地下涌动的黑水，生与死、创造与毁灭的喻体，反映着处在婚姻破裂和信仰坍塌的矛盾中的伯格曼对生存危机的警惕反思。

创作于1969年的剧本《与瑞贝卡的六十四分钟》，可能是伯格曼最具社会批判意识的一部作品。剧本中呈现的罢工场景、暴力冲突，享乐主义的性解放生活方式，以及利用在越南战争和冷战阴影下西方中产阶级表现的对核战争的恐慌，衬托其婚姻关系中的欺骗与不忠，都极具时代性。而围绕母女关系和婚姻对话的情节在伯格曼后来的两部重要作品——《婚姻生活》（1974）和《秋天奏鸣曲》（1978）——中得到进一步的发展。如果说描述工人阶级的抗争并不是伯格曼最擅长的领域，那他显然是一位极其善于剖析自己所属阶级的社会批判家。战争威胁的恐慌情绪在1968年的影片《羞耻》和同年的《豺狼时刻》中，都是以超现实的笔法描绘的战争场景照入电影里婚姻现实中的犀利之光。但伯格曼仍然很难摆脱对自己阶级的认同感，他相信艺术家和创造力的救赎。就如在《与瑞贝卡的六十四分钟》中，女病人的最终救赎在伯格曼的笔下再一次落到了艺术的身上。

1962年，瑞典剧作家玛丽安娜·霍克（Marianne Höök）在针对伯格曼的论著中指出：伯格曼的创作首先是对伯格曼主题的反复操练，他的素材是自传性的，他的主题是一个大写的伯格曼。这条评论曾经一度让伯格曼对霍克充满抵触，但他却在去世前的若干年，在与考斯肯讷的一次交谈中承认，他认为霍克说得很到位。对于谙熟伯格曼电影的影迷们，今天呈现在这里的九部伯格曼剧本，在"未发表，未上演，未上映"的框架下读到的亲熟感，正是这个大写的伯格曼在不同时期对自我的挖掘和剖析。他一如既往地讲述着伯格曼的故事，但这些故事何尝不是人类共同情感体验和精神渴望的真实再现。这个制造幻想的北欧人，更多被宣讲的，是他用图像编造故事的光影瞬间。但是，太初源起是文字，这些伯格曼未能完成视觉化转换的故事，希望能为你打开走进伯格曼的另一扇曼妙之门。

王凯梅

2024年清明时节于上海

图书在版编目（CIP）数据

未实现：伯格曼文集 / (瑞典) 英格玛·伯格曼著；王凯梅译. -- 北京：商务印书馆，2024. -- ISBN 978-7-100-24120-5

Ⅰ. I532.35

中国国家版本馆CIP数据核字第2024TP8276号

权利保留，侵权必究。

未实现：伯格曼文集
〔瑞典〕英格玛·伯格曼　著
王凯梅　译

商务印书馆出版
（北京王府井大街36号　邮政编码 100710）
商务印书馆发行
北京市十月印刷有限公司印制
ISBN 978-7-100-24120-5

2024年10月第1版	开本 787×1092 1/32
2024年10月第1次印刷	印张 11.75

定价：78.00元